墜愛

辰時末了——著

罪愛

推薦序

網路作家、《我選擇的那一個人》作者　筆恩

我和未了是在文學網認識的。

當初認識她的時候，就覺得她是一個很用心的人——身為讀者，她會用心地閱讀其他作者的作品，然後留下豐富的心得與感想；當她的身分轉換成作者，你就會發現，她非常認真地看待自己的作品，在專業知識方面也做了不少功課，這一點是我特別欣賞的。

未了年紀很輕，但寫出的故事卻很成熟，不管是塑造的角色，抑或是劇情都是引人入勝的。故事中營造出的懸疑感，一直都吸引著讀者往下看，想馬上了解整件事的真相。在閱讀的過程中，我也一次次地被女主角子寧的個性吸引，她靈活聰明，辦事俐落，但談起戀愛卻變得特別可愛，我想大家也一定會喜歡這樣的角色，也肯定會喜歡她與其他角色的互動。

我很期待未了接下來的故事，相信以後一定能看到她更多的好作品！

推薦序

網路作家　麻糬沒囉

懸疑與愛情相輔相成，在破案期間也拼湊過往，追尋愛！

在《墜愛．罪愛》這本書中，以一連串的案件為開頭，左嗣音及陸子寧除了發揮自己的專業分析案情、循線追查並偵破外，也在一次次的互動拼出兩人早已勾勒起的淵源，最後成為彼此一生的羈絆。

提起嗣音及子寧就不得不誇讚，這兩人的組合是天生絕配，男的俊女的美，又各個身懷絕活、心思細膩，各司其職又合作無間，簡直就是最佳拍檔，會讓人想要繼續看他們還會接到那些棘手的案子，又會是如何破案。

在辰時未了成熟且細膩的筆觸下，當案件一層一層被剝開來，也能從中一窺駭人的內幕，可說是精彩絕倫；在情感上，本書也描摹了許多層次的感情，除了男女主角之間的緣分外，還有另一人的執著，因愛而踏錯腳步，隨著劇情的推進及層層堆砌下，迎來無可退路的結局，最終讓人印象深刻且感到心疼；甚至書中每一個出現過的角色，都有被細細刻劃過的痕跡，每一個人都有著屬於自己的色彩，讓沉浸在文字中的我們，彷彿並非在讀著一本書，而是在欣賞一齣在眼前躍動的戲劇。

角色刻劃細膩、情感堆疊豐富，其中，《墜愛．罪愛》裡的劇情也有許多發人省思的橋段，每一次的事件都有其背後蘊含的道理，細細咀嚼過後，不難看出辰時未了的用心及努力，這一份精神融入了文字中，字裡行間都是感動。

很開心在去年的大賽認識了辰時未了，當初在看這本書時真的意猶未盡，滿心期待下一次的更新到來，高潮迭起的劇情很難不吸引人，也恭喜《墜愛．罪愛》這本書出版了！希望有更多人能看見這部膾炙人口的作品，再次恭喜辰時未了！

CONTENTS

楔子

黑暗中，電腦的通知響起，螢幕亮了一瞬，她從容不迫的點開信箱裡的郵件。

只是看了一分鐘左右，停留在觸控板上的指尖有些泛白，她將螢幕關掉，走到茶几旁拿起手機撥了通電話。

「幫我訂一張去臺灣的機票。」

第一章：祭壇

願他變得偉大，而我變得渺小。──《約翰福音》

晚上八點整，T市機場內。

高跟鞋的聲音伴隨強大的氣場，所到之處讓人呼吸停滯，原本吵鬧如菜市場般的機場，隨著陸子寧的出現，開始變得安靜，所有人不動聲色的打量她，好似原本的歡騰都只是幻影。

長髮飄逸，將近一百七的身高踩著五公分的高跟鞋，將她的腿襯的更加修長。黑色的雪紡紗襯衫加上窄管長褲，一整身的黑讓她的身材更顯凹凸有致。

經過的地方總會飄逸著她特有的香氣，檸檬味，淡淡的，卻讓人感到舒服和溫暖。

但觸及到她眼神的人，總會流露出疑惑甚至害怕的表情，因為她的雙眼並不會流露光彩，甚至毫無一絲波瀾，像深不見底的幽潭，冷冽的空氣在她的眼睛下浮動，好似會將人看穿，讓人無所遁形。

機場裡的人無不對於她的來歷感到好奇，甚至有人開始打起想搭訕她的念頭，只是看到她「生人勿近」的面孔，那剛冒出頭的想法也就被淹沒於腦海。

正當所有人都注意著這自帶光環的女人，突然一聲尖叫打破機場的寧靜，機場裡的人開始尋找聲音的方向，陸子寧眉頭緊皺，這是出自於本能的敏銳。

她不急不緩的走向尖叫聲的來源，那裡已經圍滿人潮。

她聽到人群正議論和猜測屍體的樣貌，大家甚至開始恐懼是不是他殺，亦或是單純的自殺而已。

她喊了聲借過，想要走進現場，但到場的警衛早已眼尖攔住了她，「小姐，現在這裡不能進去啊！」

她眼皮微抬，還未發出任何一個聲音，就把警衛嚇得冷汗直流。

「你們在影響警方辦案？」她冷冷地說。

「警察？」警衛一臉茫然，看了她一眼隨即明白，「那小姐妳出示一下證件吧。」

礙於她才剛歸國，尚未拿到證件，但她卻沒有露出慌亂的神情，只是默默地拿出手機打了通電話。

「陸姐？妳在哪兒？」林煒燁在電話那頭緊張地來回踱步，他很想朝電話大吼，但礙於上級的指令他只好把憤怒的情緒吞回肚子裡。

「命案，派人過來。」

他嚇得下巴差點沒掉下來，小組才剛成立不到一個禮拜啊，命案怎麼那麼快就來了。

為了破獲T市已經超過十年的眾多連環殺人案，警方不得已成立了小組，而陸子寧就是警局特別聘請回國的全球前三大犯罪心理學家。

「還有你，一分鐘內過來。」不等他回答，陸子寧按下結束通話鍵，隨即看向坐在地上一臉驚魂未定的女生。

媽的，這祖宗口氣真大，一定是又老又醜又沒老公的老太婆。林煒燁在心裡咒罵了陸子寧一遍。

接收到陸子寧的指示，他壓下心裡的不滿，撥打小組組長的電話，「頭兒，命案來了。」他煩躁地抓了抓蓬鬆的頭髮，為了給老太婆接機，他值班剛下崗，下午沒休息就直奔機場了，以致於髮型亂的跟雞窩一樣。

電話對面沉默了一會才吐了個好字，然後掛了電話。

林煒燁快氣死了，這兩個人一樣難搞。女的肯定是個老太婆、男的肯定是個混蛋。

他觀察人群聚集的地方，下秒飛快的朝目的地移動。人類都是愛湊熱鬧的動物，一有動靜，肯定都會湊上去瞧，恨不得將自己貼在那個地方。

他撥開人群，秀出證件大喊：「警察，稍微讓讓。」

警衛聽到警察，連忙讓出空間，看見陸子寧依然擋住通道，不耐煩地說：「小姐，現在是妳在打擾警方辦案好嗎？」

她挑著眉看他，對著走到她身邊的人說：「林煒燁。」

林煒燁冷不防地打了個冷顫，他轉頭蹙著眉看她，「小姐，我們認識嗎？」

「陸子寧。」

他眼楮瞪大，倒抽了一口氣。媽的我造了什麼孽？這長相這麼頂尖，自己剛剛竟然會咒罵她是老太婆？

這事實在沒法怪他，誰叫上級將陸子寧的身分保護的徹底，連資料都不給看，他自然將語氣不善的陸子寧想像成老太婆的臉孔，結果陸子寧竟然是個美女。

他失策了。

「要腹誹我就等等再說，你先讓我進現場。」陸子寧實在看不下去，打斷他的腦補劇場。

她沒有習慣用心理學去解讀犯人以外的人，她不想去窺探別人的隱私，但林煒燁的臉一陣紅一陣青的實在太礙眼，影響她的觀感。

林煒燁瞬間從小劇場脫身，給陸子寧開了個路。

圍觀群眾開始有些人在議論。

「沒想到她真的是警察。」
「剛剛那個警察對她畢恭畢敬，她是不是很厲害啊。」
「這警察到底是選美進去還是真的靠實力啊。」
連剛剛的警衛也開始有懊惱之色，他真的沒想到陸子寧大有來頭。
周圍的話語陸子寧一字不差地聽進耳裡，只是她沒有放在心上，只對林煒燁說：「封鎖現場。」
她踩著高跟鞋走向在一旁瑟瑟發抖的那位女生。
她蹲下去看著她，露出了微笑。
緊接著，她走進廁所，立馬看見屍體坐在馬桶上，雙手握緊刀柄，而刀尖正好刺進腹部，地上的血都乾了。
沒有手套的她只是在遠方看著，用一些基本的法醫學知識推斷死亡時間。
沒有屍斑是嘛……那就是四小時內了。
果然如此，她嘴角若有若無的上揚，那是只有兇手現身她才會露出的表情。
「頭兒，陸姐到了。」林煒燁看見男人的到來，心裡鬆一口氣，他覺得他的救世主到了，和陸子寧待在同一個空間真的太悶了。
走到門口的男人頓住了腳，皺著眉頭看著林煒燁。陸姐，誰？
他不等林煒燁回答，直接朝裡頭走。
林煒燁有種被虐的感覺，這兩個男女的個性真的太相似了，一想到未來要和他們共事，他只想掩面對天地哭訴。
在第一次見到左嗣音以前，林煒燁一直以為他不過就是個經驗老道的老頭，誰又何曾想過他如此年輕，又這麼有能力。

左嗣音一走進去就看見一個女人站在屍體的不遠處，雙手抱胸，背對著他，看不清臉也看不到表情。

聽見聲響的陸子寧轉頭，就看見一個高大的男人提著法醫專用的工具箱。

那一刻時間好像靜止一般，他們兩個誰也沒有開口，就這樣凝視著彼此。

看到陸子寧的那刹那，左嗣音是震驚的，她的眉眼如此熟悉，就連臉也是如出一轍。

「云楷哥哥，等等我嘛！」女孩綁著馬尾辮，嘟著嘴向他撒嬌。

一道熟悉的聲音穿過他的腦海，他的耳膜有些刺痛，就好像有人用鈍器從後方敲了他一下。

陸子寧，是他記憶裡的那個女孩，那個愛撒嬌又愛哭，成天習慣黏著他的女孩。

但是為什麼，她的表情彷彿不記得他一般？

那副淡漠的神色和眼神，就像在打量一個毫不相干的陌生人。

「非相關人員請勿進入，小姐請妳離開。」左嗣音從回憶裡抽身，壓抑著內心的複雜，語氣冷到了極致。

「陸子寧。」她朝他伸出手，「你好。」

左嗣音放下手提箱的動作一滯，食指尖微微顫抖。真的是她……

陸子寧注意到他不自然的神情，頗為好奇地盯著他，嘴角彎起一道不明顯的弧度。

左嗣音察覺到了她的眼神一直落在自己的身上，瞳孔裡出現他的倒影，微微晃動，就像死潭終於出現波紋一般。

他輕咳一聲，很快地調整好自己的失態，拿出手套、護目鏡、防護衣和口罩戴上，裝作一切都沒有發生。

陸子寧的眉毛挑了一瞬，似笑非笑的看著眼前的男人。他剛剛明顯錯愕的表情她全看見了，真是有趣。

隨即，左嗣音身後進來一批鑑識人員，這場暗自的試探也就告了一段落。

陸子寧很識相地讓了一條路，轉身離開。

剛到廁所裡的林煒燁只覺得空氣中充滿濃厚的火藥味，但貌似他們兩個並沒有起衝突，看見陸子寧正朝向門口移動，他頓時覺得不好，不會真的私下較勁了一番吧……

他趕緊拉住陸子寧的手，「陸姐。」

陸子寧看了被他抓住的手臂，再冷冷的瞥了他一眼。

左嗣音的毒舌和冷漠他領教過，自然下意識的覺得是頭兒得罪了陸姐，他趕緊解釋：「陸姐，頭兒不是故意的，他本來講話就是這樣的。」

「放開，跟我走。」陸子寧掙脫林煒燁的手後，立即離開。

他擔憂地來回望向左嗣音和陸子寧，無奈地嘆了一口氣，也抬起腳步跟上前方的女人。

兩隻老虎為了一塊肉掐架，倒楣的永遠是嘴裡的那塊肉，林煒燁現在就覺得自己正是那個犧牲品。

陸子寧向後瞥了一眼跟在自己後頭的男人，不想理會他過於浮動的心理，她再度走向第一個目擊證人。

那個女生終於沒有繼續啜泣，情緒反而跟著穩定下來，她抬起頭看著陸子寧。

眼前的女人一雙眼睛就像鏡子，毫不掩飾對她的打量，就像在蔑視一隻螻蟻般。她的背脊開始冒汗，細小的汗珠浸濕了她的棉衣，直覺在告訴自己，這個女人，很可怕。

「妳在害怕？」陸子寧看穿了她的緊張，疑惑道，「怕我？」

女生立馬搖頭，她伸手撐住了地板，試著站起身，但不知道是坐久了還是嚇的，腿有些麻，使不上力。

陸子寧示意林煒燁扶她一把，「我要問妳一些話，請妳配合。」

女生點頭。

「讓我猜猜妳為什麼殺他？」陸子寧微笑，眸子彎成了好看的弧度。

那女生原本放鬆的身軀又開始發顫，不可置信的抬眼看著陸子寧，「他不是自殺嗎？」

「妳認為他是自殺？」陸子寧瞇著眼看著她，好像要把她吸進眼睛的幽潭。

初步驗完屍的左嗣音一出來，就聽到了這句話。

他眼皮微抬，對於陸子寧不是本科出身，但卻懂得法醫學的基本知識有些意外。

他抿了抿下唇，朝他們走去，「首先，兇手是一名女性。死者的腹部插了把刀，刀子卻是由下而上插入，死者本人只有一百七的身高，死亡前並沒有掙扎的現象，這說明兇手體態顯得嬌小，並且是死者的熟人。」

他餘光看見陸子寧托著腮，饒有興趣的看著自己，他放在褲子口袋的手不自然地握拳，「死者的左手虎口有薄薄的繭，說明他的慣用手是左手。但握著腹部上的凶器卻是右手，因為兇手是個右撇子，在她的潛意識裡，右手是主要的施力手。」

「最後，根據血跡反應測試，隔間的牆顯現出滴落狀的痕跡，因為兇手拔出刀子的時候，刀尖的血沿著手臂揮動的方向滴落，由軌跡方向和高度來看，兇手是約一百六十公分的人，慣用手是右手。」

女生急忙開口，但聲音依然無法平穩，「那、那為什麼刀子還在肚子裡呢？」

「不能排除刀子刺了兩刀，一切都必須要等實際解剖才能明白。」他說完後，複雜的看了一眼陸子寧，就抬起腳步離開。

陸子寧看向錯愕的女生，艷紅的嘴唇向上一勾，「傅婉鈺，根據法醫的初步屍檢，妳很符合所有的條件呢。」

「妳在開什麼玩笑？我根本不認識他！動機呢？證據呢？」傅婉鈺氣急敗壞地道。

「惱羞成怒啊。」陸子寧笑著說：「如果一個不是兇手的人，首先會注意到我為什麼知道妳的名字，而不是這麼大聲的解釋。」

「再者，我不是妳，我不知道妳為什麼要殺他，也不想明白，像妳這種等級的兇手簡直浪費我的時間。證據吧，就在妳死死護住的包包裡，我猜那裡頭有妳作案的手套，因為沾著血，連裡頭的護照都印上了一些痕跡，而妳的護照恰好露出了帶有血的一角，上面也有妳的名字。」

林煒燁在一旁早就聽到目瞪口呆，他一開始根本沒想過第一個目擊的女生，就是兇手。

他起初看見傅婉鈺瘦弱的身板，就不覺得她有力氣殺掉一個成年男性，因此很快就把她排除在外。

看見林煒燁一臉想反駁，陸子寧適時的開口，她不想再多費口舌解釋了。

「帶回去，手套上的血和死者的血應該是符合的，動機就別告訴我了，我沒興趣知道你們這些糾葛。」她一雙銳眼看向傅婉鈺，「還有妳那蠢蠢欲動，想要從包裡拿出刀子的手，最好不要輕舉妄動，不然妳就會多上一條罪責——襲警。」

傅婉鈺雙眼通紅，惡狠狠地看向陸子寧，「都是妳壞了我的好事！」她依然執迷不悟地拿出放在包裡的刀子朝陸子寧而去。

林煒燁以為陸子寧只是說說，沒想到真的被她說中了，但等他反應過來時，早已來不及阻止傅婉鈺了。

在遠處看著他們的左嗣音，早就注意到傅婉鈺的動作，只不過等他想要出手之際，陸子寧已經先行壓制她了。

雖然陸子寧並不壯碩，但明顯經過訓練的她很快就壓制身材較為嬌小的傅婉鈺。

左嗣音太陽穴一跳，看著身手俐落的陸子寧，實在很難和他記憶裡一跌倒就要哭的女孩聯想在一起。

陸子寧從上而下看著不能動彈的傅婉鈺，聲音冷到像在冰窖裡：「我早就勸妳不要輕舉妄動了。」她瞄了一眼在旁邊愣著的林煒燁，「帶回去。」

「還有，查一下她的入境時間，可以證明她綽綽有餘的犯案時間。為什麼入境那麼久，卻一直沒有離開機場？再調看看監控，應該可以發現她和死者一同進入廁所的畫面。」

「我說過了吧，別惹到我。還有妳像三歲兒童的犯罪手法能不能再高超一點，完全沒有挑戰性。」說完，她瀟灑的轉身離開，只留下背影給整個機場的旅客和一臉未回過神的傅婉鈺。

包括，表情複雜的左嗣音。

出了機場的陸子寧伸手招了一輛計程車，很快的離開機場，也不管身後一直呼喊她名字的林煒燁。她報了一串地址給計程車司機，那裡上頭配給她的公寓，不得不說，他們提出的待遇挺好，起碼她不用為了找房而煩惱。

想到一下飛機就發生不順心的事，她煩躁的揉著眉心，眼裡盡是藏不住的疲憊。

放在包裡手機鈴聲響起，她伸出空餘的手把手機翻了出來，看了一眼屏幕的顯示，疲憊褪去，又恢復原本的冷厲之色。

「Lu，妳什麼時候回來？」另一頭的男生略帶痞氣的說著。

「怎麼？」陸子寧聽到他不正經的語氣，煩躁感又再一次湧上心頭。

「David說他很想妳呢。」

「等我這裡忙完。」說完，她立馬掛掉手中的電話。

司機聽著陸子寧流利的英文，從後照鏡抬眼看了坐在後座假寐的女人，便忍不住地問她：「小姐，妳剛回國啊？」

「是。」她眉頭微蹙。

「妳是做什麼工作的啊？剛剛是妳男朋友打的吧？吵架了？怎麼不好好溝通？」司機一臉八卦的問著。

她的嘴唇抿成了一線，選擇性的不回答，並不是因為高傲不想搭理，而是太累不知道該從何答起。見她沒有回應，司機咕噥了幾句：「不想回答還擺臉色啊。」他悻悻然地閉嘴，反正只是自討沒趣。

陸子寧假裝沒聽到司機的抱怨，睡意已經全無，她只好轉頭看向窗外的景色。

很快，車子已經到了小區，她付了錢就提著行李箱走了，過程連一句感謝都沒說。

想當然，司機嘴裡不停的碎念：「這年頭的小姑娘真是沒禮貌。」

口袋的手機又響了起來，她瞥了一眼上頭的顯示人，接起電話用標準的美語涼涼地開口：「Amon，你信不信你再打一次電話，我有的是本事讓你和那群瘋子住在一起。」

「Lu，別啊！妳也知道只有妳能制住那群瘋子，妳趕緊回來吧，我都要撐不住了。」他討饒道。

讓他和那群神經病一樣關在永不見天日的地牢，四周還是變態，在他被玩死之前，還不如讓他自己一頭撞死。

「這是你的職責。」說完，她掛掉電話然後關機。

她快速的到達大廈的五樓，找到自己的房門，將行李規規矩矩的放好，拿出睡衣忍著疲憊去洗澡。

一出浴室，她吹乾頭髮，本想躺在床上好好睡上一覺，但翻來覆去的就是沒有睡意。

嘖，煩人的時差。她煩躁的看著天花板，腦海卻浮現今日那個男人的臉。

英俊的下頷，俐落的線條和高挺的鼻樑，好像在哪裡看過那張臉，但不論她怎麼回想，記憶裡就是沒有他的身影。

左云楷。

她突然沒來由地想到了這個名字，自己也覺得莫名其妙。

她按捺下眼底的疑惑，揮開所有的思緒。

左嗣音離開解剖室的時候已經晚上十二點。

除了外頭值班的員警，警局的人已經寥寥無幾。

他打開檯燈，藉由微弱的光線看著桌上的分析報告，雙眉微擰。

這是上個月T市發生的兇殺案，雖然一起兇殺案還不足以讓他們這個專案小組接手，但因為死者的死法太詭異了，讓人不得不懷疑這是一場蓄謀已久的案子。

加上遲遲找不到更多有力的線索，案情就停滯在原地，一直沒有更多的進展。

他拿起手機打開了電話鍵盤的頁面，本想撥號的手指也因為猶豫停在螢幕前，始終無法按下任何一個數字鍵。

他本想和陸子寧討論關於這起兇殺案的看法，希望藉由她的專業判斷，去剖析更多的資訊，以利案件有更實質性的突破。

但他卻不知道那女人的電話號碼。

他突然想起林煒燁，立馬撥了通電話。

電話聲響起，正在和女伴歡愛的林煒燁罵了聲靠，抄起放在床頭櫃的手機看了來電顯示，「頭兒」兩個字在螢幕上跳躍，嚇得他立馬失去了興致，慌張地提起褲子離開，留下臉頰緋紅且愣著的女伴。

「頭兒。」他一邊咬牙切齒一邊憤怒的開口。

聽到他語氣裡有一絲埋怨，左嗣音挑起一邊的眉，不知所以。

「有什麼事嗎？」他忍著想要發脾氣的衝動，一字一字清晰地問。

「陸子寧的電話。」

「蛤？」聽到這句，林煒燁雙眼瞪大。就為了這件事？大半夜的打電話，害他還以為出命案了，立馬提起戒備，結果只是為了綠豆般小小的一件事。

左嗣音不耐煩的用食指敲了敲桌面，薄唇緊抿。

林煒燁感受到他的不滿，立刻狗腿的道：「頭兒，我等等發給你。」說完立馬掛了電話。

他將陸子寧今天聯絡他的號碼轉傳給了左嗣音，然後如釋重負的回到房間，然而女伴早已離開。

他嘆了口氣，躺在床上成了大字，再也沒了睡意。

左嗣音盯著眼前的號碼，好似要將它盯出一個洞才肯罷休，隨著屏幕自動熄暗，他才回過神來。

良久，他放棄內心的掙扎和猶豫不決，撥出了那段數字。

可惜，回應他的只是冰冷的機器聲：「您所撥的電話關機中，請稍候再撥。」

他抬起食指按滅了螢幕，輕嘆了一口氣，有些挫敗。

他太在意了，從第一眼見到陸子寧後，她的身影就沒有辦法從腦海揮去，不停地播放。

左嗣音皺起自己的眉毛，將桌上一疊資料帶上，離開辦公室。

回到家後，他看見對面燈竟是亮的，但只有一點點亮度，應該是特地留的小夜燈。

對面什麼時候住了人？亦或是他從未留心？

但職業的使然，他深深的瞥了一眼，進了家門。

◆◆◆◆◆◆◆

「爸爸，我不要走！我要留在這裡等云楷哥哥！」女孩邊哭邊拉住男人的褲管。

她的臉上都是淚痕遍布，皺成一團，還哭出了嗝。

男人用力地抱著她，一滴晶透的淚痕滑過黑暗。

凌晨三點，陸子寧醒了。

她雙眼睜大，額頭冒出細汗，剛剛的夢仍在她腦海揮之不去。

左云楷，又是左云楷，他是陰魂不散嗎？

她煩躁的撥開黏在臉上的髮絲，這個陌生的名字就像跟定了她一樣，連作夢都夢到了。

陸子寧拿起衣服決定去洗個澡，將身上黏膩的感覺沖掉，也許又能更快入眠。

她覺得肯定是空間使然，她有重度的潔癖，只要在一個沒有打掃乾淨的空間她就睡不好。

她拂開沾染一層霧氣的鏡子，看著鏡子裡的自己，有些陌生，就好像在看另一個人的人生，好像她的身體裡住著兩個靈魂，彼此交替。

洗過澡後，她卻發現自己更有精神，反而再也沒有任何睡意。

她拿起一旁的手機，開機，有個陌生的號碼顯示未接，心想也許是對方撥錯就不以為意。

抬眼一看發現已經凌晨四點，便換身衣服離開家裡。

她覺得自己現在需要放鬆身心，而現在的時刻正好。

陸子寧慢悠悠的走在路上，凌晨四點的空氣是最清新的，夏天的太陽也總是出現的比較早，遠方的東邊漸亮。

她很有沒有如此愜意，大抵是十年前獨自一人離開臺灣到達美國之後，每天不是忙於課業就是窩在機關，幾乎沒有閒暇的時間出去晃晃，那些忙碌的狀態彷彿已經成為她的日常。

巷子末端有一間店透著微微的燈光，她看著招牌應該是間早餐店，毫不猶豫的走進，她隨機點了幾樣中式餐點，有油條、煎包和豆漿。

老闆娘是一個中年婦女，頭髮有幾絲白髮，圓臉身材微胖，臉上始終掛著微笑，她不在意陸子寧冷冰冰的表情，反而主動和她搭起話來。

「小姐，妳是新來的對吧？以前沒看過妳。」她一邊將豆漿遞給她一邊說。

陸子寧抬眸，算是一種回應。

老闆娘看她的樣子，依舊掛著笑容，也不計較。

陸子寧隨機找了個桌椅坐下，是剛好可以看見電視的地方。

選擇這間早餐店還有個原因，空間看起來舒坦，也不怎麼髒，她是無法接受吃路邊攤的人，看著地上和桌上的油漬，她就覺得倒胃口。

沒多久，小店的風鈴又響了。

沉浸在電視和食物的陸子寧並沒有察覺後面有道視線。

左嗣音進來的時候，就是看見大快朵頤的陸子寧，他停下腳步，有些訝異。

「給我！我要吃！」女孩伸手拿起桌上的雞腿，張嘴就是一咬，嘴邊沾滿紅色的醬汁。還笑嘻嘻地看著對面沉默的男孩，根本不在意形象。

他斂起自己的神色，裝作什麼也沒有發生。

左嗣音輕輕一笑，小時候吃相不佳，但她現在卻安靜的細嚼慢嚥，還真是判若兩人。

他走向櫃檯點餐，老闆娘笑著說：「嗣音，又那麼早起，工作很辛苦吧？」

他淡淡的點頭，將手裡的鈔票遞過去，「和平常一樣。」

老闆娘眼神在陸子寧和左嗣音身上轉著，只覺得他們倆個性還真相像，兩人情緒都不外顯，但就是有一種合得來的氛圍。

她看了很多形形色色的人，對於自己的觀察和看人能力還是有一定的自信。

不久，左嗣音拿起他的餐點，走向陸子寧那桌，拉開她對面的椅子坐下，一氣呵成，甚至沒有任何猶豫。

陸子寧察覺對面有塊陰影籠罩，她冷冷地瞥了對面的不速之客。

兩個人都沒說話，安安靜靜的將這頓飯吃完了。

左嗣音離開後陸子寧也隨後離開，她正想著怎麼搭公車到警局，畢竟這時間點是不可能有計程車能搭。

左嗣音的車在她身旁停下，他按了兩下喇叭，陸子寧才回神看著他的車。

他沒有表情的道：「陸小姐上車吧，這裡是沒有大眾運輸的。」

陸子寧點點頭，也沒有猶豫的上車，依舊是平淡的語氣：「謝謝你了，左老師。」

除了這兩句話過於客套的話，到警局的路程再也沒有其他的字句從他倆嘴裡說出來，但空間中的氛圍卻不讓人尷尬也不讓人感到壓迫。

就好似原本兩人就認識，對於這個氣氛的掌握已經習慣自如。

到了警局，陸子寧先下車，左嗣音把車停放好也跟著進去。

遇到一些執勤的同事，大家都客氣地打招呼，但沒想到這兩個人連個點頭都沒有。

所有人都知道這兩位來頭不小，都是上級親自指派，但具體背景卻不清楚，也不敢得罪，只好摸摸鼻子各自忙各自的。

辦公室內，陸子寧覺得這個空間充滿灰塵，令她不快，她煩悶的來回踱步。

她走去左嗣音的辦公室，敲門進入，氣氛有些僵硬。

左嗣音抬眸看了來人，淡漠的開口：「怎麼了？」

「這附近有超市和商店嗎？」

「這個時間點超市還沒開門。」他終於正視她，他第一次看陸子寧露出一絲微妙的表情，「怎麼了？」

「髒。」她嫌棄地說。

左嗣音只是淡淡地點頭，就知道怎麼回事，從事這個行業的人，多少都有些潔癖，他也不例外，只不過……他想起陸子寧過去亂七八糟的房間，不知道她這幾年發生了什麼事，也養成了潔癖的習慣。

「妳可以先去把妳的東西拿來，我剛好有東西要找妳討論。」

陸子寧點頭，人一閃，就消失在左嗣音的視線。

等到她再度出現的時候，她把所有會用到的物品都搬進左嗣音的辦公室，然後就坐在他的沙發區。

「妳看一下這份報告吧。」左嗣音將上個月T市發生的兇殺案放到她的面前。

她看了一眼，上面的筆記詳細，字體有力卻好看，跟左嗣音個人散發的風格有些相似。

左嗣音也不打擾她。

陸子寧翹著腿，看了一眼，就覺得精神都來了。

死者：蘇木。

性別：男。

死者當時被懸掛在空中，左右手臂都被各自的繩子拉扯，呈現詭異的扭曲，而睜大的雙眼和猙獰的臉孔，透露出驚恐的神情。

她注意到解剖分析，死者沒有任何外傷和內傷，只有左手手肘關節脫臼，是死後造成的。生前並未有掙扎，體內也未發現任何麻醉劑的成分，因而判斷是在完全清醒的狀態死亡。

從肛門的紅腫與撕裂程度來看，死者在死亡前是有過性行為，但並沒有任何精液留下。

很明顯，死者是名同性戀，才會在毫無反抗的情況下發生性行為，否則一般來說，被強暴的過程一定會發生反抗。由此可知，兇手可能是男友抑或純粹的性伴侶。

兇手很聰明，並未在現場留下任何印記和足跡，無論鑑識人員如何採檢，就是找不到指紋和毛髮。

很詭異，非常詭異，詭異到令她的血液沸騰。

「左老師，案發現場是不是還有什麼你們沒發現的？」她怎麼想都覺得畫面很不協調。

左嗣音一抬頭，看見的就是陸子寧興奮的雙眼。

那赤裸的眼神，讓寒意沿著背脊竄流而上，他內心不由得慌了一下。

「沒有。」

「我要去案發現場。」

陸子寧聞到不尋常的味道，她心想，這也許會是連環殺人案。

到了案發現場，封鎖線早已有些脫落，畢竟已經有些日子沒有相關人員入內。過了一個多月，什麼也採集不到，沒有進展，部分員警已經喪失鬥志，打算讓這起案件埋在檔案室的最低層，任憑它長霉和生灰。

陸子寧進了案發房間，她隨即感到渾身不自在，空氣中瀰漫著一股說不出來的味道，她聞著牆壁，突然想到什麼：「左老師，你可以去申請一台紫外線燈光嗎？」

左嗣音也立馬想到原因，撥了一通電話給林煒燁。

過了沒多久，林煒燁和幾位鑑識人員到場，他們打開紫外線燈光，隨即譁然。

這到底是什麼……他們目瞪口呆。

陸子寧像是確定原本推測般的點頭，並且意味深長地看著左嗣音。

「陸姐，這到底是什麼？」林煒燁愣著，當初是他陪著鑑識人員來蒐證的，可是卻沒有發現現場的詭異。

「隱性顏料。」她往前走一步，示範當時屍體的姿勢，搭配著屍體輪廓旁邊充斥著各種畸形的惡魔。

「死者被惡魔拉扯？」林煒燁困惑，濃黑的眉毛擰成八字，他不能明白兇手的用意。

左嗣音一開始也有些震驚，當時他前來初步檢查屍體的時候，並沒有注意到房間有著奇怪的味道，可能是屍體過於腐爛而影響氣味。

當時屍體被發現的時候，已經死亡超過一週，是死者的朋友一直聯絡不到他，才前來查看。左嗣音仍然記得報案人當時驚慌的神情。

陸子寧的腦袋早已開始運轉，「連環殺手。」

「什麼？」全屋子裡的人都更震驚了，誰也沒想到竟然會是連環殺手。

林煒燁緊張的問：「陸姐，妳是如何得知？兇手還有多久會再犯案？」

「這很明顯，兇手想要傳達出什麼寓意，而寓意，通常不會只有一個。但下次具體的犯案時間我不知道。」她思索了一下：「但我可以提供一點側寫給你們。兇手男性，身高大約一百八十左右，同性戀或是雙性戀，近期和死者有頻繁聯絡，可能是情侶關係或是純粹的性伴侶關係，而且他擅長繪畫，透過筆觸也可以發現他是左撇子。」

除了左嗣音的其餘人都一頭霧水，林煒燁率先發問：「陸姐，妳怎麼知道的？可信嗎？」

「屍體會說話，如果你們不相信大可作罷。」她不以為意的說：「至於更詳細的側寫，還要有更多屍體才行。」

左嗣音一回到警局又開始頭疼，昨晚一整晚都沒有入眠，此時此刻已有些疲倦。

他沒有想到陸子寧只是看了一下現場並綜合屍檢報告就可以推斷出這麼多東西，的確對往後的偵查縮小了方向，起碼不需要大海撈針。

只不過，他仍有些挫敗，如果他一開始就能發現到現場的異樣，是不是就能加快破案的速度，甚至阻止兇手殺害下一個被害者？

但他更好奇陸子寧是怎麼做出側寫的。

「左老師，你有什麼話想說？」陸子寧始終盯著螢幕，但出自於本身的敏銳，她實在是受不了左嗣音灼熱的視線。

「妳是怎麼做出側寫的？」左嗣音直接將內心的疑問說了出來。

陸子寧好像沒有聽到般持續敲打鍵盤，左嗣音也不逼問，直到她關掉筆電已經是半小後的事。

她突然出聲，「屍體和現場會給我們大量的資訊。」

「一開始屍檢報告上有提到，根據肛門的紅腫和腫脹程度，蘇木在死亡前是有性行為，且無反抗。這說明，兇手是一名男性，且可跟同性享受性行為，再加上他死亡前並無掙扎，代表兇手和死者是相識，身材也比他更為高大，但具體是什麼原因造成死者驚嚇過度而死就不得而知了。」

「這這幅畫我剛剛查到了，是格呂內華達的《伊森海姆祭壇》中的《聖安東尼的誘惑》，很顯然，死者驚嚇的反應，原本就是在兇手的計畫內。建議您去研究看看這幅畫吧，但比較奇怪的是，為什麼兇手畫出來的和原圖不一樣，原圖的聖安東尼並沒有生出惡魔般的尖角。」

她一口氣說了很多，左嗣音從頭到尾都沒有打斷，他明白自己不需要問問題，因為陸子寧會補充的很詳細。

現在已經是下午三點，陸子寧開始收拾她的東西，「左老師，請問超市在哪裡呢？」

她現在急需採購打掃用具，她可不想晚上又睡在充滿灰塵的空間。

聞言，左嗣音才想起今天陸子寧的確說了她要去超市一趟。

他拿起車鑰匙毫不猶豫的說：「我帶妳去。」

陸子寧也沒有矯情的推託，直接答應了他。

到了超市後，陸子寧走在前頭，左嗣音走在後頭，保持一定的距離，各自提著籃子，誰也沒有向對方搭話。

路過的人無一不打量他們，「看，多好看的情侶啊。」

一旁的人又開始竊竊私語：「不像啊，會不會是他們鬧矛盾了。」

一向聽力極好的陸子寧也假裝不在意，更何況是從骨子裡冷到外面的左嗣音。

八卦的三姑六婆似是感覺到他們強大的氣場，也就抖了抖肩膀朝出口走去。

陸子寧走到清潔架附近開始尋找打掃用具，左嗣音也不理她，往其他方向走了。

她隨便拿了酒精、清潔劑、消毒水、漂白劑，再拿了拖把、掃把、畚箕和一雙打掃用的手套。

再轉頭時，左嗣音已經朝她走來，手上的塑膠籃多了些蔬果和魚、肉。

他們這次沒有一前一後走著，反而是並肩而行，但卻更惹人注目了。

結帳的小妹忍不住看了左嗣音一眼，羞怯的眼神毫不遮掩，陸子寧皺眉看著結帳的小妹。

她臉本就冰冷，又加上微微的蹙眉，嚇得小妹不敢再多瞧一眼。

左嗣音更為淡然，好似這所有的一切與他無關。

氣氛安靜的讓結帳小妹感到害怕，她不明白這麼沉重的氛圍為何會突然降臨。她不由得在心裡猜想，延伸出各式各樣「眼前的女人和男人」的關係的劇本。

「結帳。」陸子寧將全部的用品擺在櫃檯，催促心不在焉的結帳小妹。

小妹試著向後面的左嗣音搭話：「先生，你要一起嗎？」

左嗣音搖頭，這下小妹更為驚訝了。原來這兩個不是情侶呀，否則哪會這麼陌生呢？

陸子寧總算發現結帳小妹眼裡的愛慕之情，她狐疑的看了左嗣音一眼，唇角微微一勾，就像在諷刺。

左嗣音同時接觸到兩人的視線，也懷疑自己是不是臉上沾東西了，他薄唇微啟，「怎麼了？」

結帳小妹聽到左嗣音低沉的嗓音，整個人又開始飄了，太銷魂了。

後面排隊的人開始探頭查看前方的情況，不耐煩地嚷嚷：「前面在幹嘛呢？」

小妹連忙回神：「不好意思啊。」她歉意的一笑，趕緊結帳，然後露出依依不捨的笑容對百年難得一遇的男神說再見。

上車後，左嗣音問陸子寧如果不嫌棄的話要不要去他家吃飯，就當是為她接風了。

他看見她剛剛去超市並沒有買任何的東西，加上她買的打掃用具，也能明白她還沒整理好自己的房間，怎麼可能有多餘的時間準備晚餐。

若是常人，陸子寧覺得他們肯定心懷不軌，也就眉頭一擰，找理由回絕了。

但她直覺左嗣音不是那類的人，加上自己也不怎麼喜歡吃外賣，總是擔心裡頭不夠衛生，也就客氣的答應了左嗣音的提議。

到了小區，左嗣音將車子停入地下車庫，一同搭乘電梯上樓。

直到「叮」一聲，陸子寧才發現電梯已經在五樓停下，她有些訝異，但卻不動聲色。

只見左嗣音熟門熟路的打開他自己的家門，從鞋櫃裡拿出一雙室內拖鞋給她，便提著裝著水果魚肉的袋子走進廚房。

陸子寧踩著略大一號的拖鞋走了進去，她發現左嗣音家裡的格局和她的差不多相同，只是在布置上他的更偏向冷硬的工業金屬風格，但的確很適合他的格調，完全不顯得突兀。

左嗣音請她隨便坐，他先去煮飯，就走進廚房了。

陸子寧坐在客廳的沙發上，將放置在包裡的某份陳年兇殺案的報告拿了出來。

沒多久，廚房就傳來陣陣香味，左嗣音從廚房將飯菜端出，放在飯桌上，人就走到陸子寧身旁，看見她專心的看著「炮烙兇殺案」的報告，他眉毛一皺。

但他並沒有表現出來，只是輕聲的說：「可以吃飯了。」

陸子寧從報告裡抽身出來，她將報告小心翼翼地放回袋子裡。

他們一起走到飯桌前，有紅燒魚、香菇排骨湯、高麗菜、空心菜和蘋果。

陸子寧挑起眉毛，有些訝異，她原本以為左嗣音是屬於十指不沾陽春水的男人，沒想到還做了一手好菜。

「我原本以為你和大部分的法醫都差不多。」陸子寧輕笑。

左嗣音聽見她的話，抬眼。

「一般的法醫都會吸菸，為了遮去身上長年的味道。」她頓了一下，繼續道：「為什麼？」

左嗣音又低下頭夾了一道菜，沒有回答。

他永遠記得那個女孩不喜歡煙的味道，每次看見巷口有人蹲著吞雲吐霧，她總是會皺起鼻子，拉著他繞了遠路。

久了，他也跟著不喜歡煙的味道。

陸子寧感覺到左嗣音情緒突然的低落，她勾了勾唇，也不再作聲。

「吃吧。」左嗣音將紅燒魚那道菜推至了陸子寧的眼前，他記得她以前愛吃。

將近三十分鐘的時間，他們誰也沒有說話，細嚼慢嚥的品嚐每一道菜餚，唯獨那道紅燒魚陸子寧從頭到尾都沒碰過。

他按捺下眼底失落的情緒，那些年的回憶，究竟是不是一場夢？而陸子寧，只是他夢裡出現的過客。

飯後，陸子寧便要求左嗣音讓她洗碗，她不能白白吃飯，卻什麼也不做。

左嗣音奈何不了，就由著她了。

待陸子寧洗完後，左嗣音就說要開車送她一程，陸子寧說不用。

最後，左嗣音就看著陸子寧嘴角掛著狡黠的微笑，轉動他對面的房門進去了。

他看著她的背影，當下有些無語，原來他對面的新鄰居便是陸子寧。

他淺淺的一笑，她只有調皮的個性仍然一如往常。

◆◆◆◆◆◆◆◆

一早起床，左嗣音和陸子寧同時接到林煒燁的電話，今天早上又發現了兇殺案。

左嗣音一打開家門就看見陸子寧站在電梯口，他走過去站在她的身邊，「我們一起。」

陸子寧聽到頭頂上方的聲音，先是從電梯門的反射看清了男人，隨後又點頭，腦袋卻不停的思考這次又是什麼兇殺案。

到了現場，紫光燈早已架設完畢，就等左嗣音初步驗完屍體和鑑識人員採集完後再打開。

林煒燁在門口攔住他們，「頭兒，陸姐，你們做個心理準備，屍體腐爛的太過嚴重。」

陸子寧挑眉看著他，接著大方的走進去，好似沒聽到此起彼落的嘔吐聲。

左嗣音看到屍體的時候，眉頭全都皺在一起，他沒有想過屍體會這麼腐敗。

被吊在正中間的男人，全身上下不著一縷，背上多條鞭痕，手腳都遭到釘子釘入，屍體經過蛆蟲啃食，早就流出黑色屍水，皮膚表面也出現屍泡，有些角落也與肌肉分離，屍體已經死亡超過五天。

而中間死者左手邊的男人，瞳孔混濁，屍體明顯膨脹，皮膚呈現蠟黃色，甚至眼窩、鼻孔、嘴巴都有蛆的滋生，死亡三天以上。

另一邊的其餘三人，根據初步驗屍，皆是不同時間死亡，有死亡兩天、一天，還有兩小時的。

「還是格呂內華達的《伊森海姆祭壇》啊。」陸子寧走到左嗣音身邊。

左嗣音瞥了她一眼，更佩服她的勇氣，她的臉部表情絲毫沒有改變，要知道多少資深幹練的員警也被這個現場噁心到了。

「把燈打開吧。」陸子寧吩咐後面的林煒燁。

這次目睹畫面的警察更多，大家看到畫面都十分震驚，心裡有些驚悚，對這次駭人的兇殺案有些膽怯。

「《耶穌釘刑圖》。」陸子寧沉吟了一會，突然朝林煒燁大聲吼道。

「我給你們側寫，趕快將這些人排除，兇手分別將不同時間殺害的人，他就是要公然挑戰我們，跟我們傳達他也是有辦法一次殺了五個人。這些被害人有一種可能是當下都在房子裡，只是死於不同的時間，第二種是兇手在不同地方殺了他們再搬運到這個地方。」

「兇手是基督徒，可能住在附近這一帶，去問問隔壁鄰居，看看這間房間的屋主最近跟誰來往頻繁，如此一來，兇手進出才不會奇怪。再者，排查附近失蹤人口，看看這些人共同交集者是誰。」

「報警的人呢？有一具屍體明顯是死亡不到兩小時，假設兇手是用搬運的，也需要時間。」

林煒燁嚴肅了起來，「那是匿名檢舉。」他感受到史無前例的壓力，兇手太過囂張了。

「那個人也許就是兇手。」陸子寧蹙著眉，「你們去吧。」

左嗣音再一次對陸子寧刮目相看了。

「等一下。」陸子寧看著很久終於明白這個空間給她的詭異感覺，兇手刻意清理過現場！因為有些家具擺放的位置讓人感覺太過刻意，很不像一個長期有人居住的地方。

左嗣音低眼一看，立馬看見地上不太明顯的刮痕，這也許是法醫的敏銳度，對於一個細微的地方也能一眼就看到，他蹲下去摸了一下，「現場有打鬥的痕跡。」

陸子寧笑了，兇手百密也有一疏啊，他們死前發生了衝突。

眼看第二起案件又過了一個月，兇手好像突然間的蒸發一樣，徹底消失，讓小組徹底陷入困境。這段時間，因為大體已被家屬領回，左嗣音只好時不時研究驗屍報告，深怕自己有遺漏的地方，導致案情困住。

而陸子寧一直反覆思考這起案件的漏洞所在。沒有一件犯罪會是完美的，只要是人都一定會遺留什麼，但只是一直沒有被發現。

只要找到矛盾的地方，自然也會有方法破解，世界上，沒有不透風的牆，總有一天會看見光。

發生第二起案件的房子所有人是被害者董重方，林煒燁調查了十一月二十三日的附近的監視器，都有發現這些被害人進入社區的痕跡，不排除他們是一起同時在這裡聚會，遭到兇手殺害。

案發的小區，豪宅區旁也有較破舊的房子，導致附近人員混雜，且難以查到監控裡頭有誰明確的出入。

林煒燁則是不停的比對嫌疑人的資料，將原先符合這個範圍兩公里內所有男性且身高一百八以上框列出來，單此篩選，就高達了五十多位，這無疑是個大海撈針，讓人無從盤查。

再扣掉非基督徒的人選，仍有四十多位，因為這裡是基督教信仰的所在。

經過這麼多層的比對和分析他們之間與被害者的關係，以及附近鄰居的回答知道頻繁接觸董重方的人有三個。

分別是，莊佳恩、徐朔、王佑榮。

三個人正巧都住在第二次兇殺案地點的社區，而且與蘇木和他們分別都有交集，但後來的監控卻全部消失，看不出來他們三個誰有靠近董重方房子的附近。

林煒燁把調查的個人資料分別放在左嗣音、陸子寧和他自己的桌前。

陸子寧看完分析報告後，冷靜的笑了。

林煒燁整個人被搞矇了，火氣也往上冒，這幾天的委屈似乎都有了出口，再也不顧忌上下級的身分，「陸老師，您能別用這種態度嗎？我已經很認真的調查，如果您仍然瞧不起我，那請您自行完成！」

陸子寧只是繼續笑著，「我看見曙光了。」

「妳知道答案了是嗎？」下會議後，左嗣音走到正在收東西的陸子寧旁邊。

「談不上知道，只是隱約有猜測，看完資料，只是多少證實了。但真正的結果仍然要親自交涉才能確定。」

陸子寧便走到一直站在白板前的左嗣音身後，「左老師，明日有空嗎？要不要實地走訪？」

左嗣音沉吟一會，「妳是指那幾位嫌疑人嗎？」

「沒錯。」

左嗣音轉頭盯著她，「妳是不是知道什麼了？」

「這個行業，有時候直覺和第六感很重要，但更重要的是證據，在事情未有定論之前，我是不可能妄自揣測，更何況將我心中的答案說出來。」

「王佑榮？」陸子寧看著眼前略為魁武的身材，臉上沒有絲毫波動。

「妳認識我？」男子嘴裡叼了一根菸，打著赤膊，用他賁張有力的手臂扛著磚塊。

陸子寧毫不廢話的出示證明，「我是警方，有些事想要和你確認。」

「妳先說吧，什麼事？」

「陳逸死了。」陳逸是第二個現場其中一個死者，他是王佑榮的大學同學。

陸子寧看見他眼裡細微的波動，「行吧，等會，我請個假。」他放下手中的磚塊，走向工頭，只見工頭表情不悅的甩甩手。

王佑榮回來後不屑的說：「想問什麼就問吧，我沒那麼多時間，超過時間我還會被扣工資呢。」

「十月七日晚上，你人在哪？」

「太遠了，記不清了，但應該是工作呢，打工仔哪有什麼休息時間。」王佑榮漫不經心的回答。

「陳逸平時和你們大學同學都有聯絡嗎？」

他嘲諷的說，「怎麼可能呢？那傢伙不知道走了什麼狗運，突然發達了，跟我們就走分散路了。」
「但是我們查到陳逸在十一月二十一日前與你通過電話。」
「那狗東西不知道幹什麼了，突然找我借錢，還神祕祕的，想也知道我們幹這行的，求溫飽就行，更何況有存款可以借人。」
「那他有提過和誰結怨嗎？」左嗣音在旁邊問道。
「早就不常連絡了，哪會知道他做了什麼事。」
「蘇木呢，你認識吧？」陸子寧看著他緊繃的臉頰發問。
「我知道。」
「怎麼認識的？」
「網路上。」他的眼神飄移。
「都跟他聊了什麼？」陸子寧不放棄地繼續追問。
「沒什麼。」
「你會畫畫嗎？」陸子寧過了很久才問。
王佑榮沒有想到她會這麼問，臉部稍顯錯愕，「小時候我們家還沒這麼窮的時候學過，但後來經濟實在沒辦法負荷才放棄的。」
「行，謝謝你了。」陸子寧收起筆記本，直接離開。
王佑榮看著陸子寧瀟灑的背影，愣在原地。
「有什麼想法嗎？」陸子寧開口問從頭到尾都在一旁的左嗣音。
「他在說謊。」
陸子寧挺訝異左嗣音竟然看的出來，「想不到啊，左老師，我有時候真的太小看你了。」

左嗣音聽出她的嘲諷，也沒打算接話。

「你看見他的手了吧。」陸子寧淡聲道，「但他雖然說謊，可不是兇手，再讓林煒燁查查，如果有辦法找到他和蘇木的通訊紀錄，那就更好了。我懷疑他隱瞞了一些關鍵的事情。」

「他慣用手是左手，但明顯握筆的是右手，因為繭的痕跡還很新。況且若如他所說，已經很久沒有握筆，那為什麼指腹的地方會有繭，搬磚頭一般都只有手掌心。」

「下一個呢？徐朔，還是莊佳恩？」左嗣音淡淡地問她。

「徐朔。」陸子寧打了一輛計程車前往一棟大廈，他們向前台告知身分後，便引向了最高的樓層。

帶領的助理小姐敲敲面前的門，裡面響起一聲溫文儒雅的嗓音，「進來。」

「經理，這兩位說有事要找您，那我先出去了。」

徐朔站了起來，「兩位請坐，不知兩位今日到這裡，是有何事？」

陸子寧開門見山地說：「你的表弟，蘇木死了。董重方，你的大學室友也死了。」董重方同樣也是第二起案件的被害人。

「您是懷疑我涉案嗎？」反光的鏡片背後，徐朔鄙夷的嗤笑了一下。

「徐先生，您很聰明。那麼我也不需要拐彎抹角。」

「我想要知道您十月七日和十一月二十三日的行程。」

「提供不在場證明？可以，我稍後讓助理給您。」

陸子寧對他的配合點點頭，看起來頗為滿意，「您和董重方，是什麼關係呢？」

徐朔嘴唇抿緊，用力到都成了蒼白的顏色，「他……是我前男友，我們大三那年在一起的。」他微微苦笑，「我們後來分開是因為我父母逼著我結婚。」

「喔？您父母不知道您的性向嗎？」

他不再看著陸子寧，「他們，老一輩的人總是比較傳統。」

「你們分開後，還有聯絡嗎？」

「早就沒有了，況且我這幾年也結婚生孩子了，根本不可能和他聯絡。」

「那蘇木呢？」

「我們根本不熟悉，只不過曾聽過長輩們談論他不知道幹了什麼行業，這幾年突然有錢了，但看他之前都無所事事，混吃等死的模樣，可能也不是多光彩的行業，只好欺騙長輩。」

「你們蘇家難道不會給金源方面的資助嗎？」左嗣音對此感到十分疑惑，一般來說這種家庭的孩子都是從小揮霍到大的。

「我們的家庭有不成文的規定，孩子在結婚前都不會給予任何金錢資助。朔方娛樂也是我一手創辦的。」徐朔雙手交疊在膝蓋上，「兩位還有什麼問題嗎？」

「沒有了，謝謝您了徐先生。」

「沒事，能幫助到您也是我的榮幸，那我請秘書送你們。」

「送就不必了。」陸子寧抬手示意拒絕，「對了，徐先生，您認識方強和莊佳恩嗎？」

徐朔思考了一會兒：「莊佳恩是我妻子的表哥，但方強我不認識，怎麼了？」

「您公司的員工也不認識？」左嗣音盯著他敲在桌面上的手指。

徐朔氣笑了，「你們這是懷疑我嗎？我不認識我底下的員工不是很正常嗎？平常這類的事都是由人事部來管理的，我就不怎麼明白了。」

送走陸子寧後，徐朔摘下眼鏡揉著眉心。

「他沒什麼問題，但同樣也有事情隱瞞，很明顯，他和董重方明明還有聯絡，只是不願多說的理由我大概也能猜想的到，無非就是還保持著戀人的關係，只不過在他們眼裡不太光彩，加上牽扯到命案，一般人也不願多提。」出了公司大門，陸子寧停下腳步看著左嗣音，「左老師，再請林煒燁查一下第二命案所有死者之間的關係，我懷疑他們都是有金錢方面的牽扯。」

「金錢？」左嗣音抓住了兩個關鍵字。

「嗯，有錢能使鬼推磨，這起案件錯綜複雜，目前的線索還不足以支撐，我們只是先初步了解嫌疑人們平常的生活到底和被害者們之間有什麼衝突和關係，從王佑榮和徐朔剛剛的言論來看，他們的共同點就是，『突然之間變的得有錢』，我們不妨沿著這條線繼續追查下去。」

「而且，剛剛提到莊佳恩的時候，你捕捉到他淡淡的鄙視了嗎？他對莊佳恩的評價不太好，但一般來說，即便他真正愛的人不是他的妻子，但並不至於會露出這麼大的情緒波折。」

「莊佳恩呢？妳打算什麼時候去拜訪他？」

「下周吧，我想先釐清剛剛他們所說的關係。」陸子寧看了眼手錶，笑著道：「走吧，左老師，我請您吃個飯，也算是您陪我跑一趟的薪水。」

「好。」左嗣音看著她的笑顏在陽光下晃動，兩者一樣的燦爛。

「想吃什麼？」

他將目光收回，「都可以，我不挑剔。」

「行。」陸子寧開口說道，便在手機按了幾下。

左嗣音看著髮絲黏在她的嘴角，她講話時會不小心吃到。他伸出手，輕輕地撥開了那縷髮絲。

陸子寧有些訝異地看著他，又別開了眼。

他愣愣地看著來不及收回的手，指尖上還留有陸子寧頭髮上的香氣和餘溫。

此時，一陣風吹過，香味和溫度也隨之飄散。

一個小時後，陸子寧端著盤子從廚房裡頭走了出來，她朝客廳喊：「左老師，可以吃飯了。」

他們剛剛約好吃飯後，陸子寧領著左嗣音回到他們住的大樓，決定報答左嗣音上次的請客。

左嗣音放下剛剛林煒燁傳到他信箱的資料，陸子寧走到他的身邊，瞇著眼，「新線索？」

「嗯，剛剛傳的。」

陸子寧朝著飯廳的方向走，「先吃飽再看吧。」

看著桌上豐富的的西式餐點，左嗣音意外地挑了眉，他以為陸子寧仍然會停留在不會做飯的階段，沒想到做的菜還挺有模有樣。

「妳什麼時候離開臺灣去國外的？」

聽見左嗣音的疑問，陸子寧剛握著刀叉切下牛排的手微微一頓，「十年前。」

他冷靜的看著她，「為什麼？」

「唸書。」她不改語氣的繼續說。

「妳父親……和母親呢？」他小心翼翼的開口，因為他暫時還不想被陸子寧知道他們兩個過往認識，他想先明白這幾年她到底遇到了什麼事。

陸子寧抬眼盯著他，「左老師，我不喜歡我在吃飯的時候被當成像犯人一樣的審問，況且我不是犯人，你也沒有資格。」

左嗣音明白他踩到了陸子寧的底線，他剛剛只是想試探，但她不愧是犯罪心理學家，面對這咄咄逼人的語氣，也不見一絲慌亂，可是陸子寧回避的態度，讓他更確信一定發生了什麼。

「左老師，我吃完了，您等等就把碗筷放回洗手台，然後就可以離開了。」陸子寧下了逐客令。

左嗣音有些發愣，他正想開口道歉時，她已經走進房間關上門了。

他看著緊閉的門，就好像看見陸子寧緊閉的心，她現在就像一隻貓，對所有人都懷著防備。

他好奇，是什麼原因讓她會變得如此不親近人群，也一併把自己封印在了黑暗裡。

陸子寧完全沒想到左嗣音會問自己這個問題。她從脖子上摘下項鍊，打開中間的夾層，拿出裡面泛黃的照片。

一個男人和她的合照。她微微一笑，輕輕的在上頭印上一吻。

她在房門口聽見左嗣音關上大門的聲音，才拿起換洗的衣物走到了浴室。

◆◆◆◆◆◆

「頭兒、陸姐，這是我調查的資料。」林煒燁一早就請小組的人員在會議室集合，發下他昨日千辛萬苦查到的資料，真的如同陸子寧說的只要一個洞找到了，順著下去一定會挖到什麼，「對了，這是上級新派的人員，她是陳彥美，可以叫她陳姐，主要負責文書的工作，我們今天的資料就是她整理的。」

陸子寧抬頭看了一眼。

眼前的女生，身材嬌小，皮膚有點黑，應該是有一點年紀了，膚況也沒有像年輕人一樣光滑透白。陳彥美手指不安的蜷在一起，眼神閃爍，陸子寧當然也捕捉到她不安的情緒，「陳姐，妳不用這麼緊張，坐吧。」

左嗣音蹙著眉看著陳彥美不自然的動作，而後收回視線翻開資料，「開始吧。」

林煒燁撫平制服上的皺褶，清了一下喉嚨：「這兩起案件大家應該多少都知道死者的死法，也明白兇手的殘忍，我聽到昨日陸老師的『把重點放在金錢利益』上，我就覺得我們應該沿著人際關係這條路走，因此我重新將目前的嫌疑人和被害者之間畫了一張圖，大家可以翻至資料的第二頁。」

「第一起案件的被害人是蘇木，年齡是二十八歲，幾乎所有的人都與他有關。首先，第一個嫌疑人是王佑榮，年齡二十五歲，職業是工地的工人，他和陳逸是大學的同學，他說過，他們之間不再聯絡的原因是陳逸後來致富，我們的確查到他和陳逸死前兩天有電話聯絡，內容是和他借錢，起初我不太明白是什麼原因能讓一個突然間富有的人能馬上需要金錢，我後來想了兩個方向，一個是投資和公司創業失敗，但查了之後，發現他並沒有帳戶裡的資金流動，那就是私底下的性質，而這種方式只有透過賭博才有辦法短期內的致富和欠下龐大的債務。並且，在住在董重方附近的鄰居也都曾經說過，屋子裡常常會有麻將或是其他聲音，響動很大，不注意到都很難。」

「賭博？」陸子寧想起徐朔說過的話，不由自主的挑眉，「蘇木也是依靠這種方法的嗎？」

「沒錯，我看到了他和王佑榮之間的聊天記錄，看見了蘇木拉王佑榮一起去賭博。」

「有殺人動機嗎？」陸子寧翻著資料問。

「有，陳逸似乎以借錢為要脅，警告王佑榮如果不把錢給他，就會殺了他的家人，王佑榮可能會因此決定先痛下殺手。而王佑榮的確也跟著蘇木去賭博，欠下了些微的債務，但以王家的經濟狀況來說，這筆數目不算小。」

「而他沒有繼續畫畫的原因是不是他的手傷了？」

林煒燁有點驚訝陸子寧的觀察力：「陸老師，您是怎麼知道的？」

「他分明是左撇子，但他因為握筆而造成的繭在右手的指腹，會有這種改變的原因只有一個，就是他的左手無法握筆施力。」

「對。」林煒燁在心裡暗自的佩服陸子寧的分析能力，「他如果沒有受傷以前夢想是成為一名畫家，但賭博後他曾和高利貸借過一筆錢，在一次被追殺的時候，不慎跌倒，左手手腕和手指關節多處骨折，造成他再也無法握筆。所以他心裡也是有殺害蘇木的動機，畢竟蘇木是將他拖進泥淖的人。」

「徐朔呢？」左嗣音在一旁註記完筆記後問。

「徐朔，三十歲，朔方娛樂公司的主要掌權人，和董重方在大學時曾經是戀人，但因為父母親的反對而分開，同樣也是蘇木的表哥。他的妻子亦是第三位嫌疑人——莊佳恩的表妹，莊佳恩同時是他底下的員工，第二起被害者方強也是朔方娛樂的員工。我目前最懷疑的人也是徐朔，他和被害者之間的牽扯是最多的，而且擁有越多權力和力量的人，也越能主宰他人。」

「林煒燁，我們看證據說話。」左嗣音適度的出聲，他看見陸子寧的眉頭越來越深了，「執法人員最忌諱用主觀感覺去判定一個人。」

林煒燁感覺一絲冷風灌進他的骨髓，左嗣音這麼嚴肅實在讓他覺得有些嚇人。

「看了他的行程了嗎？」陸子寧盯著複雜的人物關係，「你覺得他的動機是什麼？」

「他助理發給我們了，他十月七日早上在公司，晚上參加了娛樂界的晚宴，十一月二十三日他一整日都請假在家。」

「有人看見他了嗎？」

「什麼？」

「晚宴人那麼多，誰看見他了？」陸子寧抬眼看著林煒燁。

「這、這、這我會再去查查。」他被陸子寧審視般的眼神嚇的冒出一身冷汗，她的眼神讓人有股壓迫感。

「動機呢？」

「我還會再去找得更詳細些。」

陸子寧揮揮手，把林煒燁叫下台，自己走了上去，「徐朔這條線看似錯綜複雜，但是很簡單，他並沒有什麼動機，他與大多數的人都是直接且單純，若是因為情殺而殺了董重方，為何連其他人也一併殺了？即便他可能與方強也認識，但不至於為了滅口而全部人都殺了。」

「換個角度想，徐朔這個人什麼都不缺，即便是金錢、家庭，他都是站在金字塔頂端的人，他不需要依靠殺害誰來獲得什麼，而且越高層的人不可否認，他們對於底層人物都會帶著一絲鄙夷，根本不屑殺害他們，因為在他眼裡，我們都是螻蟻，不必大費周章就可以斬除，這從他提到莊佳恩的態度就可以明白，除非他有不可控制的精神方面的疾病。」

左嗣音等到陸子寧說完之後，贊同的點頭，的確從徐朔的反應裡可以看出很多關鍵性的證據。

「莊佳恩呢？」

林煒燁翻到莊佳恩的個人資訊，「莊佳恩，三十一歲，父母在其七歲時因車禍雙亡，而後由李知信——也是徐朔妻子的父母撫養長大。但很奇怪的是，莊佳恩的關係網是最乾淨的，據鄰居所說，他們時常看到莊佳恩外送餐點，每次進去都只有半小時，很快就出來了。」

「我覺得不管是王佑榮還是徐朔，一定還有線索遺漏。但我們現在是時候去找找第三位嫌疑人了，讓他放鬆夠久了。」陸子寧拿起包直接離開會議室。

「莊佳恩？」雖然是從朔方娛樂公司走出來的，但眼前的男人，襯衫不平整，甚至一邊扎在褲子裡，一邊在外頭，頭髮亂糟糟的，看起來像鳥窩般，陸子寧都不禁懷疑自己是不是太久沒回國，整個時尚風氣都變了。

「有事嗎？」男人止不住的打著哈欠，身上還有一股酒氣。

這難道是娘家人的福利嗎？從來沒看過有人可以以這麼邋塌的打扮，在公司安然無恙的待著。

「前台應該跟你說過我的身分了。」

莊佳恩慵懶的靠在椅背，翹著二郎腿盯著陸子寧，「嗯，有事就快說，我餓著呢。」

陸子寧開門見山的直問：「十月七日和十一月二十三日你在哪裡？」

「沒在哪，公司家裡一直線唄。」

「有其他人和你一起嗎？」

「沒呢，一個人來城市打拼，又還沒結婚跟誰住呢？」他痞痞一笑：「還是妳要嫁給我呢？」

聽見莊佳恩故意調戲，陸子寧依舊面不改色，「蘇木你認識嗎？」

莊佳恩眼皮一抬，褪去了疲憊的神態，坐直了身體，「怎麼了？」

「十月七日他被發現陳屍在家中。」

「喔，惡人終於有惡報了嗎？」他看了晴朗無雲的天空一眼，嘆了一口氣。

「什麼意思呢？」

他笑了：「你們找到我代表你們已經知道他做了什麼事不是嗎？又何必特地來找我求證？」他拉平了袖口的皺摺，「那種十惡不赦的人提早被收了，只會普天同慶而已。」

「你對他的憎恨也是因為涉賭嗎？」陸子寧瞇著眼看著眼前一點一滴褪下偽裝的男人。

「憎恨嗎？也不至於吧，我對他本來就只有一面之緣而已。」他嚴謹的扣好襯衫的扣子，「我只知道他是牽線人而已。」他冷靜的笑了。

「那你應該認識董重方了吧？」陸子寧在莊佳恩斯著手指皮的的時候猝不及防的開口。

他聽到這句話後也無動於衷，繼續撕著他的手指皮，「哎呀，妳說那個小情人？」

陸子寧聽到了關鍵字，「小情人？你時常去給董重方送餐點對吧？誰讓你去的？」

「蛤？妳在說什麼？」莊佳恩露出了詭譎的笑容，「徐朔以前的事我身為娘家人會不知道嗎？我只是知道了皮毛，但是我根本不知道他董重方長怎樣，什麼叫我給他送餐點？我只不過去了餐廳找兼差而已。」

「這是董重方的家，我看過你的外送單，你只接他們家的單。」陸子寧拿出她從餐廳那裡調查的結果。

莊佳恩思考了很久，「妳說很吵的那家？」

「鄰居說看過你進出，每次都會待半個小時，為什麼？他們裡頭是不是在聚賭？」

「我們餐廳使用的是兼具環保可重複使用的餐具，我們的外送員都是要等待他們結束用餐再把餐盤回收的。」

「別的外送員都會趁著這個機會多跑一些單再回來回收，你為什麼只挑他們？」

「因緣際會？」他笑容不減。陸子寧聽出來了，這句話是問句，而不是肯定句，頗有讓你猜猜看的意味在。

「你應該明白和我打太極是沒有用的。」陸子寧深知已經問不出任何東西了，她起身離開，「但你還是提供了一個很有用的線索，謝謝。」

莊佳恩看著她的背影消失在街角，慢慢的露出了一抹微笑，拿出手機撥了一個號碼，「比我想像的快，她查到這了。」

「別露出馬腳。」電話那頭的聲音溫文儒雅，「阿寧的直覺一向都很靈敏。」

莊佳恩掛了電話就將號碼刪除。

陸子寧同樣也拿起電話打給林煒燁，「好好查查蘇木，我懷疑這有集團在背後操縱，剛剛莊佳恩給了一個很重要的線索，他說蘇木只是牽線人。」

「好。」

她俐落的掛了電話，走回警局。

在大門口正好遇見左嗣音，昨日的尷尬還在腦海裡放映，本想裝做沒看見的離開，但左嗣音卻開口喊了她的名字。

「左老師，有事嗎？」

「妳剛剛問的怎麼樣？」

她走進了她自己的辦公室，留了門給左嗣音，他也隨後走進。

「他比我想像的還聰明。」陸子寧翻翻剛剛的紀錄，「我原本以為透過徐朔的反應和他一開始的模樣，就能把他的心理反應掌握的一清二楚，一般這種人會比徐朔更好對付，但和他交手的過程我發現他的心理狀態很深，思路也很敏捷，不容易把他繞進我的問題。」她揉著眉心，「有點出乎我的意料，不好對付啊。」

「妳在美國的時候沒有遇過嗎？」

「我一般都是遇到心理嚴重變態的罪犯，他們心理極端，智商也高，但相對心性也比較好抓到，只要找到他們癥結的地方和動機都能明白。他們是手法高超，但面對與人的交流相較也比較容易。」

「但莊佳恩不同，他整個人透露的氣質就是會讓人感覺怪異，他好似不像別人對他表面定義的那樣。」

「那要怎麼做？」左嗣音盯著陸子寧。

「現在，我們只能等待，等待林煒燁帶回來的新消息，而且三位嫌疑人也都問過一次，他們一定會因為我們的行動而在最近有所動作。」

「妳是說，他有可能再殺一個人？」

「嗯。」她打開電腦，「而且我覺得兇手畫出《伊森海姆祭壇》裡不同的畫，一定是要表達什麼資訊，我覺得我們現在唯一能做的除了排查他們的對應人物關係和殺人動機，也要明白他的意涵和目的是什麼。」

「嗯。」左嗣音站起來朝外面走去，露出歉意的表情看著她，「昨天晚上，抱歉。」

陸子寧敲打鍵盤的手指微微一頓，嘴角露出了一抹笑。

內心有一股暖流流過。

◆◆◆◆◆◆

女人剛掛上電話後就聽見了門鈴聲，她扶著已有八個月的身孕去開門。

「嗨，你是？」她看見外面的男人手提著一個袋子。

「我是徐總派來的，這是給您的晚餐。」面前的男人笑著說。

女人注意到他戴著手套的手，有些警惕，「您手怎麼了嗎？」

「我對環境比較敏感，容易過敏。」

女人再度看了一眼他的手，「今天怎麼不是李助？」女人打開帶子看了一眼裡頭的食物，「謝謝你了。」

「李助今晚有事，徐總交代您要好好吃飯，千萬不要傷了身體。」

女人再度道謝後就關上了門，男人趁著時機，將即將關上的門留下一絲不易察覺的縫隙，抬腳離開。

等時間一到後，他再度從陰暗的角落走出，在來之前他已經先將可以看的到的監控駭掉，推開女人家的門，穿上事先塞在口袋裡的為了防止遺留物證的鞋套、防護衣和手術帽，看見女人昏睡在沙發上，他露出一絲笑，將女人抱回房間，用房間的衣物綁住她的手腳，拿出藏在手套裡的手術刀，直接將她的腹部剖開。

接著，房裡傳出一聲慘痛的尖叫。

陸子寧剛到現場的時候，左嗣音已經初步完成屍檢了，她戴著口罩和手套走到他的身邊，「屍體狀況怎麼樣？」

左嗣音眼角餘光看見陸子寧走到他的身邊，「屍體的變色蔓延，也能看見變色的靜脈，初步判斷死亡三到四天。」他隔著口罩說話聲音比平常更低。

「有明顯外傷嗎？」陸子寧皺著眉看著女人左手捧著的嬰兒，「這是直接從子宮拿出來的？」

「嗯，胎兒目測約八個月大。」左嗣音掀開女性死者身上的衣服，「她腹部有明顯的縫痕，應該是直接被剖開，將其取出，臍帶還有一節與嬰兒黏在一起。」

「是死前取出，還是死後？」陸子寧摸著肚皮上的不規則的縫痕。

「還需要更進一步的解剖，目前還不知道。」

「你覺得兇手把切痕縫起來的原因是什麼？敞開不好嗎？」

左嗣音看了一眼陸子寧姣好的側臉，「陸老師，明白兇手的心理狀態不是您的工作嗎？」

陸子寧敷衍的點點頭，朝在一旁看著鑑識人員蒐證的林煒燁大喊。

「陸姐，怎麼了？」林煒燁難得收起了玩笑的神態。

「現場的蒐證怎麼樣了？」

「剛剛我看了一下，這應該是《伊森海姆祭壇》裡的《耶穌誕生》，兇手一樣沒有在現場留下任何痕跡，只不過有些奇怪，這次的背景畫作被畫上了大大的叉，這是從來沒有出現過的，兇手什麼意思？」

「叉？否定？」陸子寧喃喃的說，「死者的身分查好了嗎？報案者還在現場嗎？」

林煒燁將報案者帶到陸子寧眼前，「她們就是報案者。」

「妳們是怎麼進來的？」

陸子寧審視地看著眼前兩個哆嗦著的女孩子，她們雙手不安的握緊，「我們來的時後門沒有關緊，我們正覺得奇怪的時候，就聞到屋子裡有一股很濃的臭味。」

死者薛璐，二十二歲，文藝大學表演系在學中。

兩位報案者是她的大學同學，因為老師交代送繳交報告給因故請假四個多月的薛璐，她們才發現薛璐的屍體。

根據她們兩個的說法，薛璐的家庭背景並不好，從小生在鄉村，父母意外的過世，由年邁的奶奶一手撫養長大。因為懷著成為明星的夢想，她離鄉背井來到都市，起初眼睛散發出的微光是希冀和憧憬，帶著一股青澀的味道。但不知道何時開始，那曾經的女孩變得愛慕虛榮。

「我記得是今年二月的時候吧？」留著短髮的女孩說道。

「知道原因嗎？」

另一個同學似是想起什麼，用力地拍打短髮女孩的肩膀，「是不是從參與復興劇場之後開始？」

陸子寧不解的皺眉，「復興劇場？」

「嗯，學校都在謠傳她跟投資人搞一起了，還有人看見她去婦產科，現在看果然沒錯。」

「投資人？知道是哪間娛樂公司嗎？」

「好像是朔方？」

聽見這個詞，陸子寧全身都像過電一樣的不可置信。

在一旁的林煒燁更是震驚。徐朔的嫌疑越來越重了，他牽扯太多條線人，好像一開始線的糾纏是在蘇木，現在卻發現徐朔才是中心的人。

「去查查這件事的資訊。」陸子寧低聲地吩咐林煒燁。

「好。」

「有消息之後，我們要儘快核實，因為現在的指向對徐朔很不利。」

林煒燁點頭之後就順道帶著兩個報案人去做更詳細的筆錄了。

「有方向了？」左嗣音不知何時走到陸子寧的身邊。

「嗯，現在的徐朔謎團重重，感覺太過了，很像是有人刻意將線索引導到他身上。」

「一個兇手是不可能將所有線索都留在自己身邊。」左嗣音收起屍檢工具，「莊佳恩妳怎麼看？」

「我覺得我們必須再去見一次這三位嫌疑人了，而且要清楚明白他們各自的殺人動機。」

左嗣音的動作微頓，「妳要自己一個人去嗎？」

「我找林煒燁。」陸子寧翻著上次的記錄。

過了許久，左嗣音才斂下眼裡的落寞，「好，那我回去做更詳細的解剖，最快今晚就會有消息。」

「辛苦你了，左老師。」

「應該的。」他低聲道。

林煒燁從知道要和陸子寧一起出來問嫌疑人問題後，就再也沒有停止過抱怨，「陸姐，妳這次為何不找頭兒陪妳呢？」

陸子寧睨了他一眼，「你廢話很多，他有他的事要做。」

「那個也可以晚點的。」

「你還想不想趕快破案了？」陸子寧趁著紅燈的時候，轉頭盯著林煒燁的側臉，「想的話就現在開始給我閉嘴。」

林煒燁踩下油門，哀怨地說：「我知道了。」

「你趕緊破案，也許還能有休假。」

這句話無疑給了林煒燁奮鬥的目標，他像打了雞血似的重新恢復了鬥志。

「陸姐，妳有沒有主要的懷疑對象？」他打了左轉的方向燈後問。

「你呢？」

「我嗎？」他微微愣了一下，「我從以前到現在都非常篤定是徐朔幹的，一個男人有錢又閒，就是容易去為非作歹。」

「這些強詞奪理都是誰教你的？」陸子寧又氣又好笑的斜眼看他。

他摸摸鼻子，不好意思，「無師自通。」

這時林煒燁放在口袋裡的電話響了起來，他開啟車上設置的藍芽接聽，「喂？」

「小林子，我查到了。薛璐參與的劇團投資商確實是朔方娛樂，二月的時候，薛璐和其他演員一起參與了投資方的晚宴，我們查了監控，看見很奇怪的事，兩人分別離開包廂，但薛璐和徐朔從包廂離開的反應看起來很像是被下藥。」

林煒燁皺眉，「下藥？」

「嗯，很奇怪的事，如果是徐朔想要潛規則薛璐，照理來說只會有薛璐被下藥的可能，既然兩個人都有，那表示，藥是薛璐下的，不然就是有第三人。」

陸子寧在一旁肯定的回答：「薛璐下的。」

電話那頭起先靜默，而後吶吶的開口：「陸姐，妳怎麼知道的？」

「薛璐如果真的很需要翻身的機會，那她一定不會錯過這次的晚宴，甚至會用一些方法來綁住徐朔。」

「孩子？」林煒燁一想到薛璐屍體上抱的小孩，噁心到手抖了一下。

「嗯，依照徐朔的背景，這件事若沒有處理妥當，一定會影響他的社會地位，發生這件事後最好堵住薛璐嘴巴的方法就是塞錢給她，查查看薛璐的帳戶一定有大筆金額突然的入帳。」

「她為什麼這麼剛好會懷孕？」

「她打從一開始就是有目的性的接近徐朔，她應該算好自己的排卵期以及打聽過徐朔的性向，她才會出此下策，透過下藥的方法，讓徐朔和她發生性關係，也可以去查薛璐買藥的紀錄。」

「那小林子，我就先掛電話了。」電話另一頭的人急忙的說。

林煒燁什麼都還沒來得及說，就只聽見電話掛掉那瞬間出現刺耳的聲音。

「陸姐，妳要先去找王佑榮嗎？他基本可以排除嫌疑的了吧？」他狐疑的偏頭，「兇手是用左手畫畫，可是他的左手已經無法再握畫筆，更何況這是浩大的工程，他的手根本無法這麼長時間的負荷。」

「嗯，但是有些事只有王佑榮清楚，要先把能排除的雜點都排除。」

「怎麼又是妳啊？」當王佑榮走到和林煒燁約好的露天咖啡廳後，看見陸子寧後，他叼著菸的手微微一頓。

「蘇木是不是牽線人？」陸子寧盯著他的表情，怕錯過任何他表情鬆動的瞬間。

他瞳孔短暫放大了一瞬間，「什麼東西？」

「你的左手，是因為欠下高利貸的而受傷的嗎？」陸子寧指著他叼菸的左手。

王佑榮撇撇嘴，「果然警察還是無所不能啊。」他把菸頭丟在地上，用破舊的運動鞋把它踩熄，「說吧，妳想知道什麼？」

「蘇木究竟是什麼人？他和陳逸又或者你又有什麼關聯？」

「如果我不說呢？」王佑榮煩躁的從口袋拿出一盒菸，從裡頭挑了一根出來。

「你不說，我也查的出來，我詢問你的原因只不過是減少麻煩而已。」陸子寧往後一靠，表情慵懶的靠在身後的椅背，「如過你不想說，那我們就離開了。」

陸子寧揹上包，轉頭看著王佑榮，「但，你說了的話，可能會減輕你的嫌疑，如果你想更快找到新工作的話，那就老實交代吧。」

「妳怎麼知道我被辭退的事？」他激動的站了起來，說話的聲量吸引了周遭的視線。

「噓，小聲一點，還是你想被暗處的兇手滅口呢？」陸子寧將食指放在抹著鮮豔口紅的嘴唇上，看見王佑榮驚愕的表情，嫣然一笑，「所以，你想好了嗎？」

「我說、我說，我全都說。」他嚇的攤回椅子上。

一旁的林煒燁目瞪口呆，這就是學心理學的嗎？可以洞悉人所有的弱點，然後一刀斃命。

但看剛剛焰氣旺盛的王佑榮突然之間變得像小白兔，任誰看了都覺得解氣，還是他們陸姐優秀又有能力啊。

陸子寧再度坐了下來，「先說說陳逸吧。他是不是曾經威脅過你？」

「是，因為我不肯借他錢。」

「借錢？」陸子寧疑惑的問，「他為什麼會覺得你有能力借他呢？」

「因為我之前曾經短暫致富，只是陳逸不知道後來的結果。」他自嘲的撇嘴。

「跟蘇木有關是嗎？一夜致富和一夜貧窮的原因都是賭博是吧？你應該也猜到了，陳逸最後和你走向一樣的路，所以在我們第一次見面的時候，你才會這麼的不屑對吧？」

王佑榮點點頭，「我是在網路上認識的蘇木，他知道我很喜歡畫畫，甚至把它當成我的夢想，但是畫圖是一筆不小的開銷，光是購買美術用具就會花掉我將近一個月的薪水。他跟我說他有人脈，可以幫我引薦我的畫作，但是條件是，我要幫他賺錢。」

「賺錢的方法就是賭博嗎？」

「對，如果贏了，就是共享，如果輸了，我要拿我自己的錢貼。」王佑榮越說越不甘心的握拳，「一開始，錢進的很快，但我後來開始慘賠，只好去和高利貸借錢，直到我的左手受傷後，蘇木人間蒸發，我才發現這從頭到尾都是一場騙局。」

「引薦的人、賭友、高利貸，全都是他設好的局是嗎？」

「沒錯。」王佑榮突然抬眼，眼球佈滿血絲，「我從醫院醒來的那刻恨不得殺了他。」

「然而你殺了他嗎？」陸子寧冷靜的看著王佑榮。

他像洩了氣的皮球，整個人無力又疲憊，好似剛剛激動的人根本不是他，「沒有，我不敢。」

「為什麼不報案？」林煒燁停下抄筆記的手，看著眼眶微紅的王佑榮。

「如果報案有用就好了。」他淒涼的笑了，「你們警察最會的不就是吃案嗎？我一隻小魚，怎敢和大鯨鯊對抗呢？」

第二個找的人是莊佳恩，看似與案情最沒有關聯，但卻是最難對付的人。

看到陸子寧的第一眼，莊佳恩先是吹了聲口哨，「喲，美女警察，這次有護花使者了啊？其實也可以考慮考慮我的呀。」

林煒燁走到他身邊，低聲的在他耳邊警告：「我勸你安分一點，我這個人脾氣不怎麼好。」

莊佳恩聽完後不僅沒有露出一絲慌亂和緊張，甚至淡定的笑了：「你這個護花使者不太行欸，太毛躁了。」

陸子寧放下剛剛店員給她的一杯檸檬水，「我的手下莽撞關你什麼事？」語畢，她抬眼看著依舊懶散不羈的莊佳恩，「你要不要先想想怎麼回答我的問題呢？」

聞言，莊佳恩站直了身體，走到陸子寧對面的椅子，拉開，坐下，「只有做壞事的人才會怕鬼敲門，我這個人一生坦蕩，回答問題都是臨場的。」

他很明白這句話對一個外行人非常受用，因為一旦說謊，在臨場反應是非常容易被識破，相對而言，敢如此與懷疑自己涉案的警方這樣說話，基本都會被先帶入一個「他應該不是兇手」的狀況。

但陸子寧並非等閒之輩，她的專業能力極強，能透過現場的狀況立馬判斷說謊的可能性。

林煒燁傻站在一旁，他怎麼覺得一開始火藥味就極濃，啪嚓啪嚓的冒出火花。

陸子寧招手叫來服務員，「想吃什麼？我請你。」

「那就最貴的吧。」

林煒燁聽到這句話後，差點直接衝上去用手撕了莊佳恩。媽的，以為警察錢很好賺是不是？

陸子寧只是點點頭，在桌底下示意林煒燁不要激動。

「今天先來談談你的表妹李知信和表妹婿徐朔吧。」陸子寧用食指敲了敲面前的桌子。

莊佳恩面不改色，好像這是一場訪問，他已經提前得到了訪綱，和剛剛一驚一乍的王佑榮完全不一樣，「要說什麼呢？」

「說說你對他們兩個的看法。」

「知信啊。」莊佳恩的表情逐漸變的柔軟，「她是個很好的孩子，從小就很乖也很聽話。但是，她人生唯一的錯誤就是嫁給了徐朔那個混帳。」他連說出混帳兩個字語氣仍然平靜，依舊維持他良好的儀態。

「為什麼你會這麼說徐朔？」

「因為他根本不愛知信啊。」他低著頭說：「知信那麼愛他，為他付出了那麼多，但是他根本不愛知信。」

陸子寧沉吟了一會兒：「你和李知信感情很好嗎？」

「當然，知信是她們家的獨生女，我父母很早就死了，我從小就是在知信家長大，自然和她感情很好。」

「再問一個問題。」陸子寧雙眼寸步不離的看著莊佳恩，「你跟你父母關係好嗎？」

莊佳恩握著杯子的手一頓，即便他很快調整好慌亂的情緒，陸子寧還是發現了。

「我那時候太小了，記不太清楚。不過，我跟他們感情好不好應該跟案情沒有關係吧？」

語落，莊佳恩露出一抹笑。

「陸姐，我們要先回警局還是去找徐朔？」林煒燁發動車子後，偏頭看著略顯疲憊的陸子寧。

「先回去，有些事我們需要再討論一下，順便看看還有哪些資料是我們所遺漏的。」

「好。」

「林煒燁。」陸子寧突然間轉頭看著他，笑了，「徐朔的殺人動機找到了嗎？」

「陸姐，我拜託妳別這樣看我了，我心裡發寒。」要不是現在正在開車，林煒燁真的很想跳車。

「回去就看你表現了，順便召集所有人開會。」語畢，陸子寧的手機鈴聲正好響起，她從包裡拿出來看了一眼又塞了回去。

林煒燁看見她的動作，疑惑的問：「陸姐，不接一下電話啊？」

「不重要的電話，你還是好好想想等等怎麼發揮吧。」

回到警局後，林煒燁立馬召集所有人開會，將最近發生的線索整理一遍。

「左老師呢？」陸子寧翻著剛剛陳姐發下來的線索整理。

「嗣音還在解剖呢。」陳姐聽到了陸子寧的疑惑，在一旁溫和的回答。

「那既然這樣，我們就先開始吧。」陸子寧走到長桌的前方。

「王佑榮這條線我們基本上可以排除了。」陸子寧看著眼前的十幾個小組成員，「從蘇木的案件到薛璐的案件，這三起案件都有很明顯的共通性，也基本確定了一些事情。連環殺手最大的特徵，就是『固定』，這是因為連環殺手的殺人行為是為了要滿足心目中一個固定的理想目標的緣故，這個目標的內容可能與一個或多個人的權利和生存，也可能純粹是一些道德文化觀念，但內容扭曲和現實脫節。連環殺手如同一般的罪犯，他們也千方百計為自己的行為解釋，而且每隔一段時間就必須要再重現一次心中的目標，殺人模式也幾乎都固定，不易改變。」

「而我們現在的首要任務，就是找到兇手選擇《伊森海姆祭壇》的用意是什麼，他一定是要透過這幅畫傳達他的目標和動機，但這幅畫在歷史上的解釋眾說紛紜，並沒有一個正確的解釋，但從我們目前找到的線索來看，兇手應該是想實現他的某種道德理想價值。」

一名員警默默的舉手，「陸老師，您為什麼會說王佑榮排除嫌疑了？」

「一般來說，連環殺手都有一些特徵，他們會因為道德觀極端化而自命為判官，像是替天行道的概念，有犧牲自己以達成夢想的心態，他們會縝密且細心的規劃所有的殺人案，但如果單憑王佑榮的詢問，他頂多只是激情殺人。更何況，我們已經找到他不是兇手的有力證據，你們可以看一下資料第三頁。」

陸子寧走回座位，這時左嗣音突然推開會議室的門走進，「我先報告一下剛剛的驗屍結果吧。」左嗣音發下手上的驗屍報告，他的報告清晰明瞭，對於重點非常的一目了然，薛璐的真正死亡時間推估應該是十二月一日的晚上十一點左右，而嬰兒的死亡時間則是晚上十二點左右。

薛璐的身體裡驗出了大量的安眠藥，她應該是在熟睡時被兇手剖腹取出嬰兒，最後再被兇手餵食強硫酸，導致喉嚨窒息身亡，和第二起的死者死亡方式一樣，由此可以發現兇手的殘忍。

「在現場時，陸老師問了我一個問題，她說為什麼兇手要特地把切痕縫起來，因此我再次沿著兇手的切痕剖開，意外的事，被害者的子宮已被搗爛。那麼，兇手搗爛她的子宮用意是什麼？」

「憎恨。」陸子寧邊轉動手上的筆邊回答，「有辦法取得徐朔的ＤＮＡ嗎？抑或是找到他，確認孩子的生父是否他本人？」

「我等下就去辦。」林煒燁接話。

「我還有個疑問，安眠藥是誰給薛璐吃的？」陳姐默默的舉手發問。

「薛璐熟悉的人，應該是在給她吃的東西裡下的。」陸子寧用原子筆點了林煒燁面前的桌面，「再去查查薛璐那天吃了什麼，又是誰幫她買的。畢竟一個懷孕八個月的女生是不會隨意出門，更何況徐朔會允許她出門引人注目嗎？」

「好。」

左嗣音看著陸子寧幹練的模樣，心裡複雜，有一方面慶幸她終於長大，一方面卻對於她的改變有些不習慣。

就像一個小孩，被迫長大一樣。

「左老師？」

「沒事。」左嗣音是聽見陸子寧的喊聲他才回過神，他低下眼眸迴避陸子寧的視線。

「你要不要去休息一下，我看你很累。」

左嗣音苦笑：「我還可以。」

陸子寧皺眉點頭，「林煒燁，換你大顯身手了。」

林煒燁剛剛還在心裡慶幸，也許可以因為頭兒過於疲憊而暫停這次的會議，他就可以逃避報告的流程。

他嘆了一口氣，在心裡飛快的理清了他的思路，免得等等講話又被這兩位大佬嗆，他這個瘦弱的身板實在經不起他們兩個一人一句的炮火攻擊，他認真懷疑自從加入這個小組他會減壽十年。

「先從徐朔說起吧，若說起他的殺了薛璐的動機，無非就是為了穩固他的社會地位，怕這件事曝露，畢竟只有讓薛璐變成死人才能保證這件事不會流傳出去，危及到他的名譽。但除了這起案件好解釋，其他兩件都不好釐清，我也是找了很久才找到他的動機。」

林煒燁略為緊張的看著下面兩位臉黑的跟什麼似的大佬，深怕自己又會遭到毒舌攻擊，「蘇木是徐朔的表弟，其實蘇木手上所持有的蘇家大部分的遺產，只是蘇家老太太還沒過世之前蘇木都不可能繼承，然而若是蘇木死了，這筆遺產的繼承人就會變成蘇家的外孫——徐朔繼承。身為蘇家的孩子，在未結婚前家裡是不可能提供資金來源，那麼蘇木為何牽涉賭博的利益也就說得通了，因為他並不像徐朔這麼的有能力可以白手起家，因此他需要一個方法讓錢大量的進帳。」

陸子寧似笑非笑的看著林煒燁，「你覺得徐朔會覬覦蘇家的財產嗎？你覺得他缺錢嗎？」答案當然是不，即便這是唯一可以成立的殺人動機，的確蘇家的財產在很多人眼裡就跟天上掉下來的禮物沒有兩樣，但對徐朔這個有本事在娛樂界呼風喚雨的男人這根本就不夠足以成為動機。

林煒燁被問得說不出話來，睜大雙眼靈魂像是被抽乾一般。

陸子寧嘆了氣：「算了，那假設兇手是他，他殺了董重方若干人又該如何解釋？」

「我懷疑是情殺。」林煒燁調出一段錄音，聲音是三個男聲，一個是徐朔，兩個聽不出，但若是聽到內容就能明白其中一個是董重方，而另一個聽不出來的男聲在其中一段話裡有被董重方提及，他同時也是第二起案件被害人——王浩，這段錄音很明顯是放在很隱蔽的地方錄的，聲音雜質多又小，若是沒有仔細聽根本聽不出來。

這個錄音的大致內容就是董重方要和徐朔分手，但徐朔並不同意，董重方只好說他已經有新的男友。

左嗣音蹙眉，「你是在哪裡找到這個錄音的？」他印象在董重方家第一次的蒐證過程並沒有發現這個錄音。

「這是我第二次去蒐證的時候發現的，它藏在暗格裡，所以一開始並沒有發現。」林煒燁自豪地說：「也許我們一開始分析的是錯的，徐朔的確是去找董重方，但他沒想到王浩同時也在現場，三人可能有發生口角，激動的情況下徐朔失手殺了王浩，而後不得已滅口，也一併將所有人都殺了。」

林煒燁像得了第一名的孩子一樣，一下台就不停的和陸子寧邀功。

左嗣音看著他們兩個的互動，眼裡著實都是羨慕。但他知道，自己暫時還沒有辦法如此自然待在她的身邊。

陸子寧一巴掌拍在林煒燁的額頭，「滾開，你忘了我剛說過的，連環殺手是不可能在衝動之下殺人的，他會經過一連串縝密的思考後才作案。」她瞥了林煒燁一眼，眼裡盡是嫌棄，「而且你們都忘了，有可能殺害薛璐的人還有一個。」

全部人停下討論的聲音，看著坐在中心位的陸子寧，「誰？」

「莊佳恩，徐朔妻子李知信的表哥。」她微微一笑，「調查莊佳恩的童年吧。」

◆◆◆◆◆◆◆

今天在外頭奔波了一天，陸子寧只想將立刻馬上去洗澡，把一身的黏膩都洗掉。

「陸老師，好巧。」

陸子寧從電梯的反光看見了左嗣音的面容，「左老師，好巧。」

子寧回來。

「嗯。」左嗣音悶悶地回答。其實一點也不巧，他一直在電梯外頭的角落等習慣搭乘大眾運輸的陸子寧回來。

「叮——」電梯門打開，他們兩人相繼走入電梯裡，過程中都沒有說話。

電梯很快到了他們住的樓層，在準備進家門前，左嗣音喊住了陸子寧：「陸老師，我今天請妳吃飯吧，這是我上次太過失禮的賠罪。」

陸子寧聽到後嫣然一笑，回眸看著左嗣音，「好啊。」她說完後轉過身進了家門。

左嗣音剛剛被她的笑容震驚了，她的牙齒很白，紅唇就像一朵綻放的花。

想咬。這是他腦海裡冒出的第一個想法。

他撇開透紅的臉，對於自己剛剛的無恥的行徑覺得丟臉。

大約半小時後左嗣音的家的門鈴響了，他放下手中的鍋鏟走去開門，門外的陸子寧褪去幹練的妝容後，看起來更為清秀。

不管是哪個樣子的她，左嗣音都覺得美，他耳根的紅剛褪下又感覺要燒起來了。

他忍住不去看陸子寧，讓出了走道的位置，「再等我一下，妳可以先去看個電視。」

被食物香味支配的陸子寧根本無心注意左嗣音的狀況，她跑去飯廳看到滿桌的佳餚，眼神亮了亮，「左老師，別杵在玄關了，我肚子餓了。」

聽見陸子寧的聲音左嗣音立刻回神，他搖搖頭，想把剛剛困窘的情緒給甩掉。

他嘆了一口氣，走回廚房炒最後一道菜。

炒完菜後，他端著盤子走到飯廳，看見的就是陸子寧在眼巴巴的望著桌上的食物。

「阿姨，我太餓了！飯菜什麼時候會好！」女孩嘟著嘴抱怨。

「快好了！妳和云楷去洗個手！」

他一晃神，看見了曾經的陸子寧乖乖地坐在椅子上，短腿還踏不到地板，晃啊晃的，嘴巴還不停的碎念著。

想到這裡，左嗣音克制不住的笑了，沒想到過了這麼久，陸子寧吃貨的本性依然如故。

陸子寧聽到左嗣音的笑聲，轉過頭看著他，「左老師，我發現你今天一直心不在焉的，你是不是太累了？」

左嗣音馬上收起他的笑容，把菜放到桌子上，「沒有，我去拿碗筷，等下就可以吃飯了。」

他們吃飯的過程依然默契十足，就像是從以前就養成的習慣，陸子寧看著左嗣音吃飯的樣子，突然腦海有些支離破碎的畫面浮現，一個男孩坐在飯桌前細嚼慢嚥，周遭有股氣息，冷冽和淡漠。

「云楷哥哥！我要吃那塊魚肉！」

眼前的男孩默默地看了一眼，用筷子替女孩挑掉裡面的刺。

陸子寧默默地放下碗筷，想起了左嗣音每次看見她的表情，「左老師，我們以前是不是有見過面？」

左嗣音詫異的抬眸，他本以為她始終不會想起。

陸子寧看見他的表情就明白了他的答案，「什麼時候？」

左嗣音自嘲，她還是沒記起他是誰啊，她只是運用她最擅長的心理學來看透他的表情。

陸子寧看他不想回答，也不願咄咄逼人，否則又會不小心將氛圍弄得糟糕。

她繼續端起碗筷吃飯，不過剛剛那個畫面是怎麼回事？看起來像是記憶深層的畫面，只是埋在腦海中的抽屜被觸發而開啟，進而放映，難道跟她小時候失去的那段記憶有關？

吃完飯後，仍然是陸子寧負責將碗筷洗一洗，她一絲不苟的將碗筷洗好，「左老師，你等等有空嗎？我想跟你討論一下關於這起案子的動機。」

左嗣音走到她的身後，「好，等我一下，我去洗個澡。」他溫熱的氣息就吐在她的頭頂。

陸子寧聽到腳步聲走遠後，緊張的身軀才慢慢吐了一口氣。

大約二十分鐘後，左嗣音才從他的房間出來，陸子寧聽到他下樓的腳步聲，回頭一看，愣在了原地。他頭髮髮梢還滴著水，戴上金絲邊框的眼鏡，穿著休閒的居家服，因為屋裡開著暖氣，他的穿著也較為單薄，身體的輪廓明顯。

就算陸子寧面對的罪犯大多都是男性，但也從沒這麼近距離看過男性的身體，即便是有衣服遮蔽的。雖然臉上熱的慌，但她仍然維持面部上的鎮定。

「妳知道原因了是嗎？」左嗣音走到沙發的一角坐下，示意，「妳也坐吧。」

「兇手，基本上能確定就是莊佳恩。」

左嗣音推了一下自己的鏡框，「因為關係網？」

其實仔細梳理過後，就會發現莊佳恩包裹起來的單純，其實是最為複雜的，他同樣也是最有動機，即使在每一次的詢問裡，他總是避重就輕，特意避開問題回答。

「他殺了薛璐的動機很簡單，為了保護自己的妹妹，這也能解釋為什麼用隱性顏料畫的畫會被塗了一個叉。《耶穌誕生》描述的感覺是神聖性質，基督作為新生嬰兒來到地球，他將被引導與邪惡勢力作鬥爭。而在畫裡頭有封閉的花園，那象徵著瑪麗的子宮，也代表著她的永遠童貞，子宮的搗爛和畫作的否定，都是為了凸顯薛璐和孩子的存在都是一種不被認可的狀態。其實只要找到莊佳恩給薛璐送餐的證據就可以了。」

「董重方那起案件也是，只是附近的監控都遭到毀壞，並無法證明莊佳恩在那個時間出現過。若說面對董重方也是為了保護妹妹，那也沒有必要連同其他人一起殺了，最好的解釋就是，他憎恨賭博。」

左嗣音聽完後，點了點頭，「這也是為什麼他會殺了蘇木。」

「沒錯，第一起案件《聖安東尼的誘惑》，這幅畫描繪了聖安東尼被撒旦派來的怪物折磨，被踐踏在地和棍棒毆打，被爪子撕裂和咬傷，聖安東尼因而向上帝求助。但這個意思究竟蘇木是原本神聖的聖安東尼，還是蘇木是已經被惡魔附身？」

左嗣音的腦海裡突然浮現陸子寧曾經說過的一段話：但比較奇怪的是，為什麼兇手畫出來的和原圖不一樣，原圖的聖安東尼並沒有生出惡魔般的尖角。

「尖角？」

「對，牽線人就是這個意思吧，人生出來都是被祝福，但也有人會被惡靈吞噬內心而喪心病狂，聖安東尼的角色是傳授福音，蘇木的角色就是傳授賭博的真諦。而第二起案件，《耶穌釘刑圖》，它代表的是耶穌所受的苦難，當初耶穌被釘在十字架上的原因是羅馬排除異教份子，如果從頭到尾，莊佳恩就是以一種神的姿態，那這起案件象徵的是，即便你們再怎麼樣傷害我，我都能寬恕你們。相同的視角在薛璐那起同樣能夠解釋，因為妳和妳的孩子就是不潔的。」

左嗣音摘下他金絲邊框的眼鏡，在手裡把玩，「莊佳恩的憎恨的情緒，有沒有可能來自他的父母？」

陸子寧從沙發上站了起來，「我已經交待林煒燁去查這件事了。」

左嗣音看著她一連串的動作，「要回去了？」

「左老師，晚安。」陸子寧走到玄關換下室內拖鞋，打開門，「明天見。」

在要準備離開的時候，突然感受到一股反向的拉力，左嗣音扣著她的手腕，「既然妳都已經知道我們是朋友，那可不可以換掉這個彆扭的名字？」

陸子寧詫異的轉頭，「什麼？」

左嗣音啞著聲音，難為情地開口：「叫我嗣音就好。」

一早出門的時候，對面的門同時開啟，陸子寧看到穿戴整齊的左嗣音，腦袋就不受控的縈繞他昨晚和她說的最後一句話，她略顯尷尬的打招呼：「早安，左老師。」

「左嗣音。」他面不改色的加重語氣。

陸子寧只好回應一個尷尬又不失禮貌的微笑看著他，幸好突然響起的手機鈴聲解救了安靜的空氣。

左嗣音從口袋掏出手機，看了一眼來電顯示，陸子寧看到他的表情，深知肯定又有事情發生了。

「喂？」林煒燁一等左嗣音接通後，就迫不及待的分享他的發現。

「我明白了。」

林煒燁趁著左嗣音掛斷電話前急忙喊住他：「對了，頭兒，陸姐都不接電話，你能不能幫我通知她一下？」

左嗣音聽完後，深深的看了一眼陸子寧，「我會告訴她。」

陸子寧無聲的挑眉，「林煒燁？」

「嗯，他有發現，我載妳去警局吧，邊走邊說。」陸子寧聽到他的回答，也整理好情緒，抬腳跟上他的腳步。

「可以說了。」陸子寧繫好安全帶後開口。

「說這件事之前。」左嗣音踩下油門驅車離開地下停車場，「妳有兩支電話是吧？」

陸子寧訝異地看著他。

左嗣音曾經看見陸子寧拿出不同的手機，因此推斷她是有負責區分私人號碼和公事使用的。

「妳先把我的電話號碼輸入。」

陸子寧聽到他的話後，僵硬的轉頭看著駕駛座的他，「為什麼？」

「假使妳不喜歡輸入同事的號碼，那就以朋友的身分。」左嗣音趁著紅燈時淡定的說：「手機在大衣口袋裡，沒有密碼。」

都說到這個份上了，陸子寧拒絕也不好意思，只好默默的伸手去後座拿他的大衣。

親眼看見陸子寧把他的號碼輸入手機後，左嗣音才跟她說林煒燁的發現：「他懷疑蘇木並不是獨自設局詐騙，獲取賭博的利益，他沿著蘇木的通訊錄和刪除的往來信件發現，他的背後有一個詐賭的集團。」

陸子寧表情也漸漸變得嚴肅，「案外案？」

「嗯，具體的事情我們還是要到那裡說。」

林煒燁打完電話後，就在警局門口苦苦的等候兩位救世主的到來，「頭兒，陸姐，你們終於來了！」他感動的扯住左嗣音的手腕，下一秒，卻遭到毫不留情的甩開。

「欸，不是，你們怎麼一起的？」身為警察，不僅對案件有敏銳的嗅覺，對於八卦也是不會放過。

「遇到。」陸子寧輕描淡寫的帶過。

但林煒燁怎麼可能放棄這種大好機會，他曖昧地來回看著兩人，「怎麼可能會這麼剛好！」

「就是這麼剛好。」左嗣音不理會林煒燁燃燒的八卦魂，往自己的辦公室走去。

陸子寧眼看林煒燁仍然眼巴巴的望著她，內心突然有一股衝動很想把他和Amon一起丟進監牢陪David，「如果你不想趕緊破獲案件，那就別想休假了。」

林煒燁訕訕的笑了，下一秒收起他臉上的笑容，飛奔到小組員警的辦公室大喊：「開會啦大家！陳姐，資料好了嗎？」

正在打印資料的陳姐聽到林煒燁大喊的聲音，轉過頭，「剩一份了煒燁，你先把好的資料拿去會議室吧！」

「好咧。」他衝到陳姐身邊，抱走打印好的資料去了會議室。

過了五分鐘後，員警們陸陸續續的到達會議室，林煒燁也已經準備好要一鳴驚人了。

他將右手握拳，放到了嘴巴下面，咳了幾聲，清了喉嚨：「我想我等一下要說的事，在場已經不少人知道了。起初，我們都懷疑這是蘇木獨自一人設下的騙局，但我後來想起蘇木是牽線人的關鍵，牽線人是什麼？牽誰的線？我就沿著蘇木下去搜查，果然發現被他刪除的短信和通話紀錄，都指向一個人——龍哥。」

「這個龍哥又是誰？就沒有再更多的訊息，但是可以從他們的對話得知蘇木一直在幫他們做事，詐賭的錢都是回到龍哥的手裡，但蘇木得到的報酬卻也不少。」

左嗣音看了手上的資料一眼，「如果這背後真的有一個龐大的詐賭集團，那牽線人就不可能只有一個，而第二起案件的被害人就是蘇木的『顧客』。」

陸子寧接過左嗣音的話，向在場的人說明她昨日和左嗣音說的推斷，「如果能找到這些證據，就能申請搜索票搜查莊佳恩的家，進而得到更有利的資訊，並且逮捕。」

她說完後，會議室的人全部呈現一個茫然的狀態，這些資訊讓他們腦袋超出負荷。

林煒燁適時的接話：「沒錯，昨天陸姐就已經吩咐我調查莊佳恩父母的死因，她懷疑他父母的死間接影響他的心理活動，導致他開始一連串的殺戮行動，從他當外送員以及作案手法，不難看出他是一個非常仔細且規劃這些案件。」

「莊佳恩的父母死於他七歲的時候，根據他舊家的鄰居回憶，常常會聽到他們家有打罵以及小孩的哭聲。」

陳姐皺起眉頭，「家暴？」她自己有一個三歲的孩子，因此她更能體會得不到父母愛的孩子心理會產生多大的扭曲。

陸子寧回答了陳姐的疑問：「沒錯，莊佳恩的父母以前就有賭博的嗜好，只要賭博輸錢，就會買醉，將所有憤怒的情緒撒在孩子身上，對他施暴。」接著她拿起了莊佳恩父母的死亡證明，「父母在世時，是壓抑他內心的情緒，那一旦父母離世，就再也沒有人可以鎖住他內心的野獸，因為憎恨，他開始找尋目標發洩他的情緒。」

「而且，我去詢問過徐朔，他也證實薛璐的孩子，他們是有驗過ＤＮＡ的，平常薛璐的三餐都是由徐朔身邊一個叫李時的助裡準備的。李時說過，案發那天，電梯突然壞了，他只能走逃生樓梯，但沒有想到他被迷昏，等他醒來後，手裡的東西已經沒有了，他本來以為是街友突發性的搶走他手中的食物，因此也覺得無所謂。是後來越想越不對勁，才調閱監視器，發現了有個黑衣男子手上拿著裝有食物的袋子經過了逃生樓梯口。根據畫面的身形，我們暫時推斷是莊佳恩的身影。」

「既然已經分析好，我們可以請檢察官向法院申請搜索票，只要找到證據，這起案子就能夠偵破。」陸子寧率先站了起來，「大家要注意一下，接下來兇手的警覺性可能會更高，做任何事之前要以安全為首要目標。」

這時，有個員警提出了他的疑問：「既然已經鎖定犯嫌，也分析好他的作案動機和手法，有沒有辦法推估他下一個目標？」

陸子寧微微一笑：「我是犯罪心理學家，不是兇手，也非上帝，沒有視角。我們只能把握時間，在他殺害下一個目標以前，先逮捕他。」

所有人聽完後自動緸緊了神經，他們明白，這是一場和時間的追逐。

左嗣音煮完飯菜後就看見陸子寧盤腿坐在沙發上，拿著筆電沉思。

自從確定真兇應該是莊佳恩後，他們只要有空都會輪流做飯一起分享，吃完飯後偶爾也會討論關於這起案件和一些陳年舊案，也算是在等待搜索票的申請。

「我一直在想一件事。」陸子寧盯著電腦螢幕，「下一個作品又是什麼？」

左嗣音聽到她的話後，走到沙發的後面，微微俯身，「什麼東西？」

沉浸在思考的陸子寧並沒有注意到左嗣音突然的靠近，「每一幅畫都有莊佳恩想要表達的意涵，但之後呢？我為什麼會有種他不會再殺人的預感？」

左嗣音從後方伸出手闔上她的筆電，「我覺得先吃飯會更有助於思考。」

「好吧。」陸子寧心中一直有股詭異的感覺在蔓延著，但她說不出來。

不僅吃飯前，陸子寧連吃飯過程都心不在焉，她反覆的思考下一個目標有可能會是怎麼樣的人，但似乎沒有搜索票的情況下，什麼也不能做。

她匆忙的吃掉了剩下的幾口飯後，「左嗣音，你有紙筆嗎？」自從上次之後，他們兩個經過一段時間的尷尬期後，現在更能自在的叫出對方的名字而非尊稱。

左嗣音和她重新相處一段時間過後，也漸漸能夠明白她「後來」的個性，一定要把想到的事情趕快解決，否則就不會罷休。

他輕輕的嘆了一口氣，不自覺露出寵溺的語氣：「我等等拿給妳。」

陸子寧接過紙筆後，立馬畫出了一張人物的關係和所有案件的動機以及方法，她勢必要找出莊佳恩的心理想法，才能遏止下一個悲劇發生。

蘇木：《聖安東尼的誘惑》，被惡魔附身後傳教（賭博），其為神（莊佳恩）的懲罰。

董重方等人：《耶穌釘刑圖》，即便世界以及你們對我（莊佳恩）再怎麼樣的不公，我都能寬恕你們的罪過。

薛璐：《耶穌誕生》，象徵薛璐與其孩子不純，是與神（莊佳恩）不同的存在。

「莊佳恩以神自居，懲罰他內心最憎恨的那些人。」陸子寧喃喃自語：「難道……」

陸子寧的雙眼突然放大，跑向正在廚房洗碗的左嗣音，「不好，莊佳恩的下一個目標，就是他自己！」

◆◆◆◆◆◆

深夜一點，黑暗的房間裡，莊佳恩的身體斜靠地上，雙眼緊閉，看不見的隱性顏料所畫的圖案正是《伊森海姆祭壇》的《耶穌復活》。

隱蔽的房間裡走出一個人影，他拿出放在地上的畫筆，匆匆撇了幾撇，再拿出手裡的電話，「代號新喀鴉任務結束。」隨後沿著陽台一跳，消失在夜色裡。

陸子寧晚上想明白後，雖然立即請林煒燁注意莊佳恩的動向和他家裡的情況，但值班監視的員警卻不小心睡著，導致發現的時候莊佳恩已經死亡，留下一堆謎團。

左嗣音和陸子寧早上四點就被電話鈴聲吵醒，到達現場的時候就聽到林煒燁在罵人，畢竟這件事原本是可以避免的，但因為員警的疏忽卻釀成了這起案件。

林煒燁看見他們兩個的到來，立馬壓住內心的怒火，走到陸子寧身邊，「畫的地方，出現了很奇怪的數字。」他打開紫外線光燈，顯示出死者頭頂上方被隱性顏料寫了一串歌德字體的數字。

陸子寧瞇著眼看，4344664464？這些數字是什麼意思？

沒多久後，左嗣音走到她的身邊，他初判死亡時間是在晚上十二點左右，地上散落的安眠藥和水杯裡剩餘的水，研判是服用大量安眠藥自殺，但還要再經過解剖進一步確認死因。

陸子寧接過員警遞給她的物證，這是一張廢紙，上面短短的寫了一句話：我得到了救贖，我寬恕你們的罪惡。

耶穌的復活，是人類希望和盼望，若是他沒有復活，我們仍活在罪裡，人類存在的意義就會顯得非常空洞。

然而這個世界的人大多都活在陰暗裡，等待著救贖。就好比她。

第二章：交易

不要用天才來抹殺我的勤奮和努力！——帕格尼尼

夜晚，月光穿過茂密層層堆疊的樹葉，灑落在鋪滿石子的道路。男人提著琴，攏緊身上的風衣避免冷風灌進，昂貴的皮鞋踩在地上，發出了喀啦喀拉的聲響，只剩他一人的聲音在這個地方迴盪，四周沒有路燈、沒有人影更沒有蟲鳴，安靜的不可思議。

這是他第一次經過這條道路，出了宴會的餐廳後，他就迷失了方向，遠遠聽到這邊傳來音樂的旋律，就藉著酒壯膽想看看到底是誰在裝神弄鬼。

音樂的聲音時大時小，旋律時快時慢，但仔細聽又不像是純粹的旋律，好像是有人在哼著什麼調。月亮慢慢被雲遮住，沒有一絲月光的照亮，根本伸手不見五指，男人抱緊手中的琴盒，露出防衛的姿勢，他朝著看不見底的前方大喊：「到底是誰在裝神弄鬼！再不出來我就要報警了！」

接著一個朦朧的人影慢慢地朝他走來，但因為微醺的酒意和黑夜，導致男人視線模糊且看不清來者是誰。

朝他而來的女人，每走一步的聲音在這個地方不斷的縈繞和疊加，嘴裡還唱著一段曲不成調的歌詞：「是誰和魔鬼達成了交易？是誰獻出了他的靈魂？是誰換得了才華？是帕格尼尼呀，可怕的帕格尼尼。」

抱著琴盒的男人不斷的尖叫，摔倒在地之後連忙向後退，他被嚇到腿軟，整個人站不起來，「拜託妳不要靠近我！我又不認識妳！」他放下手中的琴抱著頭，「我只是路過而已，要錢的話就把琴拿走！」他已經被嚇到語無倫次。

唱著歌的女人彷彿沒有聽見他的哭喊，還發出咯勒咯勒詭異的笑聲，無視地上男人的恐懼，朝著他走去。

看不到月光的深夜，突然有一道銀光閃過。

之後大地歸於寂靜。

◆◆◆◆◆◆

窗外下著雷雨，烏雲籠罩著大地，T市已經連續下了四天的大雨，許多低窪地區已經開始淹水。

距離祭壇案已經過了兩個多月，後天就是過年了，習慣一個人獨自生活的陸子寧根本覺得無所謂，更何況在國外根本沒有農曆過年的習俗，但左嗣音就不同了，他還得回家一趟。

離開前，左嗣音去敲了陸子寧的房門，「我要回老家過年了，妳有什麼事就給我打電話。」他本來是想帶陸子寧回家的，畢竟那件事情發生後兩老也很久沒看過她了，但對失去記憶後的陸子寧顯得過於唐突，還是要一步一步慢慢來才行。

陸子寧看著左嗣音的行李箱，微笑：「好，路上小心。」

左嗣音壓抑住想叫她一起過年的心，點點頭後轉身離開，再三猶豫後他又走了回來。

準備關上門的陸子寧眼角餘光看見他的動作，「怎麼了嗎？」

「明天要不要討論一個舊的案子？我昨天在看卷宗時看見的。」

陸子寧伸出手在玄關的鞋架上拿了一支筆，「幾點？哪一個案子？」

「十點，十五年前的『提琴分屍案』。」

陸子寧在手背上寫下時間和案件名稱，在關上門的那剎那向左嗣音說：「過年後見。」門外的左嗣音嘆了一口氣，提著行李離開。

翌日早上十點，左嗣音和陸子寧用語音討論關於提琴分屍案。

「妳看過卷宗了嗎？」左嗣音的低沉的聲音透過手機傳到了陸子寧的耳朵。過近的聲音，好像左嗣音在她耳畔低喃，陸子寧拿下手機，放在桌上開著擴音，「嗯。」

當時的死者田淼是一位被譽為天才的少女小提琴手，死時才十八歲。

十五年前，父母在二月十五號報案田淼在參加義大利巡演回台後失蹤，之後在二月二十日時清潔人員在T市大道的分隔島上發現了田淼的頭顱與其提琴的琴頭和琴身，而後陸陸續續在不同的地方發現了她被分屍的屍體。

頭顱對應大提琴的琴頭與琴身，肩膀到腰的位置對應琴身的上半部，腰到大腿根部對應琴身下半部，四肢和她的弦及弓放在一起。

「我看過當時法醫解剖，她是攝取大量安眠藥死亡，生前遭到性侵。兇手的分屍方法並沒有非常嫻熟，判斷是第一次作案。」左嗣音停頓了一下，「但我覺得很奇怪，這個分屍的刀法並不像是同一個人所做。」

當時有一名兇手——指揮家顏瑞遭到逮捕，警方根據下體的體液判斷應是性侵後殺害，隨後兇手被判無期徒刑，前陣子因為在獄中表現良好假釋出獄。

陸子寧盯著法醫解剖過程的錄影，的確，刀口呈現的樣子，分屍的下刀方式並不一樣，連刀子的種類都不一樣，但當時的警方卻排查不出其他嫌疑人。

「四個人。」左嗣音說：「但當時解剖的法醫不可能看不出來，每個人的下刀輕重和握刀方式會影響切口痕跡，這麼明顯的差距不可能看不出來。」

陸子寧皺著眉頭，「你有辦法聯絡到這起案件解剖的法醫嗎？」

左嗣音在看不見的另一頭搖頭，「他那時候年紀已經很大了，沒幾年後就過世了。」

若說是菜鳥法醫還有可能忽略，但都已經經驗老道的法醫不可能沒看到這麼明顯的證據，所以當時究竟發生了什麼事？

左嗣音有些猶豫地開口：「子寧，我回去後我請妳吃飯吧，和妳一起過年。」

陸子寧聽到左嗣音的話，有些震驚，但而後也只是露出微笑，心裡蕩漾，「好。」

她早就忘記過年的滋味，早就忘記人間的煙火。

那些燦爛的生活，她一直以為自己沒有機會擁有，但左嗣音提到後，她突然間又有了想重返人間的衝動。

◆◆◆◆◆◆

陸子寧沒想到這麼快就能再和左嗣音見面，通完電話的當天晚上，他們就接到了發現屍體的通報，隨後左嗣音很快的趕了回來，這個農曆年確定是泡湯了。

屍體是一個在T市一間荒廢的大樓前面被一個清潔隊員發現的，他當時在地上看到小提琴盒，以為是誰丟在這裡，就打開來看，沒想到發現一個頭顱，臉上戴著面具，以及剩下琴頭和琴頸的小提琴，地上散落著一頁又一頁的譜。

他嚇的趕緊報警，自己根本沒想到只是打掃竟然會看見一顆頭。

陸子寧接到消息時，當下愣了一會兒，這真的太過巧合了，巧合到都懷疑有人精心佈下了這個局。

今天是二月十五日，同樣也是田淼失蹤的第一天。

她和左嗣音幾乎是同時到的現場，周圍已經拉上封鎖線，鑑識人員在一旁仔細的拍下物證，包括琴盒、被分解的琴，以及地上散落且有些泛黃的譜，遠看就像一瓣瓣的玫瑰，好像在悼念著誰。

左嗣音向陸子寧用眼神示意後，兩人都在彼此的眼睛裡感受到這起案件的不尋常，這幾乎和田淼被殺時的狀況一樣。

初步驗屍後，根據頭顱呈現的樣子，死者死亡不到五個小時且為男性，但因為其他屍塊找不到因而暫時無法掌握被害人的身分。

「妳覺得死者臉上的面具用意是什麼？」左嗣音走到陸子寧身邊問。

「這看起來是威尼斯嘉年華的面具，而且這起案子和田淼的又有些不同，這次的案子多了些不一樣的東西，沒有了之前的粗糙感，反而變得精緻了。」

「我剛剛看過切口，這次的切口更為俐落和平整。」

陸子寧靜默了一會兒，伸出了兩根手指，「兩種可能，當初的漏網的兇手進化了，又再次的犯案，第二種，模仿犯。」

「模仿犯的機率高嗎？」左嗣音突然感受到一股壓力，幾乎是伴隨之前那起案子所疊加的心石，壓的他喘不過氣。

「在美國，我所經手有兩起模仿犯的案子，他們將原本的兇手視為像教主一般的偉大，並將其作案手法昇華，變得更精緻。」陸子寧的壓力感也微微上升，「我不敢保證這起案件是模仿犯的機率是多少，也不敢確保是否之前的兇手又再度出現，但我可以依據我在現場看到的線索提供側寫。」

林煒燁是最早到現場的一批刑警，他多多少少也聽聞過田淼的案子，當年兇手作案手法極度兇殘，連承辦的員警都不忍心看見一個十八歲青春年華的少女就這樣慘遭分屍。

當時大家都一致認為顏瑞就是兇手，正巧現在顏瑞假釋期間又有同樣的案子出現，因此聽到陸子寧和左嗣音的談話，他不禁疑惑，為什麼不可能是顏瑞再次犯案？

「林煒燁！」陸子寧在現場找尋林煒燁的身影，「我給你兇手的側寫。」

林煒燁聽到陸子寧的聲音，立馬回過神，「好。」他小跑步到陸子寧身邊。

陸子寧降低了一點音量：「兇手暫時仍無法判斷性別，但職業是一個具有高度醫學背景的人，他下刀精準，研判外科機率較高，但也不排除是法醫。」說到這裡，林煒燁突然看了一眼左嗣音，陸子寧也捕捉到他眼神的餘光，「不是他。兇手本身或是家人曾受過良好的音樂教育，尤其是小提琴。」

其實林煒燁也不是真的懷疑左嗣音，他只是下意識的反應，可能這個職業對任何事都比較敏感，「對了，琴盒上有採集到幾枚指紋。」

「那些指紋估計應該是死者的，請鑑識人員進快比對出死者的身分，畢竟兇手倘若是一個外科醫生，在行兇的過程肯定會戴手套，想採集到兇手的指紋並不是容易的事。」陸子寧拍一拍林煒燁的肩膀，「交給你了。對了，有必要請把顏瑞帶回來，有些事要找到他問清楚。」

死者的身分沒多久就查明了，是一名小提琴家劉謙知，他的來頭並不小，家裡是T市顯赫的家族，從小就栽培他學習樂器，唯獨品性並不怎麼樣，曾經因為吸毒被抓到勒戒所過。

沒多久後顏瑞被帶回警局，是林煒燁進去問話的，陸子寧在監控室察看顏瑞的反應，透過他在對談的肢體及臉部表情，就可以推斷他是否如實相告。

林煒燁走進狹窄的空間，看見的就是面色憔悴的男子，鬍渣佈滿下巴，眼神渙散，他終於明白為什麼陸姐不會懷疑他是這次案件的兇手了，就看他這副模樣，可能連刀都拿不動。

顏瑞看著一個刑警走到他的面前，手上拿了一本本子，眼神才慢慢的聚焦，「為什麼又把我抓回來了！」他激動的大吼：「明明還有其他的人啊。」他開始喃喃自語，不斷重複說著這句話。

陸子寧聽到了。果然，田淼的案子當初就不是一人所為。

林煒燁慢慢的安撫他，讓他穩定他的情緒後，就拿出了劉謙知的照片，「你認識這個人嗎？」

顏瑞用龜裂的手拿起了照片，然後突然間笑了，他指著劉謙知的頭像看著林煒燁，「兇手、兇手！」

林煒燁越來越摸不著頭緒了，什麼兇手啊，劉謙知不是被害人嗎？他全當顏瑞在胡言亂語，握拳忍住想打醒顏瑞的衝動，「他不是兇手，他已經死了，你知道他是誰嗎？」

顏瑞聽到劉謙知死後，嘴角突然咧開，他把食指放到自己蒼白無血色的唇上，「告訴你一個祕密喔，他一定是被田淼殺的。」

陸子寧睜大了眼睛，田淼？難道當初有一個兇手是劉謙知？

顏瑞繼續自言自語般的說：「我最近常常聽到魔鬼的聲音喔，大家都說天才少女田淼和魔鬼交換了靈魂呢，她一定是變成了魔鬼回來復仇了。」最後，他無聲的笑了。

顏瑞後來被警員們送醫了，他們完全不知道假釋後的日子，到底顏瑞經歷了什麼，才讓他變成了瘋瘋癲癲的狀態。

「陸姐，妳不覺得這件事很蹊蹺嗎？」林煒燁坐在小型會議室的椅子上旋轉，「顏瑞到底聽到了什麼？」

劉謙知頭顱旁散落的譜，警方已經查到是帕格尼尼的《威尼斯狂歡節》，這就可以解釋死者臉上的面具了，但奇怪的是，譜上採集到大量田淼的指紋，加上顏瑞的說明，讓這起案件負責的員警們都有些害怕和心慌。

「我是無鬼論者，除了心鬼，就是有人在裝神弄鬼。」陸子寧眉頭深鎖，這起案件太過乾淨俐落，完全沒有蛛絲馬跡可循。

林煒燁突然放下翹起的腿，皮鞋在地上發出了很大的聲響，「對了，陸姐，妳還記得莊佳恩死後留下的那串數字嗎？」

記得，那串讓他們困惑已久的亂碼——4344664464。

「4344664464……到底是什麼意思呢？」林煒燁喃喃自語：「我們試過了各種方法，找規律阿之類的，可是都想不到。」

突然一個想法在陸子寧腦海閃過，是啊，和那封促使她回台的電子郵寄一樣的解密方法的道理是同樣的。

她拿起手機，打開解鎖屏幕，看著上面的數字密碼，拼拼湊湊得到了一個結論。

——Hello Ning。

陸子寧輕輕笑了，原來隱身在暗處的人已經忍不住想要現身了，他在跟她打招呼呢，事情真的越來越有趣了。

林煒燁不明所以的看著她，突然用字正腔圓的美語說話，是看到鬼？

然而陸子寧並沒有感到害怕，反而用一種興奮的眼神。

莊佳恩的死，究竟是自殺抑或是他殺？又是誰在意圖挑釁？

又是誰希望她回來？又是誰想要做什麼？

傍晚，陸子寧、左嗣音、林煒燁和陳姐四人相約一起去警局附近的火鍋兼燒烤店吃飯。

林煒燁疲憊的癱軟在椅子上，「這起案件真的太燒腦了，全臺灣這麼多醫生要怎麼查啦，我現在真的需要大吃一頓補補血。」

陳姐似笑非笑的看著林煒燁，可能對於她來說，林煒燁仍像小孩一般。

「陳姐妳有一個小孩對嗎？」左嗣音一面消毒碗筷，一面抬眼看著陳姐。

陸子寧低眼看著左嗣音仔細的把碗筷清潔的乾乾淨淨，才明白這就是為什麼他不喜吃外食的原因。

「對啊，我們家崽崽很可愛的，以後有機會讓你們認識。」陳姐露出了溫柔的笑容，那是只有提到自己孩子那種慈愛。

◆◆◆◆◆◆

左嗣音將手中消毒好的餐具放到陸子寧面前。

陸子寧伸手接過，指尖碰到了左嗣音溫熱的手，她彷彿像觸電一樣迅速的把手伸回。

左嗣音愣了一下。

林煒燁看著他一連串順到不行的動作，不甘心的嚷嚷著：「頭兒，為什麼只有陸姐有啦！」

左嗣音淡淡的睨了他一眼，「你說錯了。」正當林煒燁覺得頭兒還沒忘記他的時候，左嗣音慢慢的說：「還有陳姐的。」

林煒燁像是石化一般愣在原地，接著他摀住心臟的位置，開始嗚嗚嗚的假哭。

所有人只是冷靜的看了一眼被刑警耽誤的話劇社演員，而後，有默契的不理會他。

「陳姐，妳平常工作的時候，孩子是誰照顧啊？」陸子寧輕啜了一口檸檬水。

「有時候是給保姆，有時候就帶回去給我媽顧。」陳姐說完後就笑了：「怎麼？子寧想生孩子啦？」

陸子寧一聽完就被水嗆到了，正在擦拭碗筷的左嗣音也愣了一下。

「陳姐，我都還沒有對象呢。」陸子寧擺擺手，試圖帶過生孩子的話題。

「煒燁和嗣音都是好孩子，可以考慮一下的。」

林煒燁聽完後像是被雷劈到一樣，一邊緊張的搓手一邊乾笑著：「哈哈哈，陳姐，妳太愛開玩笑了，我怎麼配的上陸姐呢。」他看見旁邊紋絲不動的左嗣音，「頭兒就不錯，年紀和實力都登對，郎才女貌。」

陸子寧瞪了一眼嘴巴沒停過的林煒燁，轉頭又問：「陳姐，妳先生會幫忙嗎？」

陳姐端茶的手微微抖了一下，裡頭的茶水濺出一點，桌面上留下深色的痕跡。

她慌亂的從包裡拿出紙巾，擦拭著濺出茶漬，「他工作很忙，孩子一般都是我帶的。」

陸子寧看著陳彥美的動作，輕輕的點頭。

這時，餐廳的一角傳來了騷動，似乎有人在大聲嚷嚷什麼，林煒燁立馬警戒起來，以防萬一出了什麼事。

一個穿著白襯衫，頭微禿，挺著鮪魚肚的男子用筷子夾著手中的肉大聲罵著店員，「這不是豬肉啊！你們是不是給錯啦？」他生氣的拍了一下桌子，「叫你們老闆出來！我要換貨或是退錢！」

老闆匆匆忙忙的從後台出來，「這位客人真的非常抱歉。」他九十度的彎腰鞠躬，「這個我們是從包裝袋裡面拿出來的，寫得的確是豬肉。」

慢慢的越來越多人注意到這裡的動靜，左嗣音和林煒燁率先起來查看，左嗣音看著男人面前的那盤肉，身為法醫，他越看越覺得肌肉紋理並不像豬，反而更像人。

他的臉色變得凝重，大吼：「所有人不要動，我們是警察。」林煒燁在一旁拿出警察證，看到左嗣音的表情他也明白大概發生了什麼事情。

「現在誰都不能踏出店外一步，誰也都不要再吃眼前的肉。」左嗣音一字一句的說：「這不是豬肉，是人肉。」

聽完後，餐廳的客人感覺到內心泛起了噁心，乾嘔聲此起彼落。

老闆嚇得臉色蒼白，直接跪下了，「我真的不知道，我什麼都不知道，我的肉都是別人送的。」

「有什麼事我們回警局說。」林煒燁打完電話請求支援後，就看見老闆哭哭啼啼的跪在地上哀求。

陸子寧從頭到尾都在餐廳裡觀察所有客人的反應。

她在找誰的反應最為異常，這麼變態的殺人兇手，怎麼可能不好好的欣賞自己完美的犯罪計畫？只可惜被他們突然其來的光顧而打亂，但為什麼沒有看到人呢，兇手究竟是躲到哪裡去了？

「我們每天早上五點都會有人來補貨，肉商有冷凍庫的鑰匙，所以不需要我們開門他也能夠進入。」老闆顫抖著聲音說，他至今仍不敢相信供貨商提供的肉竟然會有問題。

「除了你和肉商，就沒有其他人有鑰匙了嗎？」

「沒有。」老闆手交握著，聲音因為緊張而斷斷續續：「我們平常叫的肉都是肉片，但今天後廚負責處理肉的員工以為廠商忘了，也沒有多留心就將肉切片了。」

「你們員工難道都沒有發現肉的顏色和紋路特別奇怪嗎？」林煒燁負責做筆錄，左嗣音則是回收部分今天供應的肉，帶回解剖室查驗，些微的肉沫讓鑑識人員帶回去查驗身分。

陸子寧站在解剖室的外面看著左嗣音將肉塊查驗、拼湊，辨別這是屬於人體哪部分的，但由於屍體被分成太多塊，復原的過程並沒有想像順利。

兇手分屍的過程非常俐落，原本要熬成火鍋湯底的骨頭也是人骨，上面幾乎看不見肉的殘留，皮膚也遭到完全的褪去，就好像真的把人當成了豬一樣處理。

復原需要很久的時間，更何況有些肉已經辨別不出部位，陸子寧心裡一直有股強烈的預感，這些肉就是來自於被殺的劉謙知，但為什麼這次的兇手沒有像田淼那起案件一樣？難道是——

不好，兇手的目標就是四個人，那四個人就是分別殺掉田淼的兇手。

他在完美的模仿田淼的案子，只不過用了四個人代替了一個。

他是為了復仇。

這起案件，不管是死者、死亡時間、作案手法，都像在祭奠田淼的死。

顏瑞，果然還是那個最關鍵的人呢。

「陸姐，這是火烤兩吃店老闆的筆錄。」林煒燁將資料拿給陸子寧看。

「他們的倉庫有監視器嗎？」

「有的，不過已經年久失修，放在那裡只是嚇阻作用而已。」

「顏瑞呢？」陸子寧用最短但最有效率的方法把資料掃了一遍，「我覺得需要重啟田淼事件的調查，我懷疑這次是報復性質的殺人案件？」

「啊？陸姐妳的意思是真的是田淼化成冤魂回來報仇？」林煒燁瞬間覺得背後有點涼，整個人都起雞皮疙瘩了。

陸子寧忍住想翻白眼的衝動，深深的睨了他一眼，「不是只有冤魂才有辦法達到復仇的能力，只要是她的親人或是朋友都有足夠的動機。」她將資料放回林煒燁的手裡，「已經幫你減輕工作量了，這樣你找嫌疑人的速度也會快些。」

林煒燁頓時感動，他雙手合在一起，語帶哽咽：「陸姐，妳最好了。」

這次換陸子寧雞皮疙瘩了，被噁心的。

這時陳姐匆匆忙忙的跑了過來，「子寧快過來，出事了！」

陸子寧看見陳姐驚慌失措的樣子，以為又再次發生了命案，臉色也慢慢變得凝重，她連忙跟著陳姐進了辦公室，只看到陳姐手抖著打開電視。

「這裡是浪視新聞，為您插播一則消息。」電視機裡的主播得體的微笑，「剛剛位於T市的某火烤兩吃店驚傳吃『人肉』案件，現在我們將採訪幾位當時在場的民眾問問看當時的情景。」

「一開始就是有人指責老闆說肉的味道很奇怪，然後警察就出現說這是人肉。」

「那超噁心的欸，我還直接當場開始催吐，誰知道我們吃進去的是什麼啊。」

「我們完全都不明白發生什麼事，全部人被警察留在店裡，還不准我們出去，要我們做筆錄。」

「說不定那就是老闆殺的。」

一個個經過變聲器處理的聲音在辦公室裡迴盪，陸子寧當場低聲罵了一句fuck。

「究竟這些無辜的民眾是不是走進了孫二娘的店，而遭到老闆拖下水，都還有待查證。只不過最近T市一直不停的發生兇殺案，從『祭壇案』到前幾日的『提琴頭顱案』，不禁讓人懷疑警方是否辦事不力，才導致治安這麼的糟糕，也難怪犯罪案件不斷的上升。」

新聞畫面播完後，林煒燁直覺得自己額頭的筋快跳出來了，「媽的，到底是誰！」

這些案件上級為了避免民眾的恐慌，都會盡力的壓住，也算是給辦案人員較多的時間破案，畢竟他們遇到的案子也不是普通的殺人和搶劫。

「林煒燁，你通知老闆這幾天先不要做生意，也不要去看網上對他的評論。」陸子寧嚴肅的說，既然不是警方洩漏的，那必然是兇手本人了，「我們必須要加緊腳步，這次案件的兇手更善於利用輿論和玩弄人心。」

病房裡潔白的牆壁因為年久有些泛黃，空氣中充斥著消毒水的味道，陸子寧看著眼前躺在病床上精神時而恍惚、時而抽搐的男人，幾天不見他又變得更為消瘦了。

「陸警官。」醫生走進顏瑞的病房，手裡拿了檢驗單，「情況比我想像的還差，他不但精神上會出現幻覺，甚至因為服用毒品後更為嚴重了。」

「毒品？」這倒是陸子寧從來沒有想過的結論，照裡來說顏瑞剛假釋出獄，並沒有錢購買，那他的毒品來源究竟是哪？

「他一般什麼時候會清醒？」

醫生想了一段時間後，「不太一定。」

「那麻煩您他清醒的時間請聯絡我。」陸子寧微微頷首後，就離開了病房。

同時間林煒燁也打了電話，「陸姐，查到了。田淼的哥哥田凱翔就是醫生，在T市的醫院裡擔任外科醫生。」

陸子寧深深的看著一眼醫院的大門，「盯著他。」現在首要的目標就是找到當初殺害田淼的人，除了顏瑞及劉謙知的另外兩個人，以免田凱翔再次殺人。

但除了這起案件，還要解決的事情就是到底為什麼警方會沒有查到其他人身上？顏瑞為什麼會選擇包庇他們？

顏瑞啊，這個像謎一樣的人，手握著最多線索的人。

陸子寧拖著疲憊的身軀回到警局已經過了大半天了，但左嗣音到現在都還沒出過解剖室。

她脫下手中的風衣，披上椅子，又再度抬腳往解剖室走去。

玻璃窗內，左嗣音專注的拼湊，在研究兇手的下刀方向，想找到致命的原因。

左嗣音抬眼的過程，正好瞥見陸子寧的身影，加快了收尾的步驟。

陸子寧從頭到尾都靜靜的看著左嗣音修長的手指飛舞著，眼前突然又冒出一個影子。

一個男孩坐在她的對面，握著筆在書本上塗塗寫寫，雖然還小但已經能看出他手指的骨架是美的。

她思緒漸漸飄向別的地方，她又不禁想起左嗣音曾經說過他們兩個先前認識，的確，最近跟左嗣音相處的過程偶爾會產生影像，但她不知道那從何而來，但感覺是熟悉的，只要畫面出現，就感覺有股淡淡的暖流流過她的四周。

正好，左嗣音也完成了他的工作，他走出解剖室就看見陸子寧正在發呆，「在想什麼？」

「我們是什麼時候認識的？」陸子寧打算趁這個機會好好把話說清楚。

左嗣音不知道該不該說，因為他並不了解陸子寧當初和她父親為什麼會突然離開，後來又發生了什麼，他失去太多和她有關的事。

再三思量後，「小時候，妳和我是鄰居，一起長大的。」

陸子寧曾經想過很多答案，像是同學，但就是沒想過這個可能。

「但我的記憶裡沒有你。」

左嗣音當然知道，他眉眼低垂，神色似是有些落寞。

陸子寧看到後心臟像是被鈍器狠狠打中一樣。

在美國的時候，人人都說她的心比被她抓的那些變態殺人犯更狠辣，就像一台沒有情感的機器一樣，這種心像塌了一塊的感覺她已經很久沒有感覺到了，好像連同她被丟失的記憶一樣一起墜落，再也無法拾回。

左嗣音靠進一步握住她有些冰冷的手，「我不知道妳離開後發生了什麼事，但我會慢慢等，等到妳願意開口和我說。」

他已經等了十五年，再多等一些時光也無所謂，往前走和往後走的結局若都是沒有陸子寧的相伴，那他存在的意義又是什麼？

陸子寧吐了一口氣，把手從他的手中抽出，「我自己也沒搞明白發生了什麼事。」她沒有理會左嗣音愣住的神情，「我很危險，就像一個不定時炸彈，左嗣音，你會受傷的。」語畢，她沒有做任何停留就離開了。

她這趟回來並不是要和任何人敘舊，她也沒打算長期留在這裡。

左嗣音難掩失落的眼神和情緒，慢慢的融入在解剖室的陰暗裡，像是被無盡的黑洞吞沒，心像被抽離一般的疼痛不捨，他的子寧究竟發生了什麼事，才讓她變得這般拒人於千里之外？

◆◆◆◆◆◆

警方很快的鎖定了田淼的哥哥田凱翔，但是並沒有直接的證據，只能暫時請他到案說明。

「二月十五日，你人在哪？」林煒燁不客氣的問，他最討厭這種看起來文質彬彬，內心卻是變態的傢伙，這樣還配做一個醫生嗎？原本是救死扶傷，沒想到變成殺人。

「那天我休假，在家裡睡覺。」田凱翔面對質疑的語氣並沒有露出不耐煩和厭惡的神態，仍然掛著得體的微笑，像看待一個前來問診的病人一樣溫文儒雅。

「有人可以作不在場證明嗎？」

「沒有，家裡就只有我一個人。」他似是不清楚警方叫他到案說明的原因是為什麼，「請問，為什麼問我這個問題呢？」

「你認識劉謙知嗎？」林煒燁拿了之前給顏瑞看的同一張照片。

田凱翔疑惑的偏頭，他看了眼照片，「他不就是和我妹同一個樂團的小提琴手嗎？」他伸出食指指著劉謙知的臉，「我在我妹的大合照裡看過他。」

「他被殺了，而你的嫌疑很大。」林煒燁乾脆直接挑明。

田凱翔先是愣了三秒，然後低聲的笑了起來，像是聽到什麼荒謬的事情，「他被殺了，關我什麼事？」

林煒燁盯著他不出聲，沒多久後，田凱翔收起了笑容，瞪大雙眼，發出了令人毛骨悚然的聲音，「有本事，你找到證據啊。」

過了很多年後，偶爾林煒燁想起這件案子，仍然忘不掉這句話和聲音，沙啞尖銳，好像詞語意圖衝破喉嚨的阻礙，就像來自地獄的惡魔般。

田凱翔走後沒多久，左嗣音和鑑識人員確定燒烤店的肉來自於死者劉謙知，但仍然不能確定是兇手放的，也許存在著共犯，因此暫時限制田凱翔和燒烤店老闆出境。

一群人在會議室開會時，陸子寧和左嗣音從頭到尾零互動，林煒燁通通看在眼裡，他撕下筆記本的一頁，在上面草草寫了幾個字就遞給了旁邊的左嗣音。

左嗣音還在懊惱怎麼和陸子寧說開的時候，就被旁邊的人塞了一張紙，他瞥了一眼林煒燁，修長的手指慢慢的打開被揉成一團的紙張。

頭兒，你和陸姐吵架啦？我跟你說，看在你是我上司的分上，我告訴你幾個方法。

女人的心都是水做的，都很心軟，吵架的時候你就服軟哄一下，適時買個包或是衣服，就可以了，十個有九個都是會諒解你的。

左嗣音暗自記下了，但他臉上仍沒表情的默默把紙條收進大衣的口袋裡。

陸子寧率先將小組人員分成三組，一組專門調查劉謙知和田凱翔，一組調查顏瑞和田淼事件，一組盯著燒烤店老闆，全部由林煒燁和她統籌。

關於祭壇案的賭博和顏瑞的毒品，上級交由其他專門的調查小組，因此這部分他們暫時可以放下。

「首先，兇手一定會從頭欣賞他所設計的表演，燒烤店附近有什麼地方可以看到店內的全部情景嗎？」

一名員警調出燒烤店對面的街景圖，「這間咖啡廳，是那附近唯一一個可以看到燒烤店的地方。」

「好，那你們這組的主要工作就是找到燒烤店附近街口的監視錄影器和目擊證人。」陸子寧安排完工作後就讓他們去行動了，「第二，盯著田凱翔最近的行動，你們目標就是找到一切的證據。第三，顏瑞清醒時，問他關於田淼事件的兇手到底有幾個人，以及當初為什麼只有他一個人認罪。」

這時，有一個員警敲了敲門，探出了一顆頭，「煒燁，外面有人找，好像是來報失蹤案的。」

失蹤？現在這些字眼真的太敏感了，陸子寧和林煒燁及左嗣音三人對看一眼後，就往外走。

辦公室外面站著一個男人，穿著筆挺的西裝，臉上掛著一副銀色框的眼鏡，英俊的臉龐吸引警局裡女警的目光，但他毫不在意，看到林煒燁，他連忙上前，「林警官，我朋友失蹤了。」

陸子寧看到男人的臉龐，有一瞬間失神了，男人抬眼看見站在林煒燁身後的陸子寧，也是露出不可置信的表情，他走到陸子寧身邊用力的將她擁入懷裡，「阿寧，是妳嗎？妳回來了？」

陸子寧輕拍了他的背，「之白哥，我回來了。」

不論是叫之白的男人語氣親暱的喊著陸子寧的名字，抑或是他們之間的互動都刺痛了左嗣音的心臟。

林煒燁在一旁看呆了，這是什麼節奏？難道，他家頭兒要被出局了嗎？

徐之白放開了陸子寧，轉頭和林煒燁及左嗣音分別握手，「我是徐之白，白鴿集團ＣＥＯ。」他從口袋拿出了名片，遞給他們。

「左嗣音。」

「林煒燁。」

林煒燁把徐之白請到了辦公室，「徐先生，您說您朋友失蹤是怎麼一回事？」

「我朋友叫黃威浩，是一個著名的中提琴家。」

林煒燁聽完後先是木著臉，但內心已經在大聲的咆嘯。媽的，又是提琴，重點是這個還是大家都有聽過的中提琴家。

徐之白慢慢把過程娓娓道來：「我們將在二月底舉辦一場慈善晚會，邀請了著名的黃威浩先生到現場演奏，今天是彩排的日子，我的助理通知我他還未到場，我聯絡他也沒有連絡上，去他們家敲門也沒有找到他人。」

「您上次和他聯絡是什麼時候呢？」

徐之白回想了一下，「是我助理連絡的，大約是一個禮拜前，請他不要忘了今天的彩排。」

「大致情形我們已經掌握，有消息我會再通知你的。」林煒燁掛著職業假笑，內心已經愁雲慘霧，下次的消息大概就是通知家屬認屍了吧。

徐之白走出辦公室後就看見陸子寧站在門口，「阿寧，我請妳吃飯吧。」

「走吧。」她就是特地在這裡等他的。

左嗣音看見他們並肩離開的背影，只覺得有一股深深的挫敗感，當年陸子寧離開後，他在她身邊的位置早就被徐之白取代。

林煒燁走出辦公室看見的就是左嗣音落寞的神情，這完全演繹了：不怕沒機會，就怕上天連機會都不給。

他拍拍左嗣音的肩膀，他可憐的頭兒啊。

「妳什麼時候回來的？」徐之白叉了一塊牛肉放到陸子寧的盤子裡面，「回來的時候也不告訴我？真的不把我當哥哥？」

陸子寧低頭啜著高腳杯裡的紅酒，並沒有正面回答他的問題，本來她回臺灣就是為了調查出當年的真相，很快又要回到美國，也沒想過要通知過往任何的人。

「怎麼不說話？」徐之白對於陸子寧的冷漠並沒有覺得唐突，應該說從他認識陸子寧後，她一直是這樣的，只是這幾年又變得更加冷淡。

「我回來是受到這邊警方的特聘，很快又要回去了。」

「在美國過的好嗎？這幾年怎麼都不和我聯絡？我可以幫妳安排。」

陸子寧終於抬眼正視他，「之白哥，我爸當年的事你知道多少？」

徐之白詫異的看了她一眼，「怎麼了？」

「我這次回來，其實也是為了調查當年的事，我想要抓到真兇。」陸子寧微垂的眼眸遮蓋不住她難過的情緒。

徐之白的眼神漸漸的黯了下來，他握住陸子寧放在桌上的左手，「子寧，那件事我們都很遺憾，可是讓妳一個人去承擔太危險了。妳不知道對方是多麼兇險的人，我不可能眼睜睜看著妳去冒險。」

陸子寧慢慢的把手抽離，「不管怎樣，我一定要找到，他是我爸爸，如果連我都沒有記得、連我都沒有去在意，那還有誰會去想起他？」

父親的離開，是她一輩子的傷，好像原本已經修築好的心又再度碎裂。

「子寧，乖，不要哭。」畫面的女人將她捆在沙發上，一面哭著摸著她的臉頰，「媽媽先走了。」

女人身穿一襲白色的蕾絲洋裝，臉上畫著精緻的妝容，慢慢的將下巴靠在垂掛下來的圍巾，隨後踢開凳子，兩腿一伸，慢慢的斷氣。

◆◆◆◆◆◆◆

「不要——」

陸子寧聲嘶力竭的大吼，隨後她醒了。

外面的月光一如往常的皎潔，世界安靜的好像只剩她一個人。

她用手背擦去額頭上冒出的冷汗和眼角冒出的眼淚，慢慢的吐出了一口氣。

剛剛在夢裡的畫面鮮明，那個女人是誰？她又為什麼喊著自己的名字？而自己產生奇怪的共情又是怎麼回事？

她伸手拿起放在床頭櫃的手機，顯示凌晨兩點鐘，然而自己卻已經睡意全無。

「陸姐，不好了！」林煒燁的嗓門在手機裡無限的被放大，「我們接獲轄區派出所的報案，在T市的大排水溝處發現了一具被分屍的屍體，但只有上半身。」

陸子寧趕到指定地點時，首先看的並不是屍體和現場的狀況，而是找尋附近任何一個可以縱觀這裡的藏身位置。

她放下手中的包，只拿了手機和警察證明就走到了大排水溝對面的一家早午餐店。

「警察。」她看著因為緊張而手抖的店員，直接挑明：「你們這裡有哪個位置可以看到對面的情況？」

店員緊張的在圍裙上擦了擦手汗，「我們二樓有個地方應該看的到，我帶您去。」他領著陸子寧上了二樓的角落，「就是這裡。」

「早上十點二十分左右，有人在這個位置用餐嗎？」

「有的、有的。」

「是一個男人嗎？」

店員仔細回想了一下，「不是，是一個女生，個子很高，金長髮，穿著長裙、戴著墨鏡和遮陽帽，因為她看起來氣質太好了，當時候走進店裡所有人都在注意她。」

女人？為什麼是女人？

陸子寧壓下了心中的懷疑，拷了一分監視器，打算和燒烤店對面的咖啡廳比對是不是同一個人。

回到警局後，陸子寧連忙召開了小組會議，她想要盡快釐清所有的頭緒，這起案子並沒有表面看到這麼的容易和簡單，「田凱翔的行蹤呢？」

「陸姐，我們並沒有看到他離開過家裡。」

這次林煒燁先發脾氣了，「沒有？那屍體是憑空出現的啊？上次莊佳恩你們也盯不住，這次也盯不好！」

陸子寧揮揮手，「算了，已經發生了，再追究也沒有意義。」

「顏瑞清醒了嗎？」其實現在最迫切就是要找到當年殺害田淼的所有兇手，趕在這次兇手再度行兇時及時阻止。

「還沒，但我們有請醫生持續幫我們注意他的情況。此外，我們找到了當年辦案的刑警和檢察官，他們仍然堅持田淼的案子只有一位兇手，不過我們有聽到其他的消息。」

「關說是嗎？」

得到員警的點頭後，陸子寧毫不意外的聳肩。

關說這種是在古今中外都不是什麼罕見的事，基本上只要有錢就能夠使鬼推磨。

但是他們又是怎麼說服顏瑞替他們扛下所有刑責又是另一個不解之謎了。

「打岔一下！」陳姐邊說邊焦慮的將電腦螢幕接上投影片，「我剛剛收到的消息，媒體又播了今早的新聞片段。」

畫面的女主播口條清晰的播報：「這裡是浪視午間新聞，今早在T市的大排水溝發現了一具男性的屍體，和前幾日發生的提琴分屍案有些雷同，這起連環殺人案不僅造成附近民眾的恐慌，也更加深了對警方辦事能力的質疑。我們將鏡頭轉交給棚外記者。」

「我們將採訪一些民眾對於這件事情的看法。」

附近居民王先生：「很恐怖欸，到底有沒有在調查啦！還是警方又想吃案了？」

附近居民李先生：「上次那個燒烤店老闆的事不是也沒有後續嗎？我聽附近的人說啦，那間店的員工說老闆是共犯。」

附近居民陳先生：「我就覺得那個燒烤店老闆一定有問題！不然怎麼會肉那麼剛好出現在他店裡？抵制那間店啦！」

「這起案件對於附近居民造成不小的心理陰影面積，而我們也來到了燒烤店的位置，可以看到燒烤店的大門緊閉，還被人用紅色噴漆寫上『殺人償命』等的字眼。希望警方能夠出來向社會說明，並且還給被害人一個公道。我們將鏡頭轉回棚內。」

畫面到這裡就沒有了，每個人的神色凝重，沒有人能夠想到媒體不僅緊咬不放，甚至還造謠一些子虛烏有的事。

「驗屍結果出來了。」左嗣音走進小組的會議室裡，「死者確定為昨日通報失蹤的中提琴家黃威浩。」

「死者的胃裡沒有任何的食物殘留，死前遭到長時間的禁食。且身體驗出毒品反應及安眠藥，推測死者是吃完安眠藥昏睡後遭到殺害分屍，切口的痕跡看起來和殺害劉謙知的兇嫌應是同一人。」

「毒品？」陸子寧皺著眉，「這是第三個人了，從劉謙知、顏瑞到黃威浩，所有人都與毒品有關聯。」

「會不會是和『祭壇案』一樣，透過毒品控制被害人？」左嗣音提出了一個想法，當初祭壇案賭博的這條線交給了其他專案組別，他們就沒有再持續追蹤後續的進度。

「不排除有這種可能。」陸子寧下達指令，「我希望大家能和緝毒大隊一起找到這起案件毒品的來源。」

「現場留下的跡證呢？」林煒燁問了跟在左嗣音後方進來的鑑識人員。

「只有一份帕格尼尼的《摩西變奏曲》。」

「帕格尼尼？《威尼斯狂歡節》、《摩西變奏曲》，這些到底有什麼關聯？」陸子寧喃喃自語。

當時的死者田淼是一位被譽為天才的少女小提琴手，死時才十八歲。十五年前，父母在二月十五號報案田淼在參加義大利巡演回台後失蹤。

天才、義大利……

難道天才對應的是帕格尼尼？

田淼失蹤的時間也正好符合威尼斯狂歡節的日子，所以每個遺落在現場的譜都是別具意義的，由《威尼斯狂歡節》拉開序幕，接上《摩西變奏曲》象徵祈求上帝的幫助逃脫被囚禁的日子。

這個故事還真是有趣。陸子寧笑了笑，她大概知道該如何找到殺害田淼的最後一位兇手了，除了劉謙知、黃威浩、顏瑞，第四個人就快浮出水面了。

「可以找到當初田淼失蹤前去義大利巡演有哪些人陪同嗎？」找到這個，基本上就可以排除掉大部分的人，也不必再等顏瑞清醒時才問話。

隔日一早陸子寧是被手機電話鈴聲吵醒的。

她本來就是淺眠的人，聽到手機鈴聲響第一聲的時候就醒了，只是頭有點痛。

她完全沒有仔細的看來電顯示的就接了起來，她一手扶著額頭，一手握著手機，「喂？」

「子寧，醒了嗎？」左嗣音溫潤的聲音在另一頭響起。

老實說陸子寧以為上次說清楚後，左嗣音會適當的保持距離，畢竟他們也有好幾天沒有接觸了。

她現在連自己的事都還沒搞明白，她也不想去傷害任何的人，給了太多期待的結果就是受傷。

「怎麼了？」陸子寧開口後才發覺嗓子有點乾，她走去廚房倒了一杯水。

聽到陸子寧微啞的嗓子，左嗣音擔心的問：「感冒了？」

他略帶緊張的語氣，讓陸子寧的心好像被砸中了一塊，逐漸碎裂。

她已經忘了自己有多久沒有被人這麼關心過了。

「沒有，剛起床喉嚨有點乾。」陸子寧吞下嘴裡含著的水。

「早上，第三具屍體出現了，這次是在國小門口，但還有一個……」

陸子寧皺眉，還有一個？什麼意思？

「燒烤店老闆今天凌晨跳樓了，送醫後醫生宣告不治。」

陸子寧的神情瞬間變得凝重，「我馬上過去。」

到了第三起案件的現場後，就看見林煒燁正常疏導人群的走向，因為屍體是在國小門口被發現的，也正值上學時間，有些大人摀著孩子們的眼睛快步的跑過，有些人則是佇足圍觀。

看著周圍人潮流動的現場，陸子寧站在人群中看著棄屍現場，內心突然沒來由地感到徬徨，對於自己來不及阻止第三起悲劇的發生覺得無力，就是因為沒有找到足夠的證據逮捕田凱翔，才放任他繼續傷害更多的人。

同樣，她也能明白燒烤店老闆自殺的原因。世界太多紛紛擾擾，流言蜚語滿天飛，所有惡意的話和不切實際的報導都是能壓垮一個人內心的稻草。

沒有人可以握有評斷一個人是非的權力，罪惡之人應受的代價應由法律來制裁，而不是透過自以為正義的人用言語來懲罰，那樣不是間接殺人又是什麼？

被害者的身分已經確認，是大提琴家侯政罡，只發現下半身屍體，以及大提琴琴身的下半部，死因和前面兩位都是一樣的，此外現場還有散落的琴譜，是帕格尼尼最為膾炙人口的《鐘》。

「媒體真的欺人太甚！」林煒燁克制不住自己的怒火，將手中的資料用力的摔在桌上。

「我們先找到能夠證明田凱翔犯罪的證據。」陸子寧嘆了一口氣，「媒體的事也不是我們所能干預的。」

林煒燁忿忿的坐了下來。

陸子寧知道，田凱翔在警示世人，他用《鐘》無非就是想敲起正義的號角，讓更多的人關注到這個案子。

他的目的不是要製造更多的恐慌，他只是想吸引更多目光，逼迫警方重啟田淼的案子，還給自己妹妹一個公道。

「這次還是沒看見田凱翔出門嗎？」左嗣音看著負責盯著田凱翔行蹤的員警問。

被左嗣音嚴肅的眼神嚇得狂冒冷汗的員警搓著手回答：「對，除了公司他哪裡都沒去。」

坐在發言員警旁邊的另一個員警用手肘抵了抵，低語：「欸，不是有個女的？」

陸子寧座位離他們比較近，聽見了他們的竊竊私語。

她拿出拷貝的監視錄影器，指著在早午餐點一角的女人，「是長這樣嗎？」

在座的人都發出了驚訝的聲音。

「如果按照你們所說的，只有兩種原因，這是田凱翔的偽裝，此外就是他的親朋好友，經常性的出入他的家。」陸子寧稍稍思考了一會兒，「但我更為傾向第一種可能，盡量去找到更多的目擊證人。田凱翔住家離各處案發現場都有些距離，他若要移動勢必得透過交通工具，最不會引起注目的就是可以混在人群裡的大眾運輸或是獨自一人搭乘的計程車。」

「只要找到他移動的路徑，就可以找到他使用的工具，也能更快找到目擊證人。」左嗣音統整了陸子寧所表達的意思。

陸子寧起初愣了一會，但後來也就釋然，左嗣音是一個公私分明的人，並不用擔心他在工作時間摻雜私人情感，會幫她總結也是理所當然的事。

「盯著顏瑞周遭，不要讓他發生意外。」陸子寧揮了揮手，「散會吧。」

全部員警離開後，只剩下陸子寧、左嗣音、林煒燁和陳彥美四人面面相覷。

他們都從彼此的神態和眼神裡讀出了疲憊，這起案件看似容易，只有一位首要嫌疑人，但卻始終找不著證據，遲遲無法將他定罪。

辦案並不是捕風捉影，需要講求最主要的關鍵性證據。

「對了，緝毒小組到了嗎？」陸子寧看了一眼左手腕上的錶，「時間差不多了。」

林煒燁站起來活動筋骨，伸展過程都可以聽起脊椎一節節被拉開的細微聲響，「我出去看看。」

沒多久後，林煒燁領著兩個高大的男子進來。

陸子寧示意他們坐下，「我們直接進入正題吧，你們應該多少都有聽過這起案件。我們想要知道，他們所有毒品的來源，以及吸食的程度，因為我懷疑他們有產生幻覺的可能性。」

「陸老師，您應該聽過龍哥吧？」其中一位帶著眼鏡的男子將電腦螢幕轉向他們，表格的上面有著龍哥的頭像。

龍哥？四個人聽到後有默契的對視了一眼。

「您們的反應看來都知道他是誰吧？」另一個理著吋頭，長相不像員警更像黑道的男子問。

「是，我們在上一個案子也有追查到他涉嫌賭博利益，但這並不歸我們所管，我們便將案子移交了。」

「據我們所知，龍哥隸屬於一個叫做『黑鴉集團』的組織，該組織涉嫌全國多起犯罪案件，包含賭博、毒品、教唆殺人等。但龍哥只是一個名面上的棋子，目前無法打探到該組織的內部，也無人可以滲透，他們規模強大、分工精密，我們也只知道這樣了。」

黑鴉？越來越有趣了，全部看似獨立的案子，其實都是串聯好的，陸子寧心想。

讓她不免開始好奇到底是誰千方百計地讓她回來，讓她陷進這一連串的漩渦，但不管是誰也不管是什麼目的，她是絕對不可能屈服的。

林煒燁的人馬使終盯著田凱翔的動靜，但這幾天他一如往常的安分，並沒有太多的小動作。

但因為田凱翔的家人都已經過世，剩下的幾乎沒有連絡，身旁的好友也沒有人長的像員警和早午餐店員所目擊的人，因此他們更為斷定是由田凱翔自己所喬裝的。

同樣，他們查到田凱翔行動的交通工具是計程車，詢問過計程車的司機後，他們雖對田凱翔毫無記憶，但對他偽裝的女人是有印象的，畢竟一個單看身材長的漂亮的女人卻不開口講話也是很有記憶點的。

「報告，一號位置有動靜。」員警在遙遠的民宅屋頂上持續監視田凱翔的一舉一動，「目標拿著黑色垃圾袋，看起來很有重量。」

「收到。」林煒燁穿著一身便衣從深夜的暗巷走出，吹著口哨，插在口袋裡的左手不時摸索著裡頭的錄音設備，右手則時時刻刻保持的戰鬥的狀態，以免田凱翔突然朝他攻擊而反應不及。

林煒燁先是假裝沒看見田凱翔經過他的身邊，而後撞似瞥見他而倒退回來，「欸？這不是田凱翔嗎？」

田凱翔拎著垃圾袋的手微微一頓，機械似的轉頭，看到來人是林煒燁後也就鬆了一口氣：「是林警官啊？您這麼晚怎麼會在這裡？」

林煒燁不以為意的聳肩，「我本來就住這附近，只是平常工作很忙很少出來，沒想到你也住在這附近啊。」他貌似驚訝看著他手裡的垃圾袋，「你拿著這麼大的垃圾袋……」

田凱翔只是笑笑：「我去丟垃圾，林警官難道沒有收到里長通知今天因為路段施工垃圾車不會來收垃圾嗎？」

林煒燁似笑非笑的看著他，「可能是我太忙了，沒收到通知。我還以為你又要去棄屍呢。」

「哈哈哈哈哈。」田凱翔笑彎了腰，「林警官您真是幽默，家裡的垃圾堆積如山，我只好趁著剛下班拿去社區的子母車丟呢。」

「原來如此。」林煒燁點頭，「那既然沒事，我就先離開了。」

田凱翔等林煒燁走遠後，露出一絲冷冽的笑：「這個警察真嫩，真的是誰也敢來在我面前釋放他拙劣的演技。」

在田凱翔離開後，林煒燁特地去檢查了他丟棄的黑色塑膠袋，裡頭確實只有垃圾並無其他可疑的東西。

「陸姐，妳計畫真的可行嗎？」林煒燁攤軟在椅子上，最近忙碌得不可開交，他都覺得自己快要暴斃了。

陸子寧打開徐之白剛剛送的便當，冷冷的看了著他，「你是質疑我嗎？」

林煒燁瞬間從沙發上跳起來，頭搖的都像波浪鼓一樣了，「那為什麼要讓我去試探他呢？」他指著在一旁發呆中的左嗣音，「為什麼不找頭兒呢？他的身手也挺好的，如果有意外的話，他自己也可以保護自己。」

「因為你可以讓他放下戒心。」

陳姐聽出了陸子寧的話中有話噗哧一聲笑了出來，只剩林煒燁暗自竊喜，以為自己真的有用武之地了。

但陸子寧的確是誇獎他，誇獎他傻，若是讓左嗣音刺探田凱翔，很快的田凱翔就知道他們的目的是什麼。

傻子的好處就是，聰明人永遠不明白他們的思維邏輯，讓田凱翔以為警方抓不住他只能用這種伎倆試探他，就無法讓他順利的完成下一個計畫。

林煒燁聞到陸子寧便當裡面的香味，看了一眼從頭到尾像木頭人的左嗣音，心裡真的替他著急死了。

「陸姐，妳跟徐先生很熟嗎？」

「我出國以前和他是鄰居關係。」陸子寧淡淡地回答。

「鄰居？」林煒燁露出吃驚的表情。鬼才信，住他隔壁的阿姨也沒對他這麼好。

陸子寧早就把林煒燁的套路摸清楚了，無非就是燃起了他的八卦之心。

她留下了她的便當，「要吃就吃一吃，希望這些能夠讓你閉上你的嘴巴。」說完，陸子寧衝他露出一個笑容。

林煒燁抖了抖肩膀，莫名感受到一股寒氣。

他端著便當默默蹭到了左嗣音身邊，「頭兒，你和子寧姐到底有沒有後續啦！」

左嗣音蹙著眉偏頭，「很重要嗎？」

林煒燁一副「儒子不可教也」的樣子搖頭嘆息：「頭兒，敵人都殺到你眼前了，你還這麼不自覺。」他晃了晃手中的便當，「你有實踐了我教給你的小秘訣嗎？」他看著左嗣音面無表情的臉，用空出來的手搭著他的肩膀，「頭兒，明天開始就換你給陸老師送便當了，俗話說：『近水樓台先得月。』你可不要辜負古人的智慧。」

他將便當用力的塞進左嗣音的手裡，「頭兒，這給你吃了，知己知彼，才能百戰百勝，加油。」

林煒燁露出了得逞的笑容後立即逃之夭夭，留下還未回過神的左嗣音。

沒多久後陸子寧收到了白鴿集團慈善晚宴的邀請函，卡片和禮服是徐之白和助理一起拿來的。

「欸，煒燁，他們兩個火藥味怎麼這麼濃？」陳彥美和林煒燁站在走廊的轉角，偷偷看著左嗣音和徐之白兩人的互動。

「三角戀一直是自古以來解不開的謎團。」林煒燁含著棒棒糖時不時發出嘖嘖的聲響。

看著徐之白得體的微笑，左嗣音收下他遞來的邀請函，「沒問題，我一定會去。」

「請務必一定要來。」徐之白唇角一勾，隨後離開。

「之白哥。」陸子寧在徐之白準備離開警局前喊住了他，「你下次可以不要再來警局了嗎？這裡不是誰都可以隨便出入的地方，你這樣會讓我很困擾。」她嚴肅的說。

這件事並不是可以隨便開玩笑的，他不打招呼說來就來不僅會讓同事看笑話，也會造成別人辦案困擾。

「阿寧，那你答應我，以後要回我消息。」徐之白寵溺的摸了摸陸子寧的頭，「不然我找不到妳我會很擔心。」

陸子寧不耐煩的把他的手從頭頂上拍下來，她其實很討厭這個動作，總覺得別人老是把她當小孩。

「還有，為什麼要邀請左嗣音？」

徐之白並沒有因為陸子寧的動作而感到唐突，他依然溫柔的笑著：「我一直很想認識左法醫，想和他當朋友，這沒什麼問題吧？」徐之白說完就揮了揮手，「阿寧，我有事，先走了。」

陸子寧用審視的眼神打量徐之白的背影，這一切都太不尋常了。

離開後的徐之白坐上了由司機拉開的後座，隨即拿出電話，撥了個號碼，「準備好了，可以開始行動了。」

而後，他露出了一抹笑。

◆◆◆◆◆◆◆

夜晚，月光灑落在病房，有人悄悄的推開了門，哼起了熟悉的旋律。

「是誰和魔鬼達成了交易？是誰獻出了他的靈魂？是誰換得了才華？是帕格尼尼呀，可怕的帕格尼尼。」

床上的男人不停的扭動，撕裂的大吼：「不要再唱了！」

一個穿著長裙的人慢慢的靠近病床，拿出包裡的一疊譜，由上而下的開始灑下，一頁頁的譜像雪花般的散落。

「來了！最後一場祭奠開始啦！」像魔鬼般的聲音在空間裡迴盪，而後發出咯咯的笑聲：「帕格尼《魔鬼的微笑》是不是很適合你們這群沒良心的人呢？你們才是魔鬼啊！真正跟魔鬼交易的是你們！你們才是真正出賣自己靈魂的人！」

她不停的唱著重複的調子，大約唱了十幾分鐘後，拿出銀晃晃的刀子，「乖，不要怕，你們那時候也是這樣跟我說的。」握著刀子的手慢慢靠近床褥，「你們殺死我之前也是這樣說的呀。『不要怕喔，田淼。』你們就是嫉妒我的才華啊，才會忍心殺了我。」

在刀子抵在咽喉時，床上的男人瞬間跳了起來，將他壓制。

林煒燁扮成了顏瑞的樣子，將她反手壓在牆壁上，「不准動。」

她奮力的想要掙脫，不像人類的聲音又開始了，她不怒反笑：「你們竟然設了陷阱？」

陸子寧和左嗣音從一旁走了出來。

「田凱翔。」陸子寧停頓了一會兒：「不，應該稱呼妳為田淼，對嗎？」

林煒燁被突如其來的對話，嚇愣了，他手微微一鬆，沒想到卻讓田凱翔掙脫了。

田淼快速的衝到陸子寧面前，站在陸子寧一旁的左嗣音什麼也來不及想，就擋在陸子寧身前，用他的手挨下了田凱翔的刀，林煒燁立馬回神衝上去壓制。

陸子寧看到左嗣音的手肘到手腕處被劃開了一條近十公分長的傷痕，血從裡頭湧出。

她立馬將左嗣音往身後一拉，捂住令人怵目驚心的傷口，「我們設計妳，因為我們就能以現行犯的名義逮捕妳，而現在妳又多了一條襲警呢。」

這是他們思量後決定的下下策，遲遲找不到實質的證據，也只能用另一種方式誘使他出面。

他們在這裡已經蹲點許久，林煒燁每晚都在這裡裝扮成顏瑞，就是為了讓田凱翔出其不意。

她請一旁的員警先帶左嗣音去急診，畢竟傷口那麼大可能需要縫，而且他受傷也是因為自己。

左嗣音從頭到尾都在一旁默不吭聲，他猜不透陸子寧的想法，去擋刀也是自己下意識的反應，當下腦海裡就閃過了「不能讓她受傷」的想法。

她從小可是一點傷都會哭得唏哩嘩啦，如果讓她挨下這刀，自己大概也會心疼。左嗣音露出了苦笑。

陸子寧表情複雜的回頭看了一眼絲毫沒有露出痛苦表情的左嗣音，眼裡除了心疼、焦慮，還有一絲絲的責備。

她略帶疲憊的向林煒燁下達指示，「帶回去吧。」然後就離開了病房。

而後，她去了急診，想確認左嗣音的傷口有沒有怎樣，畢竟他是為了自己才受了的傷。

陸子寧看見左嗣音坐在急診的角落，她默默的走上前去坐在他的旁邊。

她看著他已經縫合好的傷口，「還好嗎？」

左嗣音聽到聲音詫異了一會。

「為什麼要替我擋刀？」

左嗣音抬眸直視陸子寧，「妳小時候一點疼都忍不了，我不想看見妳受傷。」不管她變成了怎樣的性格，她永遠都會還是她，永遠是自己一生都想去保護的人。

陸子寧無奈地嘆了口氣：「你知道你剛剛那樣的動作很危險嗎？」

「我沒有思考太多。」左嗣音低著頭，語氣悶悶的，就像是做錯事被媽媽責罵的小孩。

陸子寧看著他包著傷口的紗布又滲出一點點暗紅色的血，她又向路過的護士要了一塊新的紗布。

「我不值得你為我付出這麼多的。」她拆下沾染血跡的紗布。

左嗣音搖頭，這點傷真的不算什麼，如果能夠因此打開她緊閉的心門，這傷也算是值得。

他莞爾一笑：「我還記得妳有一次看見我被美工刀劃傷了，一邊替我處理傷口，眼淚還一直掉。」那時候他還嘲笑陸子寧在用眼淚版的「生理食鹽水」替他消毒。

陸子寧貼上膠布，新的紗布也重新包紮完了，她按捺下眼睛的痠脹，不敢抬頭看左嗣音，就怕被他發現端倪。

「跟我說說小時候發生過的事吧。」

左嗣音站了起來，「有機會再和妳說吧，很晚了，妳也累了，回去休息吧。」

他伸手撫上了她的頭，微微傾下身，視線和她平行，「不管怎樣，我都會在的。」

陸子寧倏地抬眼，觸及到他飽含溫柔的眼神，自己的心卻沒來由的狠狠一跳，好像四周的城牆正在瓦解。

那時的她才發現，原來自己不是討厭被當成小孩一般的摸頭，而是那個人不是左嗣音。

那也是她第一次想走出黑暗，想朝著遠方的左嗣音走去。

因為他那裡有她最嚮往和最渴望的陽光。

◆◆◆◆◆◆◆

「陸姐，田凱翔什麼話都不肯說，他說他只跟妳說。」林煒燁看到陸子寧出現，覺得自己命中的菩薩來解救他了。

田凱翔嘴很硬，林煒燁耐心已經瀕臨了極限，用了各種方式，他就是把自己的嘴巴牢牢閉著。

逮捕田凱翔的當天，員警在他家裡搜查時，赫然發現田淼被分屍的屍體並沒有被火化，而是被田凱翔縫好泡在了福馬林裡頭保存。

那間房間除了有福馬林刺鼻的氣味，還有淡淡的花香，田凱翔幾乎把空間布置成像祭壇一樣，不僅放了吃的零嘴，甚至還有劉謙知、黃威浩、侯政罡三人的人皮及部分骸骨，就像是以人為祭品，祭奠田淼。

當時所有的員警，看到這個畫面都忍不住作嘔。

「說吧，現在物證人證都有了，你還想說什麼呢？」陸子寧盯著眼前的男子。

田凱翔依舊冷靜，「妳是怎麼知道的？」

「喔，看來你的狀況是能夠感知田淼的存在。」陸子寧插著手向後靠在椅背上，「不管是聲音還是服裝和狀態，都能告訴我很多的事情。」

「哈哈哈，我告訴妳，就算妳抓了我，妳還是不知道全部的事情。」田凱翔的聲音變了，臉部也更為猙獰。

陸子寧並沒有被田凱翔的狀態驚嚇到，她依然冷靜的說：「如果你讓我來就是來聽你廢話，那我要離開了，我並沒有時間在這裡跟你繞圈子。」

看見陸子寧要離開前，田淼的人格喊住了她：「這是有人要給妳的訊息。」

陸子寧拿在手上瞧了一眼，但沒有打開裡面的內容，「我收到了。」

打開門後她還是決定說一句話：「還有，不管你現在是田凱翔還是田淼，用報復的性質去懲罰所謂的『罪人』都是錯誤的選擇。正義，是從來不會遲到的，而若你自詡為正義，那麼你就錯了。」

田凱翔的人格又再度的出現，「如果正義不會遲到，那當初他們就不會逃脫法律的制裁！我的妹妹就不會枉死。」他激動的怒吼。

「善和惡都是在一念之間，而你偏偏選擇了最偏激的那條路。」

是啊，她至今仍然堅信會找到殺害父親的兇手，因此她至始至終都約束著自己，若是心態崩塌，那些怨恨一旦包裹她的靈魂，就再也萬劫不復，永遠掉進泥淖裡面，當一個見不得光的人。

永遠向陽，永遠正直和善良，不要用仇恨去抵抗世界的不公，是她一直銘記在心的話。

「妳不覺得自己可悲嗎？」田凱翔邪魅一笑：「抓了這麼多罪犯，自詡為正義的使者，但連殺死自己父親的兇手都抓不到。」

陸子寧轉過身，憤怒地拎住了他的領口，「你是怎麼知道的？」

看見陸子寧的動作，一旁的員警立馬拉開了他們，以防更多衝突發生。

田凱翔扭動了脖子，鄙夷的看著她，「祕密就像蒲公英，即便妳再怎麼想掩蓋，它都會因為一點風就到處散播。」

陸子寧冷靜一會，才覺得剛剛自己有些過於衝動了，她冷靜的看著田凱翔，「你說的風應該是人為風吧？黑鴉？你也是組織的人？」

田凱翔聳肩，神祕的一笑，用手指在嘴前比劃，再也不說話了。

陸子寧深知再怎麼問田凱翔是絕對不會再開口的，過了許久，她才慢慢平復內心的波瀾，她打開了田淼遞給她的信，上面用了紅色的墨筆寫著：Guess who I am？

「啊，又來了。」她吐了一口氣，這個人到底是誰呢？真令人期待和他交手的時刻。

隔天凌晨，昏暗的空間裡，田凱翔正有些疲憊，靠在椅子上小憩的時候，有人推了門進來。看到來人隱藏在帽簷下的臉，他笑顏展開：「是組織要來幫助我了嗎？」

走進來的女人，輕輕的笑了：「你知道這個世界有哪種人會永遠無法開口說話嗎？」

田凱翔有些錯愕，他瞪著眼，「啞巴？」

「不是，是死人。」女人從口袋裡掏出了一瓶藥，「這是組織的命令，為了讓你把祕密帶回黃泉，而且『他』覺得你已經說了太多了。」

「什麼意思？」田凱翔緊握的雙手顫抖的厲害，他雙目赤紅，連講話也漸漸不太利索。

「字面的意思。」女人將瓶子裡的藥倒在手心，塞進了他的嘴裡，「當初成為棋子就該明白有天會變成棄子。」

田凱翔口吐白沫，四肢抽搐，雙腳不停的踢著地面，像是想從死神的手裡掙脫。

女人看著他慢慢地死去，眼睛仍然睜大瞪著她，死不瞑目的樣子讓她有些不忍。

她閉上眼睛，深吸了一口氣，撥了電話，「代號邦蓋鴉任務完成。」

田凱翔突然的死去，的確讓不少人為之震驚，但社會更願意接受的是他「畏罪自殺」的說法。這件事，上級仍然會持續追查。但令陸子寧最為不安的是，田凱翔和莊佳恩之間有太多共同點，自殺、來自陌生人X的訊息，讓她有些懷疑這所有案子會不會像表面上看起來的單純，而是更為混雜的一汪水。

而這群人，正躲在暗處，透過田凱翔和莊佳恩心裡的癥結去殺害其他的人。

但唯一值得慶幸的事，這起案件也算完美的落幕。

過了幾天後，陸子寧去向上級報告這起案件的所有事情後，拖著疲憊的身軀準備進家門時才發現門口放著一個禮盒，因為最近的案件太多了，讓她不免擔心是不是裡頭裝有炸彈或是屍體之類的東西。

她抱著高度的警惕心，慢慢地蹲下身，將禮盒的蓋子掀開，一束檸檬花映入眼簾，還有一張翻拍的老照片。

照片裡是兩個孩子在玩泡泡機的畫面，兩個人都燦爛的笑著，就像時光永遠定格在那一刻。

「云楷哥哥，我以後辦生日派對的時候一定要放好多的泡泡機。」女孩一邊說還一邊轉圈。

「好。」一旁的男孩回答，他雖然看起來年紀不大，但溫柔的眼神裡有一股和一般人不同的成熟的感覺。

陸子寧覺得頭痛欲裂，畫面不斷的在她腦海裡閃爍。

左云楷，難道和左嗣音是同一個人嗎？

而且站在他身旁的那個女孩，是自己嗎？

她看見花束的下方還有一疊卡片，她把禮物盒搬進去家裡，坐在沙發的角落開始看起裡面的內容。

每一張相片後面都有一段話，透過筆跡可以看出左嗣音的成長，字體從稚嫩變成現在剛健有力。

如果妳還在，我們就可以一起參加高中的畢業典禮了。——2011

小時候老是覺得妳煩，但不知道妳現在過的好不好。——2013

所有人都很想妳，附近的街坊鄰居，我的爸媽，還有我……——2014

我改名了，我以後就叫左嗣音了。——2017

陸子寧不知道為何，眼淚慢慢的從眼睛裡溢出。

原來左嗣音改名的原因是這個。

原來記憶裡陌生的男孩，就是現在的左嗣音。

青青子衿，悠悠我心。縱我不往，子寧不嗣音？
青青子佩，悠悠我思。縱我不往，子寧不來？
挑兮踏兮，在城闕兮。一日不見，如三月兮。

近乎卑微的語氣，讓陸子寧的心臟狠狠的抽了一下。
最後花束裡還有一張卡片：妳不是想知道我們的過去嗎？我告訴妳了，相信我好不好？
他一直在等待自己的消息。

「妳在我心裡永遠都像小孩，不管發生了任何意外我都要保護妳。」

左嗣音人生裡的所有溫柔和想念都獻給了陸子寧。
那是他的責任，也是他心甘情願地付出。

第三章：魅影

為什麼要假設命運的安排呢？我一直把它像罪惡一樣深埋於心。
——卡斯頓・勒胡《歌劇魅影》

今天是休假的第四天，已經邁入三月，春意盎然，天氣也漸漸變得悶熱，偶爾會有一點細雨。種子發芽，植物破土而出，大地漸漸生機甦醒。

自從左嗣音把孩童時期的照片給陸子寧看了之後，她總是晚餐時間去左嗣音家蹭飯，順便問問更多關於她以前的事，因為她想了解失去的記憶裡的時光。

而且，她越來越想握住那道光。

「你知道關於我的事有多少？」

左嗣音放下手中的書，「在妳搬家之前所有發生的是我大概都清楚。」

「搬家？」陸子寧皺著眉轉頭看著左嗣音，「我一直以為我是住在S區的。」

「不是，在十一歲那年妳搬走了。」

「妳爸爸沒有跟妳說過嗎？」

陸子寧低下頭，收起自己的腿，「我爸很少跟我提過過去的事。有一次功課，是要寫關於自己的母親，我發現我對於媽媽和自己小時候的記憶是完全空白的。我也曾問過他，但只要觸碰到過去，他的臉上總會難掩悲傷，用三言兩語帶過，久了我就不怎麼提了，只好努力說服自己只是太小沒有任何記憶。」

「陸伯伯呢？」這是左嗣音重新遇見陸子寧後最想問的一件事，他以前不太敢問，總是怕嚇跑她。但即便陸子寧仍然想留在原地，他也覺得無所謂，因為他會一步一步走到她的眼前，把他們彼此間失去的那些年補齊。

「我爸爸……他死了。」

左嗣音曾想過千萬種可能，但就是從未想過陸父已經死了的可能，他默默的低下頭，愧疚寫在臉上，「抱歉，我不是故意要刺激妳的。」

「其實這件事你遲早會知道的，我這次回來，有一個原因也是要調查他的死因，這起案件也算在我們小組未來要破獲的案件之一。」

「他是被殺的？」左嗣音滿臉寫著不可置信，他以為陸子寧回來單純只是上級的聘任。

「你知道二〇一一年的『炮烙兇殺案』嗎？」陸子寧將頭輕輕靠在椅背上，語氣淡淡的問。

怎麼可能不知道？他耳聞過，但並沒有實際的看過卷宗和參與過調查。

炮烙兇殺案在警界一直是一起謎團，兇手的手法極為殘忍。炮烙兇殺案實際的情況並沒有像名稱上聽起來樂觀，雖然被害者的確生前遭到炮烙的痛苦，但事實上仍受凌遲。

炮烙之刑是由妲己發明，將受刑者綁在銅柱上，內有火，不過兇手是使用鐵柱，因為取得性比較高。

但更讓人害怕的，兇手並沒有讓被害人直接焦灼肌膚而死，而是把他的身體弄得有燒烤般的香味，之後用漁網覆身，把肉一片片的割了下來，最後剖腹斷首。

死者身上幾乎沒有地方是完好的，這讓法醫再驗屍的時候增加了很多的困難度。

此外，現場也沒有留下任何跡證，因此這起案件就變成了謎案，塵封在檔案室很久也沒有人動過。

陸子寧讀懂左嗣音臉上的情緒，他是知道這起案件的，「那天我一如既往的放學回家，我爸平常就很忙，回家沒有聽到聲響也不以為意。我進家門後走到客廳，整間白色的牆壁都濺上了鮮血，就像有人在裡頭用紅色墨水作畫一樣。」

左嗣音用右手掌遮住了雙眼，他完全無法想像那對一個十六歲的少女來說是有多大的打擊。

他顫抖著聲音：「對不起……」後面他完全發不出聲音，就像棉花塞住了他的喉嚨一樣。

對不起。這幾年他沒有陪在她身邊，讓她一個人獨自面對這個世界的殘酷，不得不變得堅強、變得勇敢。

「不說了，都是過去的事，只要能抓到兇手我就很滿足了。」陸子寧微微一笑，看見左嗣音痛苦和自責的樣子，她試圖轉移話題，「那你知道我為什麼搬走的嗎？」

左嗣音腦子空白了片刻，一些零碎的畫面閃過，尖叫和哭泣交織，他不知道該不該說出過去的事。

「嗯？」陸子寧不明白左嗣音突然靜默是怎麼一回事。

內心交戰了一會，他決定先詢問過陸子寧的意見和想法，「這件事可能帶給妳的衝擊也會很大，妳確定要知道嗎？」

陸子寧很堅定的點頭，既然已經揭開了潘朵拉的盒子，那就勢必要堅強的面對，一味的逃避並不能解決任何的問題。

「好吧。」

回到自己家後，陸子寧呈現大字型躺在床上，反覆的想著左嗣音跟她說的。

她的母親是上吊自殺，但具體的原因和過程並沒有人知道，陸父在之後也很快帶著陸子寧離開，也沒跟任何人打聲招呼，連當時他們最親近的左家都不知道。

「子寧，乖，不要哭。」

「媽媽先走了。」

腦海突然閃過上次的夢境，難道那個妝容精緻的女人就是她的母親嗎？

她的記憶裡缺失的那個母親。

◆◆◆◆◆◆

白鴿集團舉辦的慈善晚宴很快就來臨了，當天是由徐之白請司機來家裡接陸子寧的。

「麻煩您了。」

「不麻煩、不麻煩。」一坐在駕駛位的司機看著後座的陸子寧和陌生的男子，臉上邊堆著笑邊說，實則冷汗早就沿著他的背流下。

剛剛陸子寧還和他推托可以自己一個人去會場，但老闆已經說這個任務使命必達，他還有薪水掌握在老闆的手裡，實在不敢輕易挑戰他的權威。

他千拜託萬拜託好不容易說服了陸子寧，但她的條件是要有左嗣音陪同，他只好咬牙一口答應，雖然他大概可以料想到老闆知道後的反應，肯定又是表面得體的笑，內心又開始給他記小本本。

陸子寧撫平了裙子，「之白哥有什麼要交待的嗎？」

「老闆好像沒說什麼。」

她略微點頭，就開始閉目養神，一旁的左嗣音則是看著窗外經過的景色。

很快的白鴿集團經營的酒店就到了，左嗣音先下了車，再扶著陸子寧，避免她踩到裙子。站定之後，陸子寧深吸了一口氣：「走吧。」

看見陸子寧挽著左嗣音的手進入大廳後，門口一位穿著西裝的男子拿著對講機，「目標出現，計畫正常舉行。」

徐之白慢慢放下翹在桌子上的腿，低聲的笑了起來：「好，太好了，就讓她好好看看我為她準備的精采大禮。」

陸子寧和左嗣音走到大廳時，手提包裡的電話突然響了起來，接起電話後，欠揍的聲音立馬就從電話的另一頭傳出：「Hi，Lu。」

「Amon有事快說。」

「別這樣，可是妳請我來臺灣協助妳的，這麼快達成目地就把我一腳踢開？」

「喔。」陸子寧用大拇指摳了摳食指，「那你也可以選擇回去和David相處，我不介意。」

「哈，我剛剛只是開個玩笑，妳很沒有幽默感欸。」Amon立馬開始花式彩虹屁的吹捧陸子寧。

正當Amon要準備誇讚陸子寧的美貌時，她立馬打斷了他，「既然已經到了臺灣，那你可以開始工作了。」

「那妳在哪呢？」

「關你什麼事？」

「做為地主不應該要招待一下嗎？」

「那你還是半個地主呢。」陸子寧不以為意的回答：「相信你即使沒有在臺灣待過，但憑藉你有臺灣的國籍和你破爛的國語也可以好好生活。」

說完後她不給Amon有任何反應的機會，立馬掛了電話，重新撥了一個號碼，「林煒燁，給你一個任務，連絡一個叫Amon的男人，幫他安排好所有的事。」

正躺在家裡的沙發和新交的女友一起看著電影的林煒燁忿忿不平的說：「陸姐，我又不是妳的生活助理！」

「喔，他未來可能是你的上司。」

林煒燁磨了磨牙，忍下這口惡氣，「我知道了。」

左嗣音在陸子寧身旁站了很久的時間，看見她掛了電話後問：「Amon是妳在美國的朋友嗎？」

陸子寧詫異的看著左嗣音，「你怎麼會這麼猜測呢？」她的眼球轉呀轉，露出嫌惡的表情，「Amon是我的助理，連朋友都算不上，我不跟傻子當朋友。」

若是旁人肯定可以看的出左嗣音的臉由陰慢慢的轉晴，他心裡暗自竊喜，但臉上還是毫無表情的點頭。

「我們進去吧。」

真正走進了現場，陸子寧和左嗣音看見宴會廳的燈光閃爍，一堆人穿著筆挺的西裝和閃亮的禮服，不是拿著紅酒就是拿著香檳，彼此互誇和吹捧，噁心的嘴臉一覽無遺。

明白人其實都知道，雖然是慈善晚宴，但白鴿集團可是在臺灣顯赫的企業，能夠來參加的人必定是有頭有臉的大人物，能夠抱到任何一隻大腿都是祖上有燒好香。

他們找了一個角落坐了下來，端著剛剛侍者遞給他們的香檳，陸子寧嘆了一口氣：「也不是沒看過慈善晚宴，倒是沒看過這麼大型的。」她啜了一口，「那些人狗腿的樣子，真讓人不舒服。」

左嗣音按下她的杯子，「少喝一點，對身體不好。」

陸子寧覷了他一眼，默默地放下。

左嗣音微微一笑，作為獎勵，揉了她的頭。

陸子寧惱怒的瞪了他一眼，嘴裡咕噥：「這是我剛做好的頭髮，弄亂了怎麼辦。」

左嗣音俯身靠近她，「我可以幫妳綁，妳小時候的馬尾都是我綁的。」

「不要。」陸子寧邊說邊推開了他，左嗣音自喉間低沉一笑，溫熱的鼻息縈繞在他們之間，陸子寧的臉有些微紅。

左嗣音不逗她了，晃了晃高腳杯，看見香檳的透明折射大廳裡的情景，「來了。」

聽到他的話，她一秒收拾好自己，端正地坐挺。

徐之白遠遠就看見兩個人並肩坐在角落的椅子上，他堆著笑臉向前走去，「阿寧、左警官。」

左嗣音翹著的二郎腿輕輕點了一下，抬眼直視站著的徐之白，「不是想和我當朋友嗎？你可以直呼我的名字。」

他站起來走向杵在原地的徐之白，輕輕的在他耳邊說：「想公平競爭的話就不要對敵人這麼尊敬，之白哥，子寧是我的家人，四捨五入我也該這麼喊你。」語畢，他微微一笑：「先失陪了。」

被挑釁的徐之白只是饒有興趣的看著左嗣音的背影，原來以為只會鑽研工作默不吭聲的男子，其實是一個狠起來什麼都咬的人，但不管有多少個左嗣音，終究只是他手裡徒有佔有慾但什麼也得不到的失敗者。

「他說了什麼？」陸子寧往右挪動了一點。

徐之白毫不猶豫的坐了下來，「他說他去晃晃，讓我們說說話。」

「之白哥，你都還沒有對象嗎？」

徐之白聽到陸子寧的疑問，臉上的笑容僵住了，「怎麼突然問這個問題？」

「你都三十了，你沒交女友徐伯伯和徐伯母不擔心的嗎？」陸子寧托著腮問。

徐之白又氣又好笑的伸出食指推了陸子寧的額頭，「妳呀，比我爸媽還急。」

「之白哥。」陸子寧的瞳孔慢慢地越來越清澈，倒映出徐之白的輪廓，「我不是你的附屬品，也不是擋箭牌。」

「什麼意思？」

「你那麼聰明肯定聽得懂我的意思。」陸子寧站起來拍了拍長裙不存在的灰塵，「我先走了。」

「阿寧。」徐之白喊住了她：「妳還記得我爸說過的話嗎？」

陸子寧搖頭，「我不記得了，就算還記得我也不可能履行徐伯伯的一廂情願。」

「為什麼就不能湊合呢？我們現在都沒有對象啊。」

「如果要有對象才能將這個單方面成立的條款廢除，那我並不介意找一個對象。」陸子寧回頭看著臉上充滿悲傷的徐之白。

「那個對象為什麼不能是我？」

「因為，我們沒有愛。」陸子寧的一字一句就像是利刃一樣穿透了他的心。

徐之白的手不斷的握緊又放開，就像在抑制憤怒的情緒。

「小寧乾脆以後就當我們之白的女朋友啦！」

「妳看看，兩個郎才女貌，我們之白溫柔又貼心。」

「我們之白最疼小寧了，我看呀，他面對其他女生的態度到三十歲肯定都是單身，到時候讓兩個孩子湊一對多好呀。」

她是不記得了，還是不願意記得？

他一個人傻傻的等了這麼多年，不可能說放棄就放棄的。

他如果沒有了陸子寧，就沒有等待的意義，因為他的愛的人非她不可。

左嗣音和陸子寧即便討厭這個充斥諂媚氣氛的地方，但也不會不給徐之白面子半途就走人。

他們站在放滿糕點旁邊的長桌，欣賞徐之白大手筆邀請人來表演的《歌劇魅影》，當歌手唱起〈The music of the night〉最後一個段落的時候，也象徵著今天的晚宴告了一個段落，大批大批的人慢慢的互相揮手和道別。

Sing, sing for me.
Sing, my angel of music.
Sing for me.

——安德魯・洛伊・韋伯〈The Music of the Night〉

「演員的演技還挺好。」陸子寧毫不吝嗇的讚嘆，很少看見有人流露出這麼真摯的情感。

心理學家，可以看透一個人內心的想法，罪犯其實也算是變相的演員，去表演他們為自己編寫的劇本，極力地掩飾內心的徬徨和最真實的模樣。

陸子寧可以看透罪犯，也可以看透演技拙劣的演員。

但剛剛的演員並沒有讓她覺得突兀，反而讓她有種演員的個體已經和魅影真正融入了。

「妳喜歡這種歌劇嗎？」

「還好，但是一些經典的我還是會看。」

出了宴會，她和左嗣音決定叫計程車回去，這時，Amon又來電了。

「你很閒是嗎？」陸子寧不等Amon開口，就先發制人，「你都不用調時差的嗎？」

Amon嘟起嘴巴，嘴翹的像可以吊三斤豬肉一樣高，「找妳吃宵夜，要嗎？」

「喔好啊。」陸子寧漫不經心的回答：「我把地址發給你，你帶東西來吃。」

Amon興高采烈的連忙說好，機會難得，不同意的人大概是傻蛋吧。

「妳對Amon還挺好。」左嗣音略顯吃味。

陸子寧靜默了一會，「應該說他的經歷跟我很像吧，就會忍不住的同情他。」

一小時後Amon如期赴約，費盡千辛萬苦找到陸子寧提供的地址。

他興高采烈的拿著手裡的披薩、炸雞和啤酒，按下了眼前的門鈴，很快他就聽到門的裡面有拖鞋走動的聲音，隨後「喀」的一聲，門開了。

開門的是一個男人，穿著休閒的棉長褲和T恤，因為濕氣讓他的衣服更緊貼著身體，雖然線條朦朧，但是可以看的出來身材很好，戴上金絲框的眼鏡讓他看起來更為禁慾。

就連Amon這個直男看見左嗣音的臉和身材，都快要被他硬生生掰彎了。

「你好？請問Lu在這裡嗎？」

左嗣音看著眼前帶有濃厚外國腔，看起來有點憨厚可愛的男人就可以推知他就是陸子寧電話裡的Amon。

他不由得失笑，陸子寧還真把他家當成宴客廳了，他微微側身讓Amon進來，「請進。」

Amon說了聲打擾了，就雀躍的進左嗣音的家門了。

陸子寧是跟著Amon的身後進的門，左嗣音無奈的看著她，「調皮。」

她眼神飄忽了一下，立馬走到Amon身旁，「欸，你來了？」

還在感嘆左嗣音家裡整齊和裝修華美的Amon被陸子寧嚇了一跳，「妳從哪來冒出來的？」

陸子寧拉了一張椅子坐了下來，「很不歡迎我？」

「怎麼會呢？」Amon搓著手狗腿的說：「哪有客人不歡迎女主人的道理。」

正在喝水的左嗣音被嗆了一下，他伸出手遮住發紅的臉，慌忙的說：「我去拿餐盤。」

Amon露出曖昧的表情嘻嘻的笑：「齁，我就知道，妳這麼久沒有回美國就是談戀愛了。」

陸子寧挑眉，「他是同事。」

Amon一臉少來了的表情，揮著手，「哪有同事同居的啦！」說完，他瞄了一眼陸子寧，只見她毫無表情的看著他。

Amon瞬間閉嘴。

陸子寧撫額，她對於叫Amon來台的決定感到後悔，這根本就是招了一個比林煒燁還纏人的人，她真的可以考慮讓他們手牽手一起去照顧David，不要來煩她就好。

左嗣音拿著餐盤回到了客廳，把炸雞倒了出來，餘光只見Amon趁著陸子寧去洗手間洗手，一臉曖昧的看著耳根子還有點微紅的他。

「帥哥，你是不是喜歡Lu？」Amon叉了一塊雞肉送到嘴邊，「她可是很難追的，在美國好多人喜歡她的，但她誰也看不上。」

「咳咳。」陸子寧插著手，身體微靠牆，皮笑肉不笑的看著Amon，「吃飽撐著？我看你還沒吃飽，這些食物趕緊吃一吃，吃飽好上路。」

Amon瞪大眼睛，賠笑：「Lu，我錯了。」

陸子寧撥開他意圖拿起披薩的手，「去洗手，壞習慣都改不了。」

Amon一溜煙的就跑了。

左嗣音拿了吹風機放到陸子寧面前，「頭髮沒吹乾就跑出來，也不怕著涼，先把頭髮吹一吹。」

陸子寧攤手一副「你奈我何」的模樣。

左嗣音嘆了口氣，把吹風機的插頭插好，撥開陸子寧散亂的髮絲，溫柔地幫她吹頭髮。

直到聽見吹風機嗡嗡嗡的聲音，和左嗣音細長溫熱的手穿梭在她的頭髮裡，她才意識到他正在幫自己吹頭髮。

陸子寧只覺得臉熱辣辣的，也不知道是吹風機熱的，還是什麼。

她伸手打斷了左嗣音的動作。

左嗣音低眸看著她，低聲道：「妳不自己來，我身為哥哥自然要幫妳。」

「齁，被我看到了齁，還說你們沒有關係！」Amon躲在客廳的轉角後面賊笑。

陸子寧忍住真的很想揍他的衝動，冷靜的看了他一眼，「我來正式介紹一下。」她攤開左手對著Amon的方向，「這個幼稚鬼就是我在美國的助理，他叫Amon，你可以直接叫他華生。」

左嗣音愣了一下，華生？是福爾摩斯旁邊的那個嗎？

Amon讀懂了左嗣音的內心疑惑，他主動解答，「因為我父母希望我可以像華生一樣的優秀。」語畢，他還自豪的抬高下巴，碰了一下鼻尖。

「永遠輔佐福爾摩斯，我姑且當作你在稱讚我了。」陸子寧微微一笑。

中文偏弱的Amon這下才發現他被陸子寧挖坑，自己還傻呼呼的跳了進去，氣的在原地跺腳。

看見Amon的反應，陸子寧這次真的發自內心的笑了，過了幾秒，她平復了一下自己的情緒，繼續向Amon介紹左嗣音，「這是我們局裡的法醫，左嗣音。」

Amon聽到法醫這兩個字，眼睛瞬間亮了，一臉迷弟崇拜模式開啟，他開始扒著左嗣音花式彩虹屁。

陸子寧被Amon吵的不行，她痛苦的閉上雙眼，「華生，回來坐好，我叫你來是有事要跟你說的。」

她叉了一塊雞塞進他的嘴裡，又氣又惱，「吃的都堵不上你的嘴。」

屈服於陸子寧威嚴下的Amon不敢有反抗，只好乖乖吞下陸子寧塞給他的雞塊。

「我想請你暗中協助我調查另一件事。」

Amon挺直腰板，開啟專業模式，收起嘻皮笑臉，「好。」但他不忘用眼神提醒陸子寧左嗣音的存在，是否要先請他回避。

陸子寧當然可以明白Amon的擔憂，但她覺得無所謂，畢竟左嗣音算是她目前最相信的人。跟著陸子寧混了這麼久也不是白混的，Amon立馬可以明白她的想法，他點點頭算是明白。陸子寧防衛心很強，他當初也是費了一番苦心才得到她的信任，那些說起來都是血淚心酸史。

陸子寧找了幕後之人到目前為止寫給她的信，說是信也不算，在她眼裡看起來，就是單純的挑釁之詞。

「先暫時稱這個人為X吧，我目前對這個人還沒有任何的頭緒，但我猜他與我父親的案子脫不了干係，也極有可能這個人就是當年的兇手。」

看到第一封信的內容，Amon不可置信的瞪大眼睛，他錯愕的來回看著陸子寧與左嗣音。

「不是他。」

「什麼意思？」Amon的臉逐漸變得鐵青，他俐落的切換成英文，「都這麼明顯了還不是他？」

但左嗣音聽懂了，他立即搶過Amon手裡的相片，那是一張電子郵件畫面的截圖，上面是匿名郵件。

「縱我不往，子寧不嗣音？想知道妳父親的死嗎？那就回來吧。」

他捏緊相片的手不斷顫抖，照片在他手裡變得皺爛不堪。

陸子寧挑著眉望著Amon：「看見了吧，這個反應不可能是他。」

「如果他是裝出來的呢？」

「不可能，這樣太明目張膽了。」

「所以呢？妳要我怎麼調查？」Amon平復他氣憤的情緒。

「這個人跟我很親近，他掌握我所有的行蹤和一舉一動，我之前在臺灣認識的人並不多，因此只有一個人。」

◆◆◆◆◆◆◆

今天陸子寧和左嗣音約好兩人一起回舊家看看，看看有什麼蛛絲馬跡可以喚回她之前的記憶。

「會緊張嗎？」左嗣音熟練的打著方向盤，趁著轉彎的時候瞄了一眼一上車全程不發一語的陸子寧。

陸子寧用右手撐著頭，偏頭似笑非笑的看著左嗣音，「為什麼會緊張？我對那裡幾乎已經沒有印象，沒有情緒波動怎麼會緊張？」

他倏地笑了，還是笑出聲的那種，「我指的是見我父母。」

陸子寧瞪大雙眼，不可置信的看著他，「我們有安排這個行程規劃嗎？」

「來不及跟妳說，我父母知道我要回去，一直強烈要求我帶妳回去給他們看看。」

「左嗣音，你陰我！」她慌慌張張的拿出鏡子，整理自己的儀態。

「不用那麼緊張。」左嗣音安撫的說：「他們從以前就很喜歡妳了，到現在還是一樣。」

看他那副輕鬆的姿態，陸子寧真想用眼刀殺死他。

很快的，他們就到了陸子寧出生的地方，那裡承載了陸子寧失去的記憶，也乘載了左嗣音和陸子寧童年時期相處的點點滴滴。

「到了，下車吧。」

看著眼前變得破敗的房子，樹根雜草都已經寄居，沒有一絲生人的氣息，就像小說裡出現的鬼屋般詭譎。

大門已經鏽蝕，甚至不需要鑰匙，只要有蠻力都可以進入這棟房子。

陸子寧一踏進這裡，就有滿滿的熟悉感，即便裡頭已是灰塵和蜘蛛網密佈，但不知道為什麼讓她覺得自己被暖流包裹，心裡溫暖。

「這裡自從妳父親搬走後，就成了家喻戶曉的兇宅，基本上沒有人敢靠近。因為妳母親是上吊自殺，在傳統裡，自殺的人是最兇的一種惡鬼。」左嗣音邊踢開倒下的障礙物邊說道。

「我父親沒有讓我看過以前的相片，我在整理父親遺物的時候也沒有看見，代表父親肯定把舊的回憶放在了這裡，沒有帶走，既然如此一定可以找到些什麼。」陸子寧很肯定的說。

看到沙發時，一些零碎的畫面出現在陸子寧的腦海，她抓住走在前頭的左嗣音的胳膊，「就是這裡。」

左嗣音不明所以的看著她。

「我母親就是在這裡上吊的，我在夢裡看過，這裡的場景和夢裡是一樣的。」她看了一眼頭頂上的樑和周遭的格局，更加確定夢裡的場景是她過去的記憶。

「我遇見你之後偶爾會想起以前的事，但都只是片段而已。後來之要不停接觸過往的事情，記憶都會透過不同的方法浮現，我猜，是因為我不停的在刺激和觸發記憶的開關。」

經過決定，他們兩人分頭行動，一個人在一樓，另一個人去了二樓，這樣的效率會比較高。

陸子寧率先上了二樓，摸索到了自己以前曾經住過的房間，裡頭的陳設看的出過去的自己個性奔放，桌面看起來是還來不及整理就匆忙的離開，所有的東西鋪滿厚厚的灰塵。

牆壁隱約還能看見淡淡的粉紅色，陸子寧嘴角抽了一下，還真是看不出自己以前好這口，公主粉跟死亡芭比粉在她現在眼裡基本沒有差異。

她打開抽屜，裡頭擺滿一堆奇形怪狀的公仔和破銅爛鐵，看起來毫無價值的東西也不知道以前的自己為什麼保護成這樣。

看見抽屜最底層有個鐵盒子，她小心翼翼拿出來，放在耳邊輕輕晃了兩下。

沒有聲音？難道裡面裝的是紙嗎？

她皺著眉把鐵盒用力的扳開，裡頭掉出一堆折起來的泛黃的白紙，還能看見寫滿密密麻麻的字。

陸子寧彎下腰把掉在地上的紙片撿起來放在手心裡，一張張的攤開放在桌上，每張紙的開頭都是先寫了日期，看起來更像是日記。

「嗯？這是什麼？」

陸子寧被左嗣音突然的出現嚇了一跳，她惱怒的看著他，「你幹嘛上來？」

「我在樓下看見了有趣的東西拿上來給妳看看。」

她伸手，「我看看。」

左嗣音把相冊藏到了身後，就不是給她看，「看這個之前，我覺得妳的比較有趣，讓我瞧瞧上面寫了什麼。」

陸子寧慌亂的把信全部撥到盒子裡，「不可以偷看我的日記。」

左嗣音見地上掉了一張，他不慌不忙的撿了起來，「這可不是我故意偷看的，是它掉在地上了。」

陸子寧作勢要搶左嗣音手裡的紙，無奈的是，縱使她再高，但也抵不過左嗣音逼近一百九的身高。

「讓我看看妳寫了什麼。」左嗣音露出狡黠的笑容。

看了一眼後，他輕輕地笑了：「我都不知道妳以前這麼喜歡我，嗯？」

「閉嘴！那才不是我。」陸子寧饒是以前也沒有這麼被他人調戲過，整個臉不知道是氣悶還是害羞而臉紅。

左嗣音達到目地後也不再捉弄她，他幫陸子寧把信收回鐵盒裡。

他其實從來沒有想過，以前的陸子寧這麼喜歡他，他一直以為她只是很依賴他。

而自己也是在她離開前，他從未認真傾聽自己的內心，是後來才慢慢了解到她的重要性，才發現原來自己對她的感情並不是像兄妹一般，而是比親情更複雜的存在。

只不過都不重要了，他願意從零開始，一步一步陪伴著她，牽著她離開黑暗的牢籠。

「給妳看個東西，這是相冊，有妳和妳父母的合影。」他不鬧她了，正色地把相冊遞了過去。

陸子寧懷著期待又忐忑的心情慢慢的打開，這一切熟悉卻又陌生，對她而言像是在看別人的故事般，但其實這本書的主角就是自己。

她的注意力很快就被吸走了，一個和她神似相像的女人，坐在父親的身邊，兩人相依偎著，笑容甜蜜，可以看的出兩人非常恩愛。

她伸出手撫摸母親在相片裡的輪廓，說出她得知真相後的困惑，「這麼相愛的兩個人，為什麼會自殺呢？」

慢慢的，看到後面一張張破碎不堪，反覆撕掉又再度黏貼的相片，修復的相片卻再也不能和原先的那樣，就像一個出現裂縫的家庭，就沒有重修完好的機會。

看到相片裡的母親日漸消瘦，最初眼裡閃爍的流光也不復存在，每天都是強撐著笑容，一日比一日苦澀。

她總算明白父親為何絕不提此事，一個深愛的女人不告而別的離開人世，是對他最嚴厲的懲罰，那些傷口永遠在父親的心尖上不斷的撕裂開、結痂和癒合，只要提及一次，都是對他的傷害。

陸子寧眼淚像斷了線的珍珠不停的滑落臉頰，淚水模糊了視線。

她感受到了母親死亡前的絕望、痛苦、憤怒和無奈，那些情緒折磨著她的靈魂，逼著她不得不做出讓自己解脫的選擇。

她伸出手不停的擦著眼淚，內心覺得自己丟臉死了，竟然在左嗣音面前莫名其妙的哭了，但眼淚卻止不住。

左嗣音輕輕的向她靠近，微彎著腰，伸出他的手將陸子寧攬進了懷裡。

而後她感受到一個溫暖的氣息包裹著她，在她耳邊輕聲又帶著寵溺溫柔的語氣道：「別哭了，我都在。」

聽到門鈴聲響起時，左父和左母正在廚房忙得不可開交。

他們兩個知道子寧回來了，喜悅都寫在臉上，同樣也有些擔憂，怕自己的兒子找了個冒牌貨回家，但其實更多的是緊張，這麼多年沒見，多少還是有些手足無措。

「門鈴響了，老頭！」左母用手肘推了左父一下。

「叫我幹嘛呀！妳聽到了妳不會自己去開啊！」左父理直氣壯的回應。

「你去！你又不會煮飯，在這裡瞎湊什麼熱鬧！」

左父不甘心的插腰，「喲喲喲，看看妳說的話，搞的妳好像很會煮飯一樣。」

正當兩人大眼瞪小眼的時候，門鈴又再次響了。

「不然，我們一起去吧？」兩人互相看著對方，從眼神裡的得到一致的認同。

遲遲等不到人應門的左嗣音皺著眉說道，「不可能沒人在家，我昨天已經和他們說好。」

「再等等吧。」

語畢，門就從裡頭打開，映入眼簾的就是左父和左母兩人燦爛的笑容。

「來了呀，趕快進來！外面多曬啊！」左父堆著滿臉的笑容招呼著左嗣音和陸子寧，「快進來啊！愣在外面都曬成乾了！」

陸子寧和左嗣音同時無語的望向對方，又同時很有默契的看著外頭烏雲密布的天空。

左母顯然也發現了，她乾笑著，一隻手不停的拍打著左父的背，「進去！別在這丟人現眼的！」

左父仍一頭霧水，還不太清楚左母的態度怎麼變得微妙了。

左嗣音一踏進家門就聞到濃烈且刺鼻的味道，他蹙眉走到廚房，看見整個流理臺杯盤狼藉，平底鍋還散發著一股難以形容的氣味，「你們……」他面有難色的指著瓦斯爐的地方，「是想要毒死我們嗎？」

左父立刻走上前去，把平底鍋裡已經面目全非的魚倒進了廚餘桶，「你們什麼也沒看到！」

陸子寧面目表情看著左父如何一連串的「毀屍滅跡」，但心裡已經震驚到不行。

這樣的父母是怎麼養出像左嗣音這樣的小孩的……

左母拉著陸子寧的手，牽著她走到了沙發，「來來來，那裡他們兩個男人會處理的，來和阿姨聊聊。」

陸子寧全程都還沒回過神來，她覺得自己是被左嗣音暫時性的魅惑，才決定和他一起回家。

「讓阿姨好好看看。」左母扳過陸子寧的臉頰，從頭到腳像X光機一樣的掃描，不放過任何一個細節，「十五年沒見了，都長這麼大了。」她露出了欣慰的笑容，就算經過了這麼多年，身體和臉都長開了，但她一眼還是可以認得出這就是寧寧，骨子裡的勁和感覺是無法抹滅的。

「阿姨，抱歉，我今天不知道要來拜訪您們，所以沒有事先準備好伴手禮。」陸子寧露出歉意的表情。

「哎呀，那麼見外幹嘛！」左母拉著陸子寧的右手，輕輕拍了拍，「以後遇見妳爸爸我一定要好好說說他！這個老東西當年帶著妳一走了之，也不知會一聲，這幾年的鄰居都白當了！」她越說越氣憤，當年她委屈的不得了，覺得陸父太不把他們當朋友了。

「阿姨，我父親，已經過世了。」陸子寧露出一絲苦笑。

空氣安靜了，左母沒有想到十五年的光陰，讓所有的事情都變了調。

她一想到一個年輕的女孩，先後承受了喪母和喪父之痛，她都替陸子寧難受，老天怎麼捨得折磨她。

她的眼淚「啪搭」一聲掉落，將陸子寧擁入懷裡，語帶哽咽說道：「寧寧啊，沒關係的，阿姨和叔叔以後疼妳。」

那是陸子寧長這麼大，頭一次感受到像母親般的溫暖。

左母抱著她的時候，她可以很明顯的感受到她從心口傳遞出來的疼惜。

「啊？所以妳失憶啦？」陸子寧將自己離開小鎮後的經歷大致和左父、左母交待後，左父匪夷所思的看著陸子寧問。

「是，所以我想問問您們關於之前所有的事。」她坐直了身體，露出了誠懇的表情。

左母摸著她的頭頂，臉淚上淚水痕跡還沒完全褪去，她喃喃的說：「這些年來妳受了不少委屈吧？」

陸子寧握住左母的手，她輕輕搖頭，用堅定的眼神望著她，「阿姨，那些都過去了，我過得很好。」

看到陸子寧的神態，左母又不忍心苛責她，只好轉頭教訓自己的兒子，「你也不早一點告訴我們！

讓子寧在外面受苦！」

左嗣音哭笑不得，但卻又無力反駁。

陸子寧垂下眼眸，苦笑著：「阿姨，命運是天意，我們誰都無法阻止遺憾上演，但我挺過來了，就不會再畏懼面對。」

這番話，又再度讓左母的眼淚潰堤，她緊緊抱著陸子寧嚎啕大哭：「妳這麼懂事，讓阿姨心疼死了。」

陸子寧露出求助般的眼神看著左嗣音，左嗣音無奈笑著：「媽，子寧快被妳勒死了。」

看見左母像無尾熊抱著尤加利樹般仍舊不撒手，左父只好上場把她拉開，「老太婆，說正事了！」

左母一邊吸著快流出來的鼻水一邊罵道：「你才歐吉桑咧。」她抽了一張衛生紙，將臉上的淚擦掉，「寧寧，妳為什麼會失憶？」

陸子寧有些沮喪，眼神漸漸黯了下來，「我也不知道。」

「沒有去看過醫生嗎？」左父擔憂的問著。失憶不像是普通小傷可以復原，有些人要歷經大半的時光才有可能找回丟失的記憶，有些人一輩子再也想不起來。

「沒有，我從來沒有質疑過我爸爸對我的說詞，我也是接觸到嗣音後才慢慢有零碎的畫面浮上腦海。直到我前陣子夢到我母親自殺的畫面，我覺得是因為『解離性失憶症』。」

「解離性失憶？那是什麼？」左父左母異口同聲的發問，滿臉寫著問號。

就連左嗣音同樣也有些疑惑，他畢竟不是心理專業背景的人，不知道也屬實正常。

收到他們困惑的訊號，陸子寧才緩緩向他們解釋：「解離性失憶症是一種心理疾病，是患者曾遭受重大打擊後對創傷產生自我防衛的機制，造成某段記憶的空白，以便患者逃離所受的打擊。」她看著他們的臉，頓了一下後又繼續說道：「每個人的症狀都不太一樣，按照情況來看，我是屬於間斷性失憶。」

左父和左母聽不懂學術性的說法，但他們覺得聽起來似乎有些嚴重，連忙慌張的問：「會好嗎？」

陸子寧輕輕搖頭，「不一定，每個人的狀況都不盡相同。」

左母嘆了一口氣，感嘆造化弄人，慢慢的將她知道的事情娓娓道來：「妳母親生完妳之後得了產後憂鬱，對任何事都疑神疑鬼，偶爾懷疑妳父親外遇，偶爾懷疑有人要對妳不利。身子骨本來就不太硬朗，生完妳後就更虛弱了，甚至還天天緊張兮兮，都在不安的環境裡生活。」

陸子寧的臉色漸漸地沉了下來。

左母繼續說道：「她後來自殺了，妳父親工作很忙，幾乎沒有空關心妳母親的狀況，就這樣日復一日，她的精神越來越耗弱，我也有勸過她，但她就是想不開，我們都沒想到她最後會走上自殺這條路。」

左嗣音瞄了一眼陸子寧顫抖的手，輕輕地握上，這對她而言或許打擊很大，但如果想要邁向光的第一步，勢必就要跨過這道障礙。

陸子寧微微一笑，但沒想到眼淚就這樣滑落，「阿姨，您也不要太自責，母親自殺也不是您的錯。」

左母不停的拭淚，她知道當初陸子寧是親眼看見母親自殺的，她心裡也是責怪陸母的，總覺得她太不負責任了，讓自己年幼的孩子目睹這場驚人的畫面。

一般成年人都不能承受了，更何況孩子。

這場大人間的較勁，受傷的卻是陸子寧，她的童年就這樣蒙上了一層陰影。

陸母的離開，是陸父的傷，然而對於失去記憶毫不知情的陸子寧何不也是無法癒合的傷口？

她只是忘記了，忘記自己的疼，但傷口依舊在，不會消失。

天色漸漸暗了，外頭又回到晴朗的天氣，夕陽的餘暉從遠處慢慢鋪滿整個大地，就像陸子寧當前開闊且溫暖的心。

左父和左母強烈要求他們留下來吃晚餐，但奈何陸子寧和左嗣音明日還要工作，需要早點回去休息，他們也就不甘心的放他們回家。

「對了。」陸子寧在離開前喊住了左母：「阿姨，你們有關於我或是我父母以前的照片嗎？」

左母神秘的一笑，曖昧的看著自己的兒子，「嗣音上次回來全都拿走啦！」

看到陸子寧恍然大悟的表情，左嗣音不自在的偏過頭，握拳放在離嘴唇十公分左右的距離，隨後乾咳了一聲。

送走了陸子寧和左嗣音後，左父和左母兩人直接攤在沙發上面面相覷。

「寧寧的人生太苦了，妳看看，小時候多麼活潑可愛的一個人，現在被社會磨練成了寡言的人。一開始，那個氣質差太多了，我都以為兒子真的找了個冒牌貨。」左父感慨的說。

每個人的人生都是上天安排的，有些人一帆風順，有些人就受盡磨難。

左父遲遲等不到左母的回應，湊到她的耳旁，大聲的喊：「想什麼呢！」

左母嚇了一跳，用力的打了左父的肩膀，「嚇死人啊你！」

「所以說，老太婆妳在發什麼呆？」

「我在思考一件事。」左母狡黠的看著左父，伸出兩隻手的大拇指，再讓它們兩個互相靠近，「兒子看寧寧的眼神真的不尋常，那種充滿愛意的眼神是瞞不住我的鷹眼。不如我倆來把嗣音和寧寧湊一對吧？否則依照左嗣音的個性和職業可能要孤獨終老了。」語畢，她開始笑了起來，光是想像左嗣音和陸子寧在一起的畫面，她就覺得太美好了。

◆◆◆◆◆◆

「又接到命案通知了？」陸子寧聽到林煒燁的消息時，正在左嗣音家吃著晚餐。

她皺著眉頭，太不尋常了，最近的案子發生的太頻繁了，莫非這次又和「黑鴉」集團有關？

「我們走吧，去看看。」左嗣音換了一件衣裳，就急匆匆的說。

到了現場，陸子寧和左嗣音才發覺事態有些嚴重。

死者是在表演後臺的化妝間被發現的，在警方未到達現場時太多人進進出出，現場被大大的破壞，新的腳印覆蓋舊的，被害人也並非一開始屍體死亡時的樣子，太多人觸碰了她。

陸子寧走到另一間換裝的休息間，看見林煒燁正在做筆錄，她就靜悄悄的站在了門口。

身穿淡黃色澎澎裙的女孩不停的顫抖著，「我是表演結束到了後台，看見很多人聚集在化妝間。一開始大家看見葉芫趴著，都以為她只是睡著了，就有人去搖她，還有人拿了道具間的道具想要嚇唬她，沒想到她是真的死了。」

陸子寧默默的聽著，但無論怎麼想都覺得有一點奇怪，「為什麼你們知道她是葉芫？」

她突然的出聲，嚇到了女孩，她臉色蒼白的轉過頭驚恐的看著她，「什麼？」

「死者被潑了硫酸，臉部大面積的灼傷，你們怎麼判斷她是葉芫？」

女孩指著肩胛骨的地方，「這裡，她這裡有一塊刺青。」

「所以你們是按照刺青來判斷死者是葉芫的嗎？」

女孩飛快的點頭，「對，之前換衣服的時候，我不小心看到過。知道葉芫姐有刺青的人應該不少，因為她的圖案很特別，是一個麥克風。」

陸子寧若有所思的唔了一聲。很奇怪，兇手毀容的目的是為了隱藏死者的身分，刺青如果是大多數人皆知，那麼兇手潑硫酸不就是多此一舉嗎？

除非，兇手對於葉芫的刺青並不知情。

「葉芫平時有跟人結怨嗎？」

女孩先是偏著頭想了一會兒，「沒有。」而後，她很堅定的搖頭，「葉芫姐待我們都很溫柔，據我所知大家對她的評價都蠻高的，為人謙虛又不矯揉造作。」

這樣就更怪異了，這是一起計畫縝密的謀殺案，激情殺人不可能隨時準備著硫酸，但若與他人沒有恩怨，為何兇手要痛下殺手呢？這一切都太不合理了。

「嗣音，有發現什麼嗎？」陸子寧戴著口罩、橡膠手套和鞋套，慢慢靠近現場。

「身上沒有明顯的致死傷痕，被害者臉部大面積灼傷和硫酸的味道也讓我無法判斷是否中毒致死，只能等到解剖。」

「目擊者說，七點半葉芫下台，她說要補妝，屍體被人發現的時候是八點。」陸子寧自言自語的說道，「死亡時間是七點半到八點之間，兇手作案時間很短也很快。」

「左老師、陸老師！」正當陸子寧正沉浸在自己的思緒裡，鑑識人員在化妝間小茶几的位置發現了不尋常的地方，「這裡。」他拿起杯子給他們聞了聞。

左嗣音看了眼空空的水杯，皺著鼻子嗅了嗅，「苦杏仁味？」苦杏仁味一般只有在氰化物中毒才會出現。

他連忙的走去屍體的地方，翻看了死者的腳指甲，他指著指甲呈現不尋常的粉紅色給陸子寧看。他們同時很有默契的看了彼此一眼，看來是中毒的機率很高，但潑硫酸這種多此一舉的作法到底是為什麼？

鑑識人員拍了拍膝蓋，也是不明所以，「這年頭的兇手到底在想什麼，我真的越來越不解了。」

陸子寧認同的點頭，「現場的跡證被破壞的太嚴重，幾乎採不到有力的證據，監控也沒有看見任何人鬼鬼祟祟的出入，這起案件真的太詭異了。」但詭異的讓她熱血沸騰。

「我們先回去驗屍。」左嗣音也感受到這起案件的棘手，他用略有深意的眼神看著杯子，看來這是唯一的突破口。

回到解剖室後，左嗣音先仔細看了看死者是否有隱藏性的利刃傷口，但除了被毀的皮膚，真的看不來哪裡有外傷。

他先剖開了胃，但並沒有任何的食物殘存，代表死者死亡之前並未進食。而後，他抽了一點死者的血，打算拿去驗血液濃度以及血液的pH值，更進一步的判斷死者的死因是否為氰化物直接導致。

一般氰化物中毒會抑制著細胞的需氧呼吸，使乳酸生產量大增且被放進血液中，引致血液pH值下降，使吸服者出現代謝性酸中毒，使身體的維持生命活動的化學反應不能夠進行。

在死亡之前，患者最先會昏迷，原因是需氧量較大的肝臟和腦部，沒有足夠的氧氣供應它們運作，因此無需等到代謝性酸中毒，它們的細胞已經大量死亡。

之後才會危及到心臟因窒息而死。

左嗣音拿起死者的心臟仔細的端詳，死者右心漲大，這是窒息最常見的徵兆。同時死者的靜脈有些微浮腫，但是並不明顯。

左嗣音拿著驗屍報告給陸子寧的時候，已經過了一段時間，「死者葉莞，確定是氰化物中毒，血液pH值極低，血液中的氰化物濃度大於3ppm。」

陸子寧一直覺得有一點很奇怪，「杯子裡這麼濃烈的苦杏仁味，死者難道聞不出來嗎？」

左嗣音把擋在眼前的幾根碎髮向後撥，「因為基因遺傳關係，人類大約有百分之四十的人是聞不到苦杏仁的味道。」

陸子寧露出一道崇拜的目光，畢竟跟生物相關的知識並不是她拿手的，果然專業的還是特別的不一樣。

左嗣音收斂了自己內心驕傲的小情緒，難得自己有機會在陸子寧面前大展身手，他挺直腰桿繼續說道，「此外臉部是用98％的高濃度硫酸進行的腐蝕，應是死後潑灑。」

陸子寧恍然大悟般的點頭，她將手放在下巴處摩娑，「98％的高濃度硫酸？市面上並不好買的到，除了在實驗室。」

左嗣音認同的點頭，「加上氰化物，我也在猜測兇手是長期在實驗室工作的人。」停頓一會兒後，他略為遺憾的說：「杯子上並沒有採集到任何相關的指紋，只有死者一人的。」

陸子寧微微聳肩，她早就猜到了，一場精密的謀殺是不可能留下痕跡的。

她伸了懶腰，「現在最重要的是排查死者的人際交往，兇手可能和她並不熟稔，因為兇手並不知道葉莞肩胛骨處有明顯的刺青，讓林煒燁好好查查她身邊有沒有可疑從事化學相關行業的人。」

漆黑的房間裡，只有手機螢幕的光乎明乎暗的閃爍著。

一隻蒼白但肌肉細條勻稱的手慢慢爬上了手機，細長的手指熟練的敲了螢幕幾下，一個低沉的聲音慢慢的透過手機在房間裡無限的擴大。

「海角鴉任務完成一。」

手指的主人猖狂的大笑著，過了幾分鐘後，他幽幽的說：「很好，第一幕開始了。」語畢，他不斷旋轉著食指上的烏鴉戒指。

凌晨四點的警局，燈火通明，許多人在電腦前忙碌的辦事。

上級為了以防上次燒烤店老闆的憾事再度發生，平白犧牲無辜的人，這次不僅把消息捂的嚴實，更命令專案小組在一個禮拜內破案。

所有人焦頭爛額，沒有線索可言，要如何下手？

「陸姐。」林煒燁走進陸子寧的辦公室，兩手一攤，沮喪的搖頭。

陸子寧眉頭緊鎖，「沒有線索？」

林煒燁吐了一口氣：「沒有，葉莞身邊並沒有妳說的從事跟化學有關的人。」

陸子寧仰頭，看著吊扇在頭上旋轉著，隨後站了起來，「走吧，我們再去跟葉莞的助理確認一次。」

「警官，我知道的我都說了。」葉莞的助理一直不停的搓手，她不知道他們為何又再度來找她。

「妳別緊張。」陸子寧將她的不安看在眼裡，「我們只需要知道葉莞最近有沒有和什麼人互動？」

葉莞的助理瞪大雙眼，慌張的搖頭，「我不知道，我只是助理，莞姐是不可能告訴我跟她私人任何事的。」

陸子寧瞇起自己好看的眼睛，好似要把她心理的活動看清，「那她最近工作有接觸到什麼人嗎？」

「工作？」葉莞的助理深吸了一口氣，然後顫抖著聲音，「她之前好像簽了一個合約。」

陸子寧察覺她語氣的不自然，挑著眉問：「這個合約很奇怪是嗎？」葉莞是一個舞台劇表演者，有些合約要簽也不是什麼奇怪的事，但葉莞的助理特地提起，代表有不同往常的地方。

「我平常負責莞姐的生活居家，並不會干預她的工作。」葉莞的助理慢慢的用手把臉摀了起來，「我有天不小心看見她放在客廳桌上的合約，發現了莞姐竟然簽了一個電影演出的合約。」

陸子寧捕捉到關鍵字，「電影合約？那妳知道是什麼電影嗎？」雖然都是表演性質類的工作，但對於一個二十年都只演舞台劇的人，突然要參與電影的製作的確有點怪。

葉莞的助理瘋狂的搖頭，整個人像是快要崩潰一樣，「我看到的時候，根本來不及仔細看，葉姐就突然折返，然後又匆匆忙忙的拿著這份合同離開，我也不敢問她為什麼突然要去參演電影。」

陸子寧從包裡抽了一張紙巾地給她，對於一個才剛出社會的女孩，發生這種事確實都會很慌張和不知所措。

命運就是這樣，往往殺的我們措手不及。

「你不覺得很奇怪嗎？怎麼可能一點線索都摸不到？」陸子寧嚥下嘴裡的菜，說出了她的疑問。

左嗣音又夾了一塊肉放在陸子寧前面的盤子，「吃點肉，營養要均衡，案子吃飽後再說，現在討論都不怕消化不良嗎？」

「喔。」陸子寧吶吶的回應，默默地吃掉左嗣音夾進她碗盤裡的肉。

左嗣音看著陸子寧這副模樣就覺得可愛，好像過往的陸子寧又回來了。

小時候的陸子寧是一個活潑開朗的人，會對他撒嬌，也會對他發脾氣，但是只要他擺出嚴肅的神態，以前的她和現在她的姿勢、表情和語氣簡直是一模一樣。

就像做錯事的小孩，委屈巴巴。

「吃飽了。」陸子寧放下碗筷，看著左嗣音的臉，仔細看才發現左嗣音的臉其實是長的好看的。下頜線條很直，鼻梁高挺，眉眼間距都是剛剛好的。

左嗣音注意到陸子寧盯著自己發呆，他狡黠一笑：「是吃飽了還是看飽了？」

陸子寧耳根子瞬間紅了，她羞的瞪了他一眼，飛快的跑離了餐廳，留下左嗣音一個人。

左嗣音無奈一笑，收拾了桌上的碗筷。

等他洗完碗後，他看見陸子寧雙眼緊閉，胸口隨著呼吸上下起伏，她就這樣在沙發上睡著了，連電視機還開著。

他關上了電視，放輕腳步走到陸子寧前面，伸出手摸了摸她的頭，莞爾一笑。

最近肯定累壞了，案件撲朔迷離，至今都還沒有有用的線索，而且上級給的破案壓力仍在，好不容易休了半天的假，就讓她好好睡吧。

他撥開了她黏在臉上的髮絲，還記得他第一次做這個動作時，她的防備和透露的距離感。

如今就像一隻卸下防衛的小貓，躺在他的沙發呼呼大睡。

他看著她睡著時微嘟的嘴，沒有妝容的遮掩，她看起來清純和可愛，讓他心裡為之一盪。

左嗣音把陸子寧抱了起來，走到了主臥，替她蓋好了被子。

看著她睡著的面容，他忍不住伸手撫摸了她的額角，輕聲的說：「晚安。」

陸子寧睜開眼睛的時候，天還未亮，路燈的光透過窗戶流進一絲絲微弱的光線，看著深灰色的薄紗窗簾，她眼睛眨了眨，瞬間從床上跳了起來。

她摸索著牆壁找到了電燈的開關，房間一亮後，她才發覺她在一個陌生的空間睡了整整一個晚上。

仔細看了眼房間內的陳設，屬於男性的色調和用品映入眼簾，她伸出手敲了敲自己的頭，意圖將自己敲得更清醒些，努力回想昨天晚上發生的所有事。

但很不幸的，這一切都只是徒勞。

她嘆了一口氣，踮起腳尖，用微弱的光線看了眼緊閉的客房，默默的輕聲離開左嗣音的家。

陸子寧從來沒有想過自己有天會和左嗣音變得這麼親暱，即使知道了他們兩人之間的過往，也沒打算深交，其一，自己解決完父親的案件也就要回去美國，本來就沒打算在此深根，其二，那是過往的她，既然一點記憶都想不起來，那也沒有什麼感情可言。

但現實永遠都不會照著心意走，越是抗拒，反而會有股更強大的吸引力，如何也掙脫不了，自己腦海深處會有很大的回音，不斷干擾她的理智。

她關上門，輕嘆了一口氣，全都亂了。

即便已經習慣深處在黑暗的她，也已經搭上左嗣音朝她伸出的手，一起走向有光的地方。

◆◆◆◆◆◆◆

「死者身分確定了嗎？」陸子寧邁開步伐，聽著林煒燁在一旁的報告。

今天早晨在T市某間中學的司令台上發現一具屍體，他被發現時已經死亡一個小時以上，根據死者脖子上的勒痕，初步研判死因是窒息。

「死者，張謙，附近社區蠻知名的人，待人和樂，不少鄰居為之稱讚，其家人也說他並沒有與人結怨。」

陸子寧按捺心中的疑惑，這種感覺怎麼這麼像葉莞呢？一樣沒有與人有仇恨的糾葛，那被人殺害的原因又是什麼？

左嗣音看向朝他而來的陸子寧，又看向在封鎖線外圍觀的民眾，「這裡太多人了，先帶回去解剖。」他隔著口罩說話的聲音雖然悶悶的，但可以聽的出來事情刻不容緩。

陸子寧看著死者穿戴整齊的休閒服裝，他的面部、眼角膜和指甲明顯發紫，整個人看起來特別驚悚。

左嗣音不知道陸子寧能不能承受解剖的過程，他用眼神示意了她。

陸子寧明白他的意思，但她想趕快知道死因，去推斷兇手的殺人動機。

左嗣音無奈的嘆了一口氣，怕她覺得血腥，但是她都堅持了，也只能自己寵著。

但左．寵（還不是女朋友的）陸子寧狂魔．嗣音，完全忘記陸子寧身為一個犯罪心理學家，根本不怕屍體。

他剖開了胃，確定死者是吃完早餐才被勒斃，胃裡還殘有未消化的燒餅和油條。

陸子寧看著左嗣音把食物提取出來，放進玻璃罐裡，「和死者人的筆錄一致，死者吃完早餐後就出門了。」

左嗣音看著玻璃罐裡的食物沉吟，「死者和家人吃飯的時間是早上家五點半，按照消化速度，他應該是在六點到六點半被勒斃，七點半被民眾發現。」

死者的臉、唇、舌腫脹並發紅，內臟充血，因無法進行呼吸造成靜脈壓遽升，伴隨著發紺的情況。腦部浮腫的情況明顯，口鼻都滲出了白沫形式的浮腫組織液，這是勒頸最常見的現象。

「基本死因可以確認為勒斃。按照現階段的推斷，地上有鞋子磨擦的痕跡，代表死者是在地上被兇手勒斃。」陸子寧說出了自己的疑問，「那為何又要將死者吊在司令台的梁上，我不明白這麼多此一舉的用意。」

「的確很不合理，這兩起案件的兇手同樣都做了一件多此一舉的事。」

「張謙的生活和工作都很單純，並沒有和他人結怨的可能性。」林煒燁站在陸子寧的辦公桌前報告他目前所調查到的跡象。

「現場有發現遺留的繩子嗎？」

林煒燁聽到陸子寧突如其然的問題，傻愣愣的說：「有啊，在司令台上有條麻繩。」

「有照片嗎？」

林煒燁將照片遞給了陸子寧，將他在心裡疑惑很久的問題說了出來：「陸姐，為什麼張謙就不能是自殺呢？」

現代人的壓力很大，不論是感情、家庭還是事業，上吊自殺的可能性很高，這在社會版面並不少見。

「不可能，我覺得你們一定遺留了什麼重要的線索。」陸子寧根本沒有聽到林煒燁的話只沉迷在上吊的那條麻繩上。

「繩結……」陸子寧喃喃自語。

林煒燁看見陸姐像著魔一樣沉浸在上吊的繩子，又大聲的問了一遍。

「林煒燁，死者會登山嗎？」陸子寧指著照片裡的繩結處，這是只有登山的人才會使用的繩結。

林煒燁並不明白陸子寧突然問這個問題是為了什麼，他皺眉搖頭。

「如果死者並不會登山，那這個熟練的登山結是怎麼一回事呢？」

林煒燁不服氣的回答：「但也有可能是他真的會！」他實在太想以自殺把這個案件做了解，葉莞的事情都還沒個結束，又有一起案件，這樣真的太辛苦了。

陸子寧眼皮微抬，冷冷的說：「聽著，我不管你現在心裡正在想些什麼，就算是自殺也好，你也務必把這件事查清楚了。」

林煒燁已經很少見到陸子寧露出這副表情，讓他瞬間感覺到了低氣壓，他只好乖順的應好。

「對了。」陸子寧喊住了前腳剛要離開的林煒燁，「張謙的工作是什麼？」

林煒燁停下腳步，不明所以的回答，「布控師。」語畢，他越想越不對勁，「頭兒，妳說這兩起案件會不會有關聯性？」

陸子寧撇嘴一笑：「本來不太相信的，現在覺得有關聯了。」她向林煒燁招手，「幫我叫嗣音過來一下。」

林煒燁捂著心臟的位置，難受的說：「我就知道妳利用完我就不要我了，妳要去跟頭兒約會吧？」他抬眼看了陸子寧一眼，看見她一副無語的樣子，就更樂了，「齁，我不打擾你們了。」

關上陸子寧辦公室後，他在心裡呸了一聲。好啊，活該單身狗沒人權，他們去約會，自己一個人去做調查！

但心裡有無限小劇場的林煒燁永遠不知道，他的頭兒和陸姐真的是去查案了。

左嗣音語氣略帶調侃：「這次終於想起要帶我出來查案了？」

陸子寧挑眉，不懂左嗣音這酸溜溜的語氣是怎麼一回事，「什麼？」

「不帶林煒燁了？」左嗣音裝作不以為意的撫平西裝的袖口處。

陸子寧終於想到是哪一次了，「你那時候有解剖的工作要做，我這個人公事是拎得清的。」薛璐的案子過後，她曾經找過林煒燁再拜訪一次嫌疑人，難怪那天左嗣音的表情看起來很怪。

左嗣音嗤了一聲：「妳明明是公報私仇。」他伸出食指彈了陸子寧的額頭。

陸子寧暗地裡白了個白眼，不得不承認左嗣音在某些時間點幼稚的跟小孩一樣。

「來，喝水。」張謙的妻子從廚房裡端了兩杯水放在了陸子寧和左嗣音面前的桌子上。

陸子寧淡淡一笑表達謝意。

「張太太，我想問一下您先生退休多久了呢？」

張謙的妻子眼角微紅，看的出來才剛哭過。她忍住悲傷，用微弱的聲音回答：「兩年。」

「您先生在工作的期間有沒有得罪過誰？」

「這是不可能的。」張謙的妻子緊握著手中的馬克杯，「我和我先生結婚這麼多年了，從來沒有看過他發脾氣，何況是得罪人呢？」她語氣逐漸激動：「警官，我先生不可能自殺的，我拜託您趕快找出兇手，還我先生一個公道吧！」

看見一個年邁的太太眼淚又流了出來，同樣身為被害者家屬陸子寧也能夠明白張太太想趕快找到兇手那種急迫的心情，她於心不忍的別過頭。

「張太太，您先別激動，找到兇手是我們應當的本分，我們一定會給您一個交代。」左嗣音努力的想緩和氣氛，「您可以和我們說說您先生最近是否有奇怪的舉動嗎？」

張謙的妻子努力回想著：「奇怪的舉動？有的、有的，他前陣子神神秘秘的跟我說他要出演電影了。我當時還納悶呢，想說一個零基礎又長的不好看的老頭子怎麼可能有人要請他出演電影，我還怕他被詐騙呢。」

陸子寧聽到「電影」兩個字，將屁股稍微往前挪動，就怕自己聽不清楚，「然後呢？」

張謙的妻子啊了一聲：「那個合約被老頭子丟在房間裡的保險櫃呢，我去給你們拿出來啊！」

在等待的過程中，陸子寧覺得偵查的方向終於走上正軌了，他們似乎抓到了脈絡，這個所謂的電影演出，一定有問題。

她用手肘頂了頂左嗣音，他看了她一眼，接收到她眼裡的暗示。

看來，這個電影是該好好查一查了，否則都不知道受害人到底是簽了演出合約還是死亡契約了。

「來，這裡。」張謙的妻子用她歷經風霜的手把合約遞給了陸子寧。

陸子寧和左嗣音飛快的掃了一眼，兩人的目光同時被紙上的一處吸引。

由編劇江尚樺改編《歌劇魅影》的電影版。

投資方：白鴿集團。

「白鴿集團……」陸子寧伸出手指敲了敲辦公桌的桌面。

「陸姐，這個電影製作查嗎？」林煒燁輕聲的問。

「查。」陸子寧把垂下來的髮絲撥至耳後，「看他們葫蘆裡賣的是什麼藥。」

「對了陸姐，這是我們第二次去現場時看到的。」

陸子寧接過林煒燁手中的照片，看著照片裡的物證，「這個是……」

「亮粉。」林煒燁特別篤定，他聽完陸子寧的話之後，第二次去蒐證的時候很仔細，連一個角落都不放過，甚至還搬上了梯子去檢查梁上。果不其然，還真的讓他發現了一些薄薄的金粉。

為什麼會有金粉呢？是兇手不小心蹭上去的嗎？陸子寧心裡很是困惑。

林煒燁正要離開陸子寧的辦公室，又被喊住了。

「陳姐？她好像請假一段時間了。聽說她父親生病需要有人照顧，而且兒子也小。」

「她老公呢？」

林煒燁聳肩，對於陳姐的老公他們都不太清楚，很少聽她提起。

他帶上門後，陸子寧把手交疊撐在下巴上。夕陽的光輝穿過玻璃窗，她的臉一半被陰影籠罩，一半沐浴在光下，讓她的表情看起來深不可測。

她撥了通電話，「之前交代你的事辦得怎麼樣了？」

「什麼也沒查到，但我會再努力看看。」電話另一頭的男聲回。

陸子寧應了聲好，就掛了電話。

「之白哥。」陸子寧在前台小姐的帶領下到了徐之白的辦公室。

徐之白看見陸子寧的當下眼睛都發亮了，他站起來走到她眼前，「要來怎麼不提前說一聲？我找人去接妳就好。」

陸子寧微微眨眼，「我這不是怕你在忙。」

徐之白餘光看見助理一直杵在原地，他握著陸子寧的手走到了沙發，順道將門關了起來。

助理錯愕的眼睜睜看著門在她眼前被關上，她像是知道什麼大祕密般的摀著嘴。那不會是徐總的女朋友吧？看起來好有氣勢好漂亮。

陸子寧當然不知道徐之白的助理已經在公司大肆宣揚他們的關係，她掃了一眼徐之白的辦公室，純白的設計，空間不至於太過壓迫，也讓人有種靜謐和舒適的感覺。

但就不知道實際上是不是和看起來的一樣了。

徐之白倒了一杯水給陸子寧，「阿寧，突然找我有什麼事嗎？」

陸子寧喝了一口水，「之白哥，我想回去以前的家可以嗎？」

徐之白眼神微微閃爍，「為什麼突然要回去？」他激動的握著陸子寧的手，「不是跟妳說了不要查了嗎？」

陸子寧冷靜的看著他，用力的把手抽回，「為什麼不能查？你是不是隱瞞了我什麼事？」

徐之白用手摀著臉，身影看起來悲痛萬分，「算了，我也攔不住妳，要查就去查吧。」他走回辦公桌的位置，「妳有空的時候聯絡我，我帶妳回去吧。」

陸子寧微微捏緊手中的包，指甲用力過度都泛白了。

「之白哥，你最近是不是投資了個電影？」陸子寧像漫不經心的問。

徐之白詫異的看了她一眼，有些意外，「妳怎麼知道？」

「你知道這個電影的詳細計畫嗎？」

徐之白聳肩，「我只負責出錢，並不會插手電影的製作，剩下的都是我底下的娛樂部門在處理。」語畢，他似乎感覺到了陸子寧語氣的不對勁，「妳怎麼會知道這件事？」

陸子寧也不打算繞圈子了，她直接了當的說：「最近有兩起命案，兩個被害者都有參與這個電影。」

徐之白表情驚訝，「是嗎？這麼巧合？」

陸子寧微微一笑，翹起了二郎腿，背抵著沙發，直視著徐之白，「是啊，我也覺得很巧。」

徐之白沒有接話，只是看了一眼腕錶，略帶歉意的說：「阿寧，我忘了我還有個會議，妳自便，我先走了。」

陸子寧聽到關門聲後，放低了音量走到徐之白的辦公桌，看了眼他的電腦。隨後若無其事的離開，也未知會任何人。

此時，一台放在桌面上的手機響起了震動，一隻手點開螢幕，上面只有一句話：目標已經有察覺。

剛離開的時候，男人撫摸著口袋裡的烏鴉戒指，喃喃的說：「很好，上鉤了。」

男人淡淡的看著陸子寧，下巴的鬍渣和略長的頭髮，都顯示他陰鬱的氣質。

「警官，有什麼事嗎？」江尚樺摩娑著下巴，鬍渣刺刺的感覺讓他有股愜意的爽感。

「我想要了解你們改編《歌劇魅影》的電影。」陸子寧一向講話不拐彎抹角，有話直說，節省彼此時間。

「喔？」江尚樺露出有趣的表情，隨即揶揄，「但我們有簽保密協議，好像不能隨意給外人看呢。」

陸子寧嗤了一聲，饒富趣味的看著他，「都已經出了命案，還想藏嗎？」

「出命案啊？」江尚樺拉了一下白襯衣的衣襬，「那關我什麼事啊？妳有證據證明跟我的電影有關係？」

「的確沒有。」陸子寧大大方方的攤手，「葉莞和張謙你別告訴我你不認識。兩個死者都與你們電影有關，我有合理的理由懷疑吧？雖然不能逮捕你，但詢問總是可以的吧？」

「我真的不認識，什麼夜晚還是早上的我都不認識。」

「你一個編劇，會不知道你們請了誰來當演員？」陸子寧拍手，「你一個編劇演技太好了，沒考慮轉戰一下職位嗎？說不定會大火呢。」她拿出了張謙和他們的合約，「合約都在這裡了，你還想說什麼？」

江尚樺眼球充血，激動的想要搶奪陸子寧手中的合約。

陸子寧抽回手，「想要確認是吧？」她維持了一個安全距離，「這樣看就好了。看完後想清楚再回答。」

江尚樺看完後，眼神漸漸失焦，靈魂像被抽乾一樣，「葉莞，是我們劇組飾演女高音卡洛塔的人；張謙，飾演控幕員布克。」

陸子寧恍然大悟，「你們找上他們並不是因為演技吧？而是他們本身的職業。」

江尚樺抱頭，「我真的剩下的就不知道了。」

陸子寧看著他離去的背影，臉上高深莫測。

她有預感，這起案子快結束了，而幕後的藏鏡人也即將出現，黑鴉的事也需要做出了結了。

「為什麼就是找不到任何一點證據呢？」林煒燁大聲咆哮著，他特想把內心那股怒火給發洩出來，已經離上級預定的破案期限剩三天了。

「併案調查吧。」陸子寧再三思考做出了最終的決定。

林煒燁不可置信的轉頭看著陸子寧，嘴巴張得大大的。

「妳有想法了嗎？」左嗣音停下筆，目不轉睛的看著陸子寧。

「你們看過《歌劇魅影》嗎？」

林煒燁搖頭，一臉不明白的表情，左嗣音則是皺眉點頭。

「我一直覺得很巧合的點，就是葉莞和張謙的死法很像他們在劇裡角色的發生的事，只是更為殘忍。」

左嗣音似乎想起來裡頭的劇情，點頭附和，「聽妳這麼一說，倒是有些像，只是劇裡的卡洛塔只是嗓子壞了，而布克的確是被勒斃的。」

林煒葉聽著他們兩個一來一往的討論，愣是沒聽明白一句。

「妳認為這次的案件和『黑鴉』也有關聯嗎？」左嗣音盤點了一下這三起案件，黑鴉每一次的手法新穎，但都和一個特定的歷史或是藝術作品有關聯。

陸子寧沉吟了一會兒，「我心裡有很強的直覺告訴我，黑鴉並沒有表面上看起來單純。但若要分輕重緩急，勢必要先破獲眼前的案子，黑鴉的事，還需要一些時間蒐集更多證據和資料。」

◆◆◆◆◆◆◆

「陸，我跟妳說，這個傢伙肯定有鬼。」Amon邊咀嚼著嘴裡的臭豆腐邊說。

陸子寧用眼神瞥了他一眼。她上次請Amon去幫她調查關於X的事，好不容易有些眉目。

「怎麼可能有人家底真的這麼清白，父母親都是小康，可以憑藉一己之力成立了一個能在臺灣呼風喚雨的集團。」Amon信誓旦旦的說：「我拍胸脯保證，這背後一定有問題。」他打了一個飽嗝，撫摸微撐的肚子，「欸，我說陸啊，妳怎麼就這麼容易攤上奇奇怪怪的案件？妳是不是跟柯南同一個體質？需不需要去拜拜改個運？」

陸子寧嫌棄的推開了Amon湊過來的腦袋。這傢伙，一喝酒就容易上頭，什麼話都敢說。

Amon被陸子寧一推，整個人無力的醉倒在沙發，還大聲嚷嚷：「陸！妳把我推倒了！我要告妳傷害！」

陸子寧和左嗣音無奈的看了對方一眼。Amon這簡直是大型的碰瓷現場，太想一不作二不休的把他給打暈。

左嗣音若有所思，他不太明白陸子寧為何會懷疑到那個男人身上。

「他出現的時機，都太過巧合了。」陸子寧啜了一口手裡的啤酒，感覺到內心稍微鎮定了一點。

左嗣音仍然壓不下內心的擔憂，他稍微試探，「妳難道都不會懷疑那個人是我嗎？」

「不會啊。」陸子寧托腮，「我感覺的出來，你對我的好和他對我的好是不一樣的。」

左嗣音撫摸著啤酒鋁罐上面的紋路，「如果真的是他，妳要怎麼做？」

陸子寧瞇著眼，看著罐裡一滴都不剩的酒，又從桌面上拿了一罐。聽到打開鋁罐那「呲啦」的聲音，她就沒來由的感受到快樂。

「怎麼做？」她唔了一聲，「讓他付出代價……把他關進去！」

看著陸子寧緋紅的臉，左嗣音才知道她已經醉了。說Amon不勝酒力，她自己也半斤八兩。

但也只有這個時候，她才會褪下偽裝，像小孩一樣回到天性。

此時Amon又突然坐直了身體，手在空氣中隨便比畫，大聲嚷嚷：「陸！妳們兩個怎麼還沒在一起啊！時候不早了，該去洞房了。」

陸子寧聽到Amon的話，隨便丟了一個抱枕砸在他的臉上，「笨蛋，都還沒在一起，去什麼洞房！」

Amon像小孩一樣亂發脾氣，似是對陸子寧說他是笨蛋感到不滿，「妳才是笨蛋！明明喜歡他卻不和他在一起！」

左嗣音正握著啤酒罐的手頓了一下，抬眼看著意識不清的Amon，眼底慍色漸濃。

難道，Amon說的那個他是徐之白嗎？

陸子寧唔了聲，打了酒嗝，眼神不清的看著Amon的方向，「你怎麼知道？」

「嘻嘻嘻，我可是看的出來喔。」Amon傻笑。

左嗣音當下只想逃避這個話題，他扶起醉倒的Amon，「好了，時間也不早了，我帶Amon去我家的客房。」他還不忘回頭看了一眼迷茫狀態的陸子寧，神色複雜。

在左嗣音準備離開時，陸子寧伸手捏住了他的衣襬，委屈巴巴的看著他，「哥哥，你要去哪？」

他看見陸子寧無辜的眼睛，整個人都快融化了，原本的怒氣也在瞬間就被澆熄。

他無奈的撫額，陸子寧從小到大真的把他吃的死死的，常常都用這招，但偏偏自己就是把持不住，也無可奈何。

安頓好Amon後，左嗣音不放心陸子寧一個人，又折回她家。

一進客廳，就看見桌上原本剩的兩三罐啤酒，現在已經空空如也。

陸子寧又打了個響亮的酒嗝，眼神朦朧，看著朝她走來的男人，她伸手碰了他的鼻子，痴痴的笑了起來，「這個哥哥，好帥呀。」

她又頓了一下繼續說道：「不過……」她一手托著腮，一手撫上左嗣音的臉頰，描繪著他的臉部的輪廓。

左嗣音覺得她的手就像羽毛，摸的他發癢，還有些燥。

他握住陸子寧在他臉上放肆的手，啞著聲問道：「不過什麼？」

陸子寧痴痴地笑了：「好像我喜歡的那個小哥哥，你們長的好像。」

左嗣音以為自己聽錯了，不可置信地睜大眼睛看著她，誘哄的說：「子寧，再說一次。」

陸子寧嘟起嘴，「好話才不說第二次呢。」她試圖站起身，卻想不到自己重心不穩，正要跌倒的下一秒，就被左嗣音給接住了。

她掙脫他的懷抱，自顧自地說著：「雖然我才剛認識那個小哥哥沒有多久，但是他對我很好呢，他那裡有光，一直在叫我過去，但是我感覺我喜歡他很久了，就一直在心裡。」她比了一下胸口的位置，又噓了一聲：「你不可以告訴他喔。」

左嗣音忍俊不禁。

「哥哥，我要抱抱！」陸子寧二話不說地跳上了左嗣音的背，兩手環繞著他的脖子，腳夾著他的腰。

她快速的在他臉上親了一口，笑了：「這是給小哥哥的獎勵，誰叫你長得這麼好看呢！」

左嗣音一開始還沒會意過來，直到臉上的溫熱和口水痕才讓他感覺到這一切都是真的。

他低聲一笑，隨便親一個陌生小哥哥是對的嗎？不過，他希望這樣的陸子寧永遠都不要醒來。

他背著陸子寧走到房間，輕輕地把已經睡著的她放了下來，看著她的睡顏，左嗣音用手遮住了自己發紅的臉。

而後，輕輕的拂開她額前的碎髮，在上頭印上一吻。

◆◆◆◆◆◆◆

「死者，黃媚芬，二十五歲。被人發現時間為夜間八點，已經氣絕身亡。」

林煒燁和陸子寧並肩走到左嗣音的身邊，她看了看躺在床上雙目瞪大的女子。她身穿睡衣，衣衫有些凌亂和撕扯的跡象，她應該是死前曾經和兇手發生過爭執。

「有沒有可能是強姦未遂？」陸子寧看了現場的模樣，死者的面容姣好，身材也是絕好，若是有人登門強姦未遂而行兇也是有可能。

「我覺得不是。」左嗣音指著死者脖子上的勒痕，「這個痕跡，很像女生用的絲巾，質地柔軟，也沒有什麼印痕，但也不保證這是兇手掩人耳目的一種做法。」

絲巾？陸子寧蹲下去，鼻子靠近死者脖子的地方，她嗅了嗅，「女士香水。」

左嗣音也和陸子寧做了同款的動作，他莫名覺的這股味道有些熟悉。

「應該不是死者身上的，她手部位置的香水和這裡並不相同。」陸子寧快速的給了林煒燁側寫，「兇手應該是個女的，而且身材嬌小，明顯和死者有爭執的過程中有些吃力，和死者之間互相認識，是激情殺人導致。」

林煒燁提筆刷刷刷的記下陸子寧剛剛說的：「陸姐，這會不會和上次兩起案子都有關連？」

陸子寧剛剛也在思考這件事，「我不是很確定，去調查一下這個電影所有出演名單吧。」這樣不僅可以快速排除嫌疑人，也可以更快釐清這次的案件。

「林煒燁。」她喚住剛要離開的林煒燁，「你來聞一聞這個味道。」

林煒燁賭上了「好鼻師」的名號，仔細嗅了嗅死者脖子處的香水味，「這個味道……」

左嗣音和陸子寧互看。果然，林煒燁也發現了不尋的地方。

「這不是陳姐常用的香水的味道嗎？」林煒燁臉色刷的白了一下，乾笑著：「也有可能是碰巧。」

林煒燁的辦事效率有時候還是值得誇讚的，就好比這次，他迅速的就拿到了電影的出演名單。

主演：林強宇，飾魅影；陳俞芳，飾克莉絲汀；何宸昊，飾勞爾。

配角：葉莞，飾卡洛塔……

其他角色：張謙，飾控幕員布克……

這些角色，大大小小，所有人都有機率犯案，只要知道這個劇本的人都有嫌疑。

「還有，陸姐，陳姐回來了。」

陸子寧抬眸看了眼林煒燁，輕輕點頭，「你可以請陳姐過來一下嗎？我有事要問問她。」

「子寧，妳找我有事嗎？」陳彥美略顯疲憊的走進了陸子寧的辦公室。

陸子寧看著眼前的女人幾日不見，身子更為消瘦，甚至還有點有氣無力。

「陳姐，這幾日家裡還好嗎？」

「啊？」陳彥美聽到她的話，從恍惚中清醒了過來，「還好，只是還需要一點時間處理。」

「陳姐，我們這群粗線條的，少了妳幫我們整理資料和文書，都有些手忙腳亂。」陸子寧握住了陳姐顫抖的手，「如果妳有困難，都可以告訴我們。」

陳彥美眼神飄忽，就是不敢直視陸子寧那雙彷彿可以洞悉一切事實的眼睛。

「對了陳姐，我想問妳，妳的香水牌子是在哪裡買的？」

陳姐有些慌亂，根本沒料到陸子寧會這麼直接，「子寧也想要一瓶嗎？這個牌子挺便宜的，喜歡的話姐送妳一瓶便是了。」

「不。」陸子寧將她的動作盡收在眼底，「我只是為了調查案件。」

林煒燁看見陳彥美像是失了魂一樣的離開了陸子寧的辦公室，連忙推開她辦公室的門，「陸姐，妳跟陳姐攤牌了？」

陸子寧似是覺得林煒燁太過大驚小怪，「有時候攤牌未必是壞事，讓敵人慌亂而更快的露出馬腳也是種策略。」

「所以妳真的認為陳姐是嫌疑人嗎？難道之前的案子跟她也有關係？她是不是因為這樣才請的假？」

陸子寧沒好氣的睨了林煒燁一眼，「你問題很多。葉莞和張謙的案子肯定和黃媚芬沒有關聯，但是陳姐到底和這件事有沒有關聯就不好說了。」

她招手示意林煒燁靠近她一點，輕聲道：「交給你去查一件事……」

「呿。」林煒燁忍不住向左嗣音抱怨，「陸姐太過分了，都派給我一些小事，這樣根本無法展現我的實力。」

左嗣音聽見林煒燁像小孩子的撒氣，忍不住笑了：「子寧是忙了些，她也有其他的事，調查的瑣事交給你也是器重你。」

林煒燁「哼」了一聲，勉強接受了這份說法，「算了算了。不過……」他好奇的問：「陸姐是在忙什麼？難道她有其他的案件要查？」

左嗣音推開他湊近的臉，雖然林煒燁也許有一天也會知道，但陸子寧既然暫時不和他說，一定也有她的道理。

林煒燁見左嗣音緊抿的嘴唇，兩手一攤，「不告訴我就算了。」他又想到了件事，這次整個人都湊到左嗣音眼前了，「頭兒，有件事我特別好奇，你從一開始對陸姐的態度真的特別不一般，你是不是和她以前就認識了？」

左嗣音倏地睜大了眼，略帶提防的看著林煒燁，「你怎麼知道？」他最近總覺得內心有些不安，時時刻刻都在防止有人意圖對陸子寧不利，畢竟敵人在暗，他們在明，更何況這些一連串的事情有可能一開始就是個針對陸子寧的計畫。

暗中的敵人在四處安插了這麼多眼線，根本無法預料身邊的人誰是真心誰是假意。

林煒燁被左嗣音的眼神看的發毛，他不明所以，「不就是問了幾句嗎？反應這麼大幹嘛？」

左嗣音似乎也感覺到自己有些反應過激了，「抱歉，我沒有那個意思。」

在江湖混了這麼久，林煒燁也是學會看人的臉色，「沒關係啦！誰沒有祕密，是個人都有的。」他似乎又想起了什麼，賊賊一笑：「那頭兒，你覺得你和那個徐之白誰勝算更大？」

左嗣音被林煒燁過於跳躍的思維問的矇了一會兒。

林煒燁搭住了左嗣音的肩膀，「欸頭兒，我說你浪費了好好的機會不用，以後就有你哭的了。」

左嗣音想到了前幾天陸子寧不小心醉後告白，他就覺得自己底氣硬了一些。

他忍不住的嗤笑，甩開林煒燁的手，「誰哭還不好說。」

林煒燁突然有種頭兒開始燃燒鬥志的感覺，欣慰的含笑點頭去辦其他的事了。

陽光微微透進房子，陸子寧環顧了四周，又看了看眼前長相清秀的女孩，「妳是什麼時候簽了這個合約的？」

女孩的眼神微微透露著不安，「去年六月吧。怎麼了嗎？」

「你們演員彼此合作的時候，有沒有發生奇怪的事？」

陳俞芳認真想了想，果斷的搖頭。

「妳跟其他幾位主演熟悉嗎？」

她依然搖頭，「我們彼此都不太熟識，也是各種不同的人被抓去拍電影的。但是我一直很納悶，明明自己不是專業的演藝人員，電影製作為什麼要找一群素人呢？難到他們都不害怕票房很低嗎？」

陸子寧認真的看著她，「妳難道都沒有想過這可能是一場騙局嗎？」

「有錢賺就好了呀，反正也不可能會危害性命。」語畢，陳俞芳越來越覺得陸子寧話中有話，她瞪大眼睛不可置信，「難道妳指的騙局是——」

「沒錯，一場精心的謀殺。」陸子寧眼睛微瞇，「張謙和葉莞這兩人妳應該都不陌生，他們都已經慘遭殺害，我們懷疑這和這個電影有關，如果妳有懷疑的對象不妨說出來。」

陳俞芳開始慌了，她沒有想過自己攤上了這麼大的事件，還會被列為嫌疑人，「反正我知道絕對不是我。」她摀著嘴開始掉眼淚，「那兩個男的都很可疑。」

陸子寧淡淡的點頭，對於這種場面已經習以為常，「接下來為了預防任何突發情況發生，我們會安排警力默默的保護妳，一旦有奇怪的人聯絡妳，或者試圖靠近妳，妳都可以尋求警方的幫助。」

陳俞芳感激的看了陸子寧一眼，現在這種危急時刻，如果有人可以出手保護真的再好不過了。

拜訪完陳俞芳之後，陸子寧決定詢問下一個嫌疑人，即便自己已經感覺到有些疲憊，但仍然不想放過一秒的機會，能盡快解決這些案子自然是最好的。

她用了同樣的問題問了何宸昊一遍，卻得到相差無幾的答案，兩人的回答基本上是大同小異的。

唯獨何宸昊說了一件讓他自己耿耿於懷的事情，「林強宇我記得他也不是專業的演員，雖然我們幾個以前可能都有歌劇或是舞台劇的經歷，但他入戲特別快，整個人都像和角色本身融合在一塊了。」

「入戲特別快，這應該是演員的基本，為什麼您會覺得奇怪呢？」陸子寧的確對於這方面不是很了解。

「那種入戲的感覺不是讓人舒服的，有時候真的讓人打從心裡毛骨悚然。」講到這裡，何宸昊又想起林強宇最後一幕的眼神，整個人都不好受了。

「你出演這場戲之前，應該也做了不少功課，去了解過原版的《歌劇魅影》，和你們的版本差異在哪？」這是陸子寧最好奇的地方。

何宸昊緊張的擺手，「我們簽了保密協議的，這真的不能說，違約可是要付賠償金的。」

陸子寧當下真的太無奈了，為什麼這些人會把錢看的比生命還重要？當自己有生命危險的時候，下意識都會選擇金錢，這些東西都是身外之物，死後又帶不走的，為什麼不好好把握的自己生命？

接收到陸子寧的眼神，何宸昊立馬認慫，「我說、我說，但是你們務必要替我保密，不能讓其他人知道是我洩漏的。」

「可以，保密是我們的責任。」陸子寧堅定的點頭。

何宸昊神神秘秘的娓娓道來。

直到走出何宸昊的房子，陸子寧還是久久無法回神，那個劇本一聽就是一場精心的謀殺，太讓人惡寒了。

不管是整個劇情的走向還是人物的特質，幾乎都和原版的完全不一樣，這根本是恐怖版的《歌劇魅影》。

人物在戲裡死去的順序和方法，也在現實一一驗證，令她起雞皮疙瘩的是，按照劇裡的順序，何宸昊將會是下一個死亡的人，但他竟然還可以保持平靜，表現出無所謂的樣子。

人心，永遠是她想要努力了解，卻又捉摸不透。

「陸姐，妳上次交代我去查的事情查到了。和陳姐使用同款的香水品牌，我找了好多地方查詢購買紀錄，但是都沒有發現有用的線索和價值。」林煒燁面露沮喪。他心裡百般不願意相信陳姐就是兇手，目前雖然沒有找到直接證據定罪，但同樣也無法證明她和案子無關。

「不過，我倒是發現了一件事。陳姐的老公似乎有外遇，我們跟了她家人好幾天，而且她老公的外遇對象不止一個。」

「這跟案子有關係嗎？」陸子寧不解的看著林煒燁。

她最近都快要被煩死了，林煒燁還拿八卦跟她說。轉念一想，她的思路才被貫通，「你是說陳姐老公的外遇對象有一個是黃媚芬？」

林煒燁沉重的點頭。

這些都是什麼跟什麼，陸子寧疲憊的揉揉眉心，「現在就等左嗣音的屍檢能不能有更突破的線索了。」

林煒燁吶吶的開口：「陸姐，死者家屬要把屍體領回了，今天是最後一天了。」

陸子寧難得的好脾氣也有些不耐煩了，最近真的是諸事不順，案件沒有任何進展，所有東西都在阻礙。

左嗣音剛好推了門進來，陸子寧看到他慌慌張張的樣子，心好像也被提了起來，整顆懸著。

「在死者指甲裡的皮屑，ＤＮＡ確定是陳彥美，陳姐的。」

陸子寧睜大了眼睛，不敢相信左嗣音的話。林煒燁同樣也以為自己聽錯了，他聲音不可控的顫抖，「頭兒，你說什麼？」

左嗣音低著頭回答，「陳姐和死者在死前有過接觸，不排除是打鬥過。」他也是消化了好一陣子，因為連他自己內心的聲音也是不相信。

陸子寧撐著椅子把手的手用力到都冒出了青筋，她跌回椅子，內心無限感嘆。

空氣沉寂了好一段時間，才聽見陸子寧低聲的說：「請檢察官跟法院申請搜索令吧。」

◆◆◆◆◆◆

「解決過田凱翔，妳應該知道要用什麼方法讓自己閉嘴吧？」

陳姐淡淡的看著眼前身材高挑的男子，「知道。」

男人把玩著食指上的戒指，讚揚的看著陳姐，「有些話該說不該說自己好好拿捏。」看著陳彥美木然的臉，他走上前掐住了她的臉頰，「我不想再聘雇更多的人替我監視著妳，即便妳花了任何方法意圖扳倒我，我也有一千種方法讓妳不能再開口說話。」

陳姐從垂落下來髮絲的縫隙看著男人，表情終於有一絲鬆動，「你不覺得自己很卑鄙嗎？這是愛嗎？這不是愛，你只是想把她變成洋娃娃，成為你的附屬品而已！」

男人大笑了幾聲，放開她的臉，順道抽出一張衛生紙擦拭自己的雙手，「我卑不卑鄙，妳很早以前不就見識過了嗎？從我踏上了這條路，接手那男人手裡的黑鴉，我就沒奢望再看見陽光。」

陳姐啐了一口痰，不屑的看著他，「你根本不像外表那樣的光鮮亮麗，你其實就是一隻住在陰溝裡的老鼠，她再怎麼樣也不可能會喜歡一隻耗子！」

男人被陳姐的話刺痛，他伸手掐住她的脖子，「閉嘴！她會是我的，永遠都不會是別人的！」

陳姐用沙啞的聲音，斷斷續續的說：「你殺了我呀！有本事你就殺了我！你的計畫就會少了這塊！你就更得不到她了。」語畢，她嘲諷的笑了。

男人倏地放開了陳姐的脖子，她癱軟在地，乾咳了幾聲。

他看著陳姐狼狽的模樣，將桌上的食物送到了她的嘴邊，「吃飽就可以上路了，陳姐，這算是我對妳的一片孝心，謝謝妳當初替我做了偽證。」他微微一笑，眼裡散發著真誠。

陳姐抵死不從，惡狠狠的抬眼瞪他，「我這輩子最後悔的是就是加入黑鴉，替你做了偽證！」

男人將食物放回去，撥了撥手，「『一日黑鴉人，終身黑鴉魂。』我們只不過聚集了所有對內心有強烈渴望的人，妳不也是嗎？恭喜妳成功了。」

男人離開前，又深深的看了陳姐一眼，「妳的孩子我可以確保他下半生無憂，妳自己明白。」

陳姐將臉埋進膝蓋裡，放聲痛哭。

她這輩子最後悔的事，就是聽了那個人的鬼話，入了黑鴉。

她的人生要怨就怨自己，是自己讓自己無法再回頭的。

「什麼！」陸子寧不敢相信她的耳朵，「你在跟我開玩笑嗎？」

她接完林煒燁的電話，連包包也來不及拿直接衝去警局。

「媽的！跟人也可以跟丟！你們是來不做事領薪水的啊？」陸子寧這次真的炸了，她在會議室破口大罵：「事不過三，你們有沒有聽過？第一次是莊佳恩，第二次是田凱翔，這次是第三次了！」

林煒燁和眾多員警連大氣也不敢喘，他們都知道陸子寧最近忙的焦頭爛額，也都不敢打擾她。

林煒燁看見兄弟們委屈的神色，也想替他們平反一下，他主動開口：「陸姐，他們也盯了好幾天了，這次是意外，您消消氣。」

陸子寧瞪大雙眼，將手裡的東西甩到桌上，「意外？人在你們的眼皮底下消失，你跟我說這是意外？那要等到人死了，你們才會說這不是意外嗎？」

「我們不是這個意思……」

左嗣音眼看陸子寧的火氣已經到了最高點，他適時的出面，以免衝突越來越高，「大家這些天都累了，現在要趕緊想辦法找到何宸昊。」

陸子寧深呼吸了好幾口氣才壓住她內心的憤怒，「現在不管要用什麼方法，我要最快的時間找到何宸昊，他如果死了，我會讓你們受到懲處。」

林煒燁看陸子寧的態度總算鬆動了一點點，趕緊用眼神示意所有警員趕快動身。

「妳也別太苛責他們了。」左嗣音待所有人離去後，幫陸子寧倒了一杯水。

陸子寧沒有應聲，只是撫額。難道最近那種不安的感覺，是因為這件事嗎？

左嗣音拿了一瓶綠油精，沾了一點到他的手指，輕輕抹在陸子寧的太陽穴處。

陸子寧起先愣了一下，才明白額上辣辣的感覺是什麼，頭痛似乎也神奇的緩解了。

她手指不再焦慮的在桌面上敲呀敲，但頭腦仍不停的在思考哪裡是最有機會找到何宸昊的地方，突然間，她靈光一閃，「嗣音，在《歌劇魅影》裡，勞爾被綁的原因，是不是因為魅影想要得到克莉絲汀？」

「沒錯，而且最後是由克莉絲汀解救勞爾的。」左嗣音說完後，似乎也明白了什麼。

「跟你想的一樣，那個人會聯絡陳俞芳的。」陸子寧肯定的說。

「陸姐，我們已經監聽了陳俞芳的電話，只要那個人和她聯絡，我們就可以立馬知道。」林煒燁一聽到陸子寧的分析，只覺得她太強了！的確，用劇本推斷也是一種方法。

「林強宇聯絡陳俞芳了！」監聽的員警興奮的大吼，果然和他們推斷的一樣。

陸子寧連忙衝上前戴起耳機仔細聽他的聲音。

一個男人沙啞的聲音傳進手機裡，「克莉絲汀，勞爾在我手上，如果想要保他的命，妳就嫁給我。」

陳俞芳事先已經和陸子寧他們串通過了，連忙一口答應。

林強宇立馬掛上電話，但卻未說明他所在的位置。

「沒有說明位置，我們是要去哪裡找他？」林煒燁氣的捶了一下牆。

「別急，聯絡陳俞芳，確認電影中魅影綁架勞爾地方是不是『地下水道』。」

「好。」林煒燁撥了電話，說了幾句話，眼神就亮了起來。

「陸姐，妳是怎麼知道在地下水道的？陳俞芳連電影當初在哪裡拍攝都說了。」林煒燁崇拜的看著陸子寧。

「先去救人吧，上車說。」

警方很快就透過號碼定位到了林強宇的位置。所有人嚴陣以待，就怕出了一絲差錯釀成悲劇，他們可不希望再看見有人因此而喪命。

「林強宇電話裡有很細微的流水聲，而且如果根據原作的設定，魅影生活的地方一般都是在地下，地下就是他們的王國，那符合這兩個條件的地方，我只能推斷在地下水道。」

林煒燁了然的點頭，但他不能理解的是，為什麼在電話裡林強宇會叫陳俞芳「克莉絲汀」。

「你有聽過『入戲太深』嗎？」

林煒燁傻愣愣的點頭，但是他就不明白這和入戲太深有什麼關係了。

「因為他把自己帶入成魅影了，他把內心的渴望和仇恨的情緒原封不動的複製了一遍，只不過在戲裡殺掉的是角色，但在真實世界裡他殺掉的不僅是角色，還是一個活生生的人。」

林煒燁聽完整個人雞皮疙瘩，一股惡寒油然而生。這太嚇人了，那些人根本沒有得罪林強宇，連自己怎麼死的都不明不白，更諷刺的是，林強宇也不知道自己真的殺了這些人。

當初聽到何宸昊說林強宇入戲太深時，陸子寧心裡就有預感。這也可以合理的解釋為什麼兇手要做一些多此一舉的事，比如他潑硫酸在葉莞的臉上是為了掩蓋身分，但那是劇情的設定，但憑藉她肩胛骨上的刺青就可以判斷死者就是葉莞。因為身為魅影，在他的認知裡，並不知情。

到達現場時已經有不少警力在現場等待，就怕人質遭遇不測。陰暗的下水道散發著一股惡臭，還有不少的廢棄物被水流沖到角落堆積，光線昏暗，若不是開著手電筒根本看不清前方。

林煒燁拿著大聲公，向林強宇喊話：「林強宇不要激動，我們好好談談，你先釋放人質！」

陸子寧看見林強宇臉上正戴著魅影專屬的面具，在黑暗裡閃閃發亮。她頓悟，原來在張謙案發現場遺留的亮粉，就是他臉上面具掉下來的粉末。

林強宇聽到林煒燁的聲音，架住何宸昊的動作也微鬆，他困惑的看著站在他眼前的陳俞芳，「克莉絲汀，他們是誰？」他改成一隻手掐住何宸昊的脖子，用握著刀子的那隻手隨便揮舞，「妳讓他們走！然後，妳過來。」

陸子寧拿著對講機說出命令：「狙擊手就位，如果沒有緊急狀況，千萬不要驚動嫌犯，以免人質受傷。」她用眼神示意林煒燁不要再出聲。

她穿上防彈衣，想要自己一個人走進去。

沒想到正當她要進去時，一個人從後方拉住了她。

陸子寧震驚的轉過頭，只見左嗣音的額頭還冒著細汗，他喘著氣說：「不要進去。」

她掙脫了他的手，質問：「你怎麼來了？這不是法醫該來的地方！」

左嗣音又重新握住了她的手，他最近一直感覺心裡很慌，他是真的希望她不要進去，他是真的不想再失去她了。

陸子寧把左嗣音不安的情緒收進眼底，她堅定的說：「嗣音，這是我們的使命，也只有我們能救他們了。」

左嗣音看見她眼裡閃爍，就像有萬千星辰一樣。他默默的放開了手，別過了頭。

陸子寧苦澀的微微一笑，頭也不回走上前握住陳俞芳的手，安撫她緊張的情緒，小聲的在她耳邊說：「等下不管發生什麼，配合我就好，我會保證妳安然無恙。」

陳俞芳嚇的眼淚在眼眶打轉，聽到陸子寧的話，心裡的大石總算稍微放下一點。

林強宇眼睛微瞇，看著陸子寧，「克莉絲汀，我不是叫妳一個人來嗎？她是誰？」

陸子寧暗示陳俞芳：「妳就跟著劇本演。」

陳俞芳雖然緊張，但為了所有人的生命安全著想，她深吸了一口氣：「魅影，你先放了勞爾。」

林強宇聽到陳俞芳說了台詞，他就沒有再糾結陸子寧是誰，「克莉絲汀妳不是最愛我的嗎？」

陸子寧用眼神傳遞出讚賞，一個根本沒遇過這麼激烈場面的女孩，還可以這麼配合的確是難得。她也曾經遇過有種人，就是怎麼安撫眼淚就是收不回去，甚至還刺激了嫌犯。

陳俞芳看見陸子寧的鼓勵，她更有底氣了，「你、你、你先放了勞爾，我們再來好好談談。」

「不要！」林強宇激動的大吼：「妳就是因為我的臉才選擇勞爾的，妳難道忘了我們之前相處的時光嗎？是不是只要我的臉沒事，妳就會一樣愛我？」

他握著刀子往何宸昊的臉上輕輕劃了一刀，血從傷口滲了出來，「那我把他的臉割下來給我，妳覺得怎麼樣？我現在給妳兩個選擇，和我走，我就放了勞爾，不然就是妳和他一起死！」

何宸昊整個人都嚇矇了，他不停的扭動想從林強宇手中掙脫，他的嘴被膠帶封死，他也只能不停的嗚嗚嗚嗚。

「閉嘴！」林強宇揑住了何宸昊的臉，隱藏在面具下的臉原本是猙獰的，瞬間又變得柔和，「克莉絲汀，跟我走吧，我可以放了他。」

陳俞芳看見何宸昊被劃了一口子，才明白林強宇是來真的，她用雙手摀住自己的嘴，避免她的哭聲被聽到。

「克莉絲汀妳在哭嗎？妳為什麼要哭呢？」

就在林強宇正準備拿刀子刺進何宸昊的腹部裡，偷偷潛到他背後的陸子寧上前從後面踢了他的膝蓋關節，林強宇吃痛的跪下，手上的刀子也跟著掉落，在水裡漾起了波紋。

陸子寧一腳踢開掉落在林強宇腳邊的刀子，將他的雙手反剪到背後，以防他再次做小動作，但是來不及了，他已經舉起放在口袋裡的槍，並且指著陸子寧。

見何宸昊跌跌撞撞的跑到了陳俞芳身旁，陸子寧也拔槍和林強宇對峙，朝他們兩個大吼：「跑啊！愣著幹嘛？」

林強宇拿著槍的手因為憤怒而顫抖，「妳到底是誰？為什麼要阻止我！」

陸子寧也是第一次和嫌犯這麼近距離的搏鬥，握著槍的手也是冒出一片冷汗。

「林強宇，聽我說。你不是魅影，魅影只是你演的一個角色，你不要再殺更多人了！」

林強宇根本聽不進陸子寧說的任何話，他只是空洞的看著前方，喃喃自語：「我明明這麼愛她啊，她也說過她很愛我的，我們明明共度了這麼多燦爛的時光。」

語落，他扣下了扳機。

在外頭等待的所有人只聽見一聲槍響，左嗣音瞳孔倏地放大，他推開前面的警員，踉蹌地跑了進去，「不要——」

「嘶——」陸子寧吃痛的倒抽了一口氣：「你這是謀殺吧？」

左嗣音抬眸睇了她一眼，用沾了消毒水的棉籤往她的傷口用力一按，「讓妳再衝動。」

「也不看看這個傷口是誰弄的。」陸子寧咕噥，又瞟了自己手臂上半月型的傷口。

那個時候，左嗣音滿腦子都是關心陸子寧有沒有怎麼樣，用力的掐著她的手臂，直到她掙脫後他才發現原來那聲槍響是林強宇朝自己的太陽穴扣下扳機的聲音。

而林強宇被緊急送醫後，經過搶救，雖然命是撿回來了，但終身變成植物人，擁有意識，卻不能行動。

左嗣音幫陸子寧塗好藥膏後，就將她攬入懷裡，「我那時候真的很緊張，我怕妳真的出了什麼事。」

陸子寧剛到嘴裡的話又吞了回去，她也伸出手拍了拍左嗣音的肩膀，「我這不是沒事嘛。」

左嗣音將頭埋入她的肩窩，就像一個小孩一樣。

陸子寧推開他，失笑：「還上癮了，當自己是無尾熊呢，而且我不也有穿防彈衣了嗎？」

左嗣音板著臉，教了她一個道理：「防彈衣並不能真正的完全防彈，被子彈打到還是會骨折的。」

陸子寧哭笑不得，左嗣音看見她沒心沒肺的樣子，氣笑了：「下次叫我媽來好好教訓妳！」

陸子寧朝他吐出了舌頭。

他們兩個就這樣並肩坐在沙發上，誰也沒有說話，任憑空氣自己流動。

這是他們重新認識後莫名發掘的一種默契，即便待在同一個空間誰也不說話也不會有人覺得尷尬。

陸子寧看著微弱的燈光，「你不覺得善意就像這一盞燈火一樣嗎？每個人的心裡似乎都是黑暗大於光明，只要有一絲絲的貪婪和慾望，整個人心那渺小的燈火就會瞬間熄滅。我曾經相信過『人性本善』的，但現在我更喜歡荀子的『人性本惡』。」

左嗣音側身看著陸子寧，用手撐著頭，「其實我更喜歡老子說的『法網恢恢，疏而不漏』。」

陸子寧噗哧笑了出來，「你的腦迴路還真的與常人不同。」她感嘆：「不過，你說的對，就算烏雲籠罩著整個大地，總有一天也會放晴。」

「妳父親的案子有線索了嗎？」

「我打算這次案件結束的休假和徐之白回去我之前的家。」

聽見徐之白的名字，左嗣音不自覺的皺眉，「在徐之白還沒洗清嫌疑之前，妳不能和他接觸。」

陸子寧無奈的聳肩，「有些人是需要調虎離山計的，唯有親自接近才能打入敵人的內部，然後一不做二不休的將他們一網打盡。」

「妳知道妳要面對的是多大的勢力嗎？」

陸子寧燦爛一笑：「就是因為知道才更要行動，否則任憑黑鴉繁衍和滋長，社會將會被攪的一場糊塗，而且我們也會成為間接的幫凶。」

「黑鴉他們的組織龐大，賭博、毒品、性交易、教唆殺人都有涉略，說他們是一個善於操控心理學的黑社會組織也不為過，妳仍然堅決要以身試險嗎？」

陸子寧用力的點頭，「如果身為女兒，連殺害自己父親的兇手都抓不到，那我也沒有存在的意義。我的生命是我爸賦予我的，我自然不能讓他死的不明不白。」

左嗣音看著她堅定閃爍的眼神，心疼的摸了摸她的頭頂，「那我也加入吧，如果要死，就帶上我。」

陸子寧不可置信的看著他，推開了他的手，「這不行！你可是伯父伯母的獨子，他們最驕傲的存在，要是知道你要和我一起做危險的事，他們還不得罵我。」

左嗣音發覺陸子寧那驕縱的小脾氣又上頭了，他寵溺的笑了笑：「好，那做個約定吧，誰也不能出任何意外。」他伸出食指和大拇指，比出六。

「要幹嘛？」

左嗣音不自在的撇開眼睛，「打勾，這是我們之間的約定。」

「知道了。」

左嗣音突然想到一件事，他話鋒一轉：「陳姐的事妳打算怎麼辦？」

陸子寧嘆了一口氣：「走一步算一步吧。」

其實她到現在還是不能想像陳姐殺了人，她的感覺陳彥美是一個很善良很關心大家的人，那種發自內心的真誠是不能偽裝的。

只能說人類的欲望太過強大，連蘊藏在心裡的道德都無法抵抗。

今天出門，陸子寧只覺得內心有一種惴惴不安的感覺，她很少會有這種情緒。

「陸姐，搜索令來了！」林煒燁三步併成一步的跑進陸子寧的辦公室，只見她正揉著太陽穴。

陸子寧聽到林煒燁的話，疲憊的抬頭，「那我們走吧，去陳彥美的家。」

林煒燁沉重的點頭。

到了陳彥美的家，他們按了很久的門鈴都無人應答，破門而入後才發現一室靜謐，整間屋子被窗簾遮的嚴實，一絲自然光都沒有，更何況是電燈的燈光。

他們放輕了腳步，輕踩在木質地板上，搜了整間屋子後都沒發現任何人和可疑的物品。

陸子寧指著最後一扇面對著客廳的門，林煒燁點頭和幾名警員去試圖轉動把手，卻發現門被鎖死，當下他們必然覺得這扇門有問題。

陸子寧和林煒燁眼神對視後，幾名員警就衝上去破門。

打開門後，映入眼簾的是陳彥美正在樑上綁麻繩。她腳踩著椅子，身上不管是衣服還是妝容都和平常不一樣，特別的精緻。

陸子寧突然覺得有些恍惚，就像回到了十五歲那年，她親眼看見母親自殺的現場。她衝進去，抓住了陳彥美的肩膀，「陳姐，妳在幹嘛！」

陳彥美只是不停的啜泣，用力的握著陸子寧的手，「子寧，陳姐對不起妳，我當年不該做偽證的。」她的眼淚滑過臉頰，滴在地上，「對不起、對不起，我是真的後悔了……」

陸子寧怔住了，「什麼意思？」她用力的晃著陳姐的肩膀，「妳到底在說什麼？」

正當陳彥美還想開口說話時，突然一聲槍響劃破空氣，她應聲倒地，子彈穿過她的太陽穴，血和腦漿四溢。

林煒燁聽到槍聲後和眾多員警只是愣了一下，就抬腿朝著子彈射出的方向追上去，他倒是要看看誰這麼心狠手辣。

陸子寧瞬間癱軟，用膝蓋爬過去陳姐的身邊，「撐住啊，陳姐！」她的眼淚控制不住的溢出，語帶哽咽。

陳彥美用自己最後一絲力氣，抬手摸摸陸子寧的臉，無聲的用唇語說了一句話，隨即沒有呼吸心跳。

陸子寧的理智像斷了線一樣，整個人開始嚎啕大哭，她心裡不僅自責，更多的還有無能為力的失落。

站在遠處頂樓的男人，看見這一幕，拿著狙擊槍冷笑：「愚蠢的女人，都叫她閉嘴了。」他伸了一個懶腰，看著天空，自言自語：「代號渡鴉任務結束。」

◆◆◆◆◆◆

陸子寧做了一個夢。

「媽媽，抱抱！」夢裡的她咧嘴笑著，張開肥嘟嘟的手。

畫面跳轉，她坐在房間裡的床上，不停的拭淚，「爸爸，我不想走。」

畫面又再度跳轉，這次是在一個像公園的地方，四周都是小型的遊樂器材，她揮手和眼前的男生說：「云楷哥哥，再見。」

緊接著，畫面從左嗣音的臉開始裂開，散落在地面，她蹲下去邊哭邊撿拾碎片。

沒想到地面突然出現「啪擦」一聲，裂開的地方就像黑洞有一股引力，她向後仰去，墜落，眼淚就在空氣留下了一道軌跡，像時間定格般的留下一個個晶瑩剔透的淚珠。

一些破碎的畫面就像跑馬燈一樣不停的閃過她的腦海，她頭好痛，就像瞬間被人塞了好多東西進腦子一樣。

她瞬間驚醒，眼角還有未乾的眼淚，衣服都被汗水浸溼了。

她伸手捂住胸口大口的喘氣，環顧四周，只見空間純白，還有一股消毒水的味道，低頭一看，發現自己還穿著藍白相間的病號服，右手還吊著點滴。

她不可思議的捏了捏自己的大腿，想確認這是夢境還是現實。

那些失去的記憶就這樣被填補回來了。

她想，大概是因為陳姐死前營造的畫面太像她母親自殺前的樣子，使她受到衝擊，進而喚醒所有的記憶。

那些回憶就像海嘯般的撲面而來，注入了空洞的心。

正當她困惑時，左嗣音從病房裡的廁所走了出來，他冷淡的說：「醒了？」

陸子寧看著他一如往常的溫柔，只覺得滿滿的暖意流過，他從當年只會板著臉的男孩蛻變了。

她會心一笑。

「我怎麼會在這裡？」

「妳在現場暈倒了，他們送你來醫院的。」左嗣音無奈看著她，「醫生說妳最近太累，作息不正常，早餐也沒吃，血糖太低才會暈倒。」

他倒了一杯水給陸子寧，「我記得子彈不是打在妳頭上，怎麼妳才像是被打到的那個？」

陸子寧輕抿了水杯。槍？對了！

她連忙扯住左嗣音的手，「陳姐怎麼樣了？」

左嗣音嘆了一口氣，面露難色，「她到院前就已經死亡。」他真是受不了陸子寧，只有她才會在這個危急時刻仍然心繫著旁人。

「我說妳，我們不是才約定好不能出事，妳馬上就給我搞了這麼一齣。」

陸子寧倔強的回嘴：「這、這是特殊情況。」她越說越覺得自己底氣不足，「下次不會了。」

左嗣音氣笑了，對於她越來越無理取鬧還真是一點辦法都沒有，「還敢有下次。妳知道自己這次昏迷多久嗎？」他看著陸子寧疑惑的表情，「三天！」

三天？自己竟然昏迷了這麼久！她有些吃驚，難道是因為記憶的開關被開啟了，所以自己才沉睡了三天嗎？

但是先不管這個了。她眼神突然變得嚴肅，左嗣音看見了，她只有在遇到案件時神情才會和平時有些微妙的差異。

他接過她手裡的水杯放在床頭，在病床旁的椅子坐了下來，「妳在想什麼？」

陸子寧沉吟了一會兒，決定打電話給Amon，因為她想到了陳姐在死前說的最後一句話。那句唇語。

「小心徐之白。」

Amon用了平生最快的速度趕到了醫院，他氣喘吁吁的扶著門，「陸啊，妳這麼著急的叫我來幹嘛？我以為妳是要交代遺言呢。」害他跑得這麼急，外面熱死了。

「你不說話真的不會有人當你是啞巴。」陸子寧冷冷地看了他一眼。

Amon脫下身上的外套，把手當成扇子搧風。

「你現在查的怎麼樣？」陸子寧馬上切入重點。

Amon也拿了一張椅子坐了下來，「我查到黑鴉的存在已經有將近二十年以上的歷史，但是妳說的那個人也不過才近三十，因此我推斷最初應該不是他成立，但他現在的確是裡面的統領者，我打探到他的代號是『金烏』。」

「金烏……」左嗣音喃喃的說。金烏又稱三足烏，是神話裡的太陽之靈。

Amon用力的點頭，「而且他們組織裡的人每一個都有代號，不同的烏鴉品種。」

「白鴿。」陸子寧諷刺的笑了笑，這名字取的還真是微妙，白鴿和黑鴉就是兩個截然不同的存在，鴿子代表的是和平和愛，而烏鴉卻是不詳的徵兆。

他用自己慈善的那面去包裹自己內心最為陰暗的角落。

「Amon。」陸子寧喚他：「黑鴉的事先不要查了，我需要你幫我查查我父親當年的案子，雖然檔案室都有資料，但是我不排除當年有人替兇嫌做偽證，黑鴉和我父親的案子應該也脫不了干係。」

「OK。」

這時傳來敲門聲，他們三人不約而同的看向門口的方向。

徐之白推開門，燦爛一笑：「我有打擾你們嗎？」

陸子寧用眼神示意Amon不要打草驚蛇，就用平常心對待就可以了。

這種場面Amon也是見多了，早就過了看到嫌疑人會驚慌失措甚至露出馬腳的年紀。

左嗣音主動起身把座位讓出來給徐之白，看見他這一連串的動作，徐之白不禁在內心嗤笑，覺得他還真的把自己當成主人了。

此時的Amon因為受不了氛圍的尷尬，立馬收拾好東西飛奔了出去，有眼睛的都看的出來他們倆個男生之間的互相較勁，繼續待在那個空間他不知道自己會不會被波及，因此走為上策。

「那個人是？」徐之白指的Amon的背影，困惑的問。

陸子寧擺擺手，裝做有些嫌棄的表情，「他是我在美國的助理，最近來臺灣玩。」Amon此行的目的無論如何都要掩飾好，不能讓他也暴露在危險中。

徐之白若有所思的點頭，直到陸子寧喊了他的名字他才回過神來。

他將花束放在陸子寧病床旁邊的櫃子，「這是妳最喜歡的檸檬花。怎麼樣，身體還好嗎？」

「你怎麼知道我在這裡？」

「我去警局找妳，煒燁跟我說妳住院了。怎麼會這麼嚴重？」徐之白擔心的看著嘴唇仍然蒼白的她。

陸子寧露出了然的笑，輕輕搖頭，「我只是低血糖暈倒而已。」

徐之白面露心疼，「有沒有想吃什麼，哥去幫妳買。」他欲伸出摸陸子寧頭的手又默默的收了回來，他想起她不喜歡別人這樣碰她。

「我不餓。」

但是徐之白依然我行我素的站了起來，「沒關係，哥知道這附近開了一間很好吃的甜甜圈，我去幫妳買。」離開前，他看見陸子寧的面容淺淺一笑。

「妳這個演技，奧斯卡欠妳一座最佳女主。」左嗣音戲謔的看著陸子寧，只差給她拍手祝賀。

他們。

陸子寧聳肩，頗微驕傲，他們有時候要和副業演員的兇手交流，這種技能只是小蛋糕，根本難不倒

「妳不覺得其實徐之白已經知道我們在懷疑他了嗎？」

「知道也好不知道也罷，反正終究有天要做個了結。」

出院當天，左嗣音決定在家煮個火鍋好好當陸子寧補補身體，但進家門之前他就聽到門內有著鍋碗翻倒的聲音，他急匆匆的打開家門，這才發現兩老正拿著菜刀和鍋子互相對峙著。

「你們，是怎麼進來我家的？」

但左父左母完全沉浸在他們兩人的世界裡，根本沒有注意到空間已經出現第三個人。

「妳那個豬腳麵線整個都糊在一起了，能吃嗎？」左父嘲諷道。

左母同樣也不甘示弱，「生日才吃長壽麵，我們是為了迎接寧寧出院，吃什麼長壽麵呢。」

左父將裝有長壽麵的碗緊緊的抱在他的懷裡，「妳不懂啦！這是為了讓寧寧吃了平安然後長壽。妳都做豬腳麵線了，不如乾脆也做一個過火的啦！」

「對欸，好像可以，這裡哪裡買的到？」

簡單收拾好的陸子寧一進左嗣音家，就是看見亂七八糟的模樣。

「這是？」

聽到陸子寧聲音的兩老立馬放下手中的武器，堆起滿臉的笑容：「寧寧回來啦！」他們把陸子寧推到餐桌前，拉開椅子讓她坐下，「嚐嚐我們的手藝，看好不好吃。」

左嗣音無語的看著他們，「你們怎麼進來的？」

這時他們才意識到左嗣音的存在，左母訝異的說：「兒子，你什麼時候進來的？」

他在心理嘆了一口氣，這種如此偏心的舉動，他都要懷疑到底誰才是親生的。

「左嗣音！」左父在廚房大喊：「快來幫你爸收拾收拾廚房！」

左嗣音無奈地應了一聲好，他們兩個只有在需要工具人的時候才會想到自己的兒子。

此時對兩碗麵並不太抱有期待的陸子寧苦笑地吃了一口豬腳麵線。

入口的麵不僅糊了，還有股很腥的味道。她拿了筷子戳了戳，果然是豬腳沒有熟，裡面還有點帶血，外層看起來色澤完美正是因為有醬油的加持。

她趁著所有人的注意力都不在她身上，趕緊默默地將豬腳麵線和長壽麵推得老遠。

但是左嗣音看見了，他自然曉得自己家的父母廚藝極差，說是地獄料理都不為過，他悄悄的將兩碗麵倒掉。

陸子寧笑著伸出大拇指為他比讚。

左母從洗手間走出來後，看見桌上兩個空空如也的碗，忍不住蹙眉，「左嗣音！你是不是又偷偷倒掉了！」

他面不改色淡淡地問：「爸、媽！你們也還沒吃吧？我們一起吃個火鍋。」

聽到火鍋二字，左母的眼神都亮了，只能說左嗣音這招轉移話題用的甚是妙。

在等待煮熟的時間，他們四人圍在餐桌旁聊天。

左母忍不住的問：「寧寧，妳有沒有男朋友？」

陸子寧起初還以為自己聽錯了，又用眼神確認了一遍，「嗯？」

左母露出了期待的眼神，陸子寧嚥了一口口水，「沒有。」

左嗣音看見她無助的眼神，忍俊不禁，鮮少看見她這麼慌亂，即便遇到多麼凶險的罪犯也沒有見到她如此緊張，沒想到人稱「鐵石心腸」的陸子寧竟然因為自己母親的一句話就慌張無比。

左母聽到陸子寧的回答，眼神透露的亮度又進了一階，「那妳都沒有認識什麼男生嗎？要不要阿姨給妳介紹？」

左嗣音挑眉，腦海裡閃過無數個臉孔，冷著臉回答：「媽，妳不用替她操心，她認識的男生可不少。」

語畢，陸子寧瞪大雙眼不可置信地看著左嗣音，用無聲的口型說：「我認識的男生不少？」

左母嫌棄地看著左嗣音，「女生的對話你插什麼嘴，吃醋的臭男人滾邊。」

聽到吃醋兩個字的人瞬間耳根都紅了，尤其左嗣音的耳根更像是熟爛的番茄。

左母來回看著兩個人，更確定他們之間肯定有什麼，她笑嘻嘻地握著陸子寧的手，「阿姨給妳介紹一個極品的男人，身材好、教養棒、品行佳、長得帥，還有擔當，唯二的缺點就是悶騷和愛吃醋。」

不對，陸子寧越聽越覺得不對，這些條件怎麼越說越像一個人。

她機械似的轉頭看著那個臉越來越紅的男人。

左母開心地拍手，「對呀！介紹我們家嗣音真的不虧。」

左嗣音瞬間有種被自己母親賣了的感覺。

被左母坑了的左嗣音好幾天都覺得自己不太對勁，就好像赤裸地站在陸子寧面前一樣。

「媽，妳怎麼又來了。」

左母露出鄙夷的表情，「又不是來看你，我來不行嗎？」

「妳三天兩頭都來我這裡，把我的廚房弄得一團糟。」

「又不是煮給你吃的，嫌棄什麼呢。」

左嗣音搶奪過左母的菜刀，解救連死都不得安生的雞，「妳對自己的廚藝難道心裡沒點數嗎？」

左母聽到他的話，眼眶都在泛淚了，「我媳婦不排斥就好了，關你什麼事呢？」

左嗣音無奈地嘆氣，都不知道自己家母親戲精的性格都是學了誰，「什麼媳婦？你兒子都不知道自己結婚了。」

「我沒兒子，但是有媳婦，因為我覺得我家兒子配不上人家。」

左嗣音連忙攬住自己家母親的肩膀，安撫，「媽，我們八字都還沒一撇呢，何況子寧她不喜歡別人這樣說她，妳這不是徒增她的困擾嗎？」

「我又沒說那個媳婦是子寧。」左母一臉計謀得逞的笑著，「看不出來你很急欸，不僅很擔心子寧，連八字都考慮到了，很喜歡人家齁？」

左嗣音深知又被自己家母親套路了，無奈道：「媽，她還年輕，不著急的。」

左母又哽咽了，「我急啊，我只有這個兒子，我和你爸都這麼老了，哪能不急？」她瞥了一眼左嗣音又繼續道：「更何況你從以前到現在也只喜歡寧寧，給你介紹其他人你又不喜歡，別以為我不知道你改名是為了誰。」

「現在子寧的記憶也還沒恢復，妳讓她這麼快接受我也太難了。」

左母一臉不成材的搖頭嘆息：「你就是這樣瞻前顧後，哪天她跟別人結婚你就準備孤老終身吧。」

左嗣音失笑：「妳太誇張了。」

「果真是皇帝不急，急死我這個當娘的。」左母手插著腰，「我不管，我給你期限，一個月內追不到寧寧，我就認她當女兒，屆時你們成為兄妹，可不要偷偷掉眼淚。」

左嗣音這次是真的被下了最後通緝令。

左母內心呵呵地笑，她已經佈下了天羅地網，他們兩個是不可能逃離她的手掌心，務必要在一起！

陸子寧一早就搭著徐之白的車前往他們以前的老家，也就當初她搬離後居住的地方，也是她爸爸被人殺害的地方。

徐之白頻頻用後視鏡看著坐在後座的左嗣音，只見他薄唇緊抿，看著窗外，也不知道在思量的什麼。

陸子寧微微一笑，將徐之白的動作盡收眼底。

她擺弄著手裡的花，裝作毫不在意地問：「之白哥，嗣音說他也想看看我以前住的地方應該無妨吧？」

徐之白露出得體的微笑，「當然沒關係，不過妳現在和嗣音似乎特別好。」

「當然，因為我們已經在一起了。」陸子寧唇角一勾，將手放進了左嗣音的手裡。

語畢，左嗣音瞪大雙眼不可置信，為什麼連自己和陸子寧在一起這件事連他這個當事人都不知情。

陸子寧的眼神刀朝他射過去，示意他配合她的演出，畢竟現在起和徐之白交手的過程都勢必要小心翼翼，所有的計畫都掌握在她的手裡。

「喔，原來是這樣。」徐之白難掩眼神的落寞，又向後視鏡看了一眼他們交握的手。

他用力地握住方向盤，青筋顯露，指尖泛白，他內心正有一股火苗竄了上來。

左嗣音只是瞄了一眼自己被陸子寧牽著的左手，而後反手用力握緊，輕輕捏了兩下。

陸子寧睨了他一眼，示意他放心。

之後他們三人再無話題。

半小時候他們到了陸子寧高中時期居住的房子，雖然已經長年無人居住，但徐之白時常會請人精心打理，所以倒沒有雜草叢生，灰塵密布。

反而保留當年原有的樣貌，完全沒有任何改變。

但陸子寧心裡卻很平靜，沒有當初和左嗣音一起回到最初的家那股興奮和悸動的感覺，她覺得自己現在就像在看一棟陌生的房子，就像旅行過程暫住的旅社。

也許這就是心境上有了很大的轉變吧。

在這裡留存的美好回憶就像泡泡一樣，早就已經破了，只剩下泡沫的殘骸，和那些令人痛心的記憶。

「我一直堅信妳有天會再回來，所以一直在請人打掃。」徐之白從口袋裡掏出鑰匙打開了大門。

經過幾年之後，當初濃厚的血腥味已經散去，牆壁已經重新粉刷，房間裡光線明亮，還有庭院花草散發的淡淡芳香。

陸子寧看見熟悉的場景，想起父親陳屍在客廳的模樣，鮮血四濺，表情痛苦和扭曲。

縱使現在的自己有多麼堅強，但想起父親慘死的模樣仍覺得不忍，她的父親為人一生正直，到底是有什麼血海深仇才會痛下毒手？

她的眼淚慢慢地流下，那種悲憤的感覺正在吞噬著她。

左嗣音扶住她的肩膀，就陪她站在客廳的中央，消耗內心的情緒。

他知道，不論是再怎麼強大的人，即便遇到內心的癥結和最無助的時刻，一定也會露出自己的脆弱。

而他唯一能做的事，就是陪伴。

既然幾年前是她一個人走完生命最低谷的時刻，那麼現在起由他來守護和陪伴她，度過那些煎熬，帶著她離開所有的黑暗。

看著他們相互依偎，徐之白只覺得雙眼刺痛，眼底充血，他不甘心的握緊拳頭。

那個位置原本是屬於他的，只有他有資格可以站在她的身邊，否則自己這麼多年的努力全都徒勞了。

陸子寧平復心情後，將房子裡所有能帶走的東西都拿走了，尤其父親的遺物，她希望可以在裡頭找到有用的線索。

但是她並沒有帶走屬於自己的東西，她覺得那是「第二個」陸子寧的物品，並不是她的，她既不喜歡，也不想再看到了。

「我想順道去看看我爸爸。」

「好。」徐之白答應了她，只要是她的要求他赴湯蹈火也會完成。

陸父所在的墓地和他們的家離得並不遠，路程五分鐘就可以到的距離。

陸子寧看見照片上父親慈祥的面容，欣慰的一笑。

她將花束放在父親墓的前方，「爸，我來看你了，這麼多年了，你應該很想我吧。」她忍住想哭的情緒，「我找到云楷哥哥了，他現在改名叫嗣音，是一名優秀的法醫，他現在就站在我身邊。另一個你應該不陌生，他就是之白哥，他現在是白鴿集團的執行長。」

「陸伯伯好久不見。」左嗣音微微頷首，內心的情緒也是五味雜陳。只能說世事難料，沒想到隔了這麼多年再次見到陸父竟然會是在這種場景。

「我想跟我爸爸說幾句話可以嗎？」

兩個男人欣然同意，一起離開留給陸子寧和陸父一個相處的空間和時間。

「爸爸，請你相信我，我一定會幫你抓到兇手。」陸子寧抬眼看向陰暗的天，「我會讓陽光再次出現。」

這場戰爭即將開始了，所有人都深知這場衝突之間一定會有人犧牲、一定會有人受傷，但這都是無法避免的情況，畢竟已經走到了這個地步。

往後不論是苦雨還是狂風，都是他們必須克服的，才會有放晴的那天出現。

第四章：烏鴉

美麗的暴君！天使般的惡魔！披著白鴿羽毛的烏鴉！
——威廉・莎士比亞《羅密歐與茱麗葉》

林強宇的案子結束後，所有人開了一場結案報告的會議。

此時署長突然關心起陳姐，他也知道陳彥美是在陸子寧抓捕的過程被人遠程開槍射殺死亡，但他不能理解她並無與任何人結怨，為何槍手的目標是她。

「署長，您應該聽過黑鴉組織吧？」

署長聽到陸子寧的問題，只是很茫然的點頭，他不明白陳彥美為何和黑鴉有關連。

「這是我們整理最近這四起案子的共同性。」陸子寧在白板上畫出了關係圖。

她先用四個圈圈並寫上兇手的名字，再寫上他們各自心裡的癥結。

「黑鴉的目的並不是培育一個專業的殺手，他們是利用人內心最脆弱的地方，不斷的洗腦，讓他們產生一種不得不報仇的思想。」

林煒燁撓撓眉心，這種思路太複雜了，不是他能駕馭的。

署長繼續追問：「可是他們要怎麼確保計畫可以完美實施，而不會有人中途後悔？」

陸子寧露出深不可測的微笑：「這就是黑鴉厲害的地方，他們會讓準備執行下一個殺人計畫的人殺了前一個任務已經結束的人。這有兩個優點，除了封住兇手的口避免他們透露太多線索，還有讓下一個人沒有反悔的餘地，因為他的手上已經沾了一個人的血。」

語落，所有人都露出了似懂非懂的表情，這實在太深奧了。

但也不得不承認，這的確是一個掌握組織很好的方法，還可以防止任何人叛逃，若黑鴉不是犯罪組織，只能說他們這盤棋局下的太好。

「田凱翔，是不是陳姐殺的？」左嗣音懂了陸子寧究竟想要表示什麼，這是一個又一個的環。

的確，他們當初沒有人懷疑警方裡有臥底，自然田凱翔的死誰也查不出來。但現在仔細想想陳姐是最符合條件的人，她可以利用職務之便，神不知鬼不覺的靠進田凱翔，甚至可以刪除監控錄像。

陸子寧輕輕的點頭。

署長不可置信，簡直就是在內部養了一隻老鼠，他憤怒的拍桌，「這些都是什麼！她到底和黑鴉怎麼勾搭上的！」

「陳姐她……應該加入黑鴉很久了。」

「子寧，陳姐對不起妳，我當年不該做偽證的。」

按照陳姐死前的自白，她也是她父親之死的幫兇，負責幫忙打掩護，讓嫌疑犯可以順利逃過法眼和制裁。

想到父親慘死的模樣，陸子寧內心就燃起一股憤怒的情緒，而那種情緒正在漸漸吞噬著她。

她想替父親報仇，替他找回屬於他的正義。

「妳不覺得自己可悲嗎？」

「抓了這麼多罪犯，自詡為正義的使者，但連殺死自己父親的兇手都抓不到。」

田凱翔的話就像錄音機裡播放的卡帶，不停的重複在她的腦海裡面播放。

左嗣音輕輕握住陸子寧不停發抖的手，安撫她的心靈，在她耳邊輕聲的說：「還好嗎？」

陸子寧點了點頭，用動作告訴他自己沒有問題。

署長仍然眉毛皺成一團，顯然還沒從憤怒的情緒脫離而出，「這個黑鴉真的欺人太甚！現在首要目標，全力圍捕黑鴉的人，抓到一個是一個！」

陸子寧不斷在平復自己過於急喘的呼吸，她反手抓住了左嗣音的手，指甲都深陷肉裡。

「署長，我要調查出我父親的案子，『炮烙之刑』，我懷疑這起案子和黑鴉也有關聯。」

現場聽到陸子寧斬釘截鐵的這段話，是一片譁然，大部分的人都有聽過這起案子，這當時轟動全國，甚至還成了懸案，無人破解，因為現場連一點有用的線索都沒有。

左嗣音將陸子寧內心的掙扎和她痛苦的情緒都看在眼裡，並且痛在了心裡。

他的女孩獨自一人從谷底爬了上來，即便傷痕累累、心力交瘁，但從沒忘記給自己爬上來的勇氣是什麼。

那是她的希望和信仰，努力不讓自己溺在汪洋大海裡的勇氣，他的女孩長大了。

終於不再是一個只會跟在他屁股後方用奶音叫哥哥的陸子寧，而是一個能夠獨當一面的陸子寧。

◆◆◆◆◆◆◆◆

聽到門鈴聲響起時，左父和左母都在看電視，他們很有默契的對望了一眼，有些警惕，一般來說這麼晚了是不會有人來找他們的。

左父關掉電視，走去門口透過貓眼查看外面的情況。

只見一個長相風度翩翩的男子，手提著東西，朝著門口微笑。

左父看見他的長相清秀，打開了一條門縫，只露出眼睛，「怎麼了？」

男人眼睛微彎，向他鞠躬，「伯父你好，我是嗣音和子寧的朋友，今日想說有空來拜訪您們。」

左母在客廳詢問：「老伴，是誰啊？」

左父把食指放在嘴上，比出了噓的姿勢，左母立馬領會，走去角落拿起防衛的球棒。

左父乾笑，「是子寧和嗣音的朋友啊！」語畢，他用力的關上門，「他們兩個沒有朋友！」

門外的男子並沒有因為他們不禮貌的舉動而感到惱怒，他仍然嘴角上勾，「真的，我拿我和他們的合照給你們看。」他拿出之前在晚宴上三人的合照。

左父這才相信，開了門讓他進來。

沒想到男子拿了手帕從後摀住了他的口鼻，左父立刻昏了過去。

遲遲沒有聽見左父聲響的左母，試探性問了一句：「老伴！」卻沒有人回應。

她才拿著緊握在手裡的球棒朝著玄關靠近，只見男人眼睛含笑的佇立在門口，而自己的老公已經癱軟在地上。

她憤怒的使出全力揮著球棒朝男人攻擊。

男人卻沒有要閃躲，他硬生生接下了球棒，奈何左母力氣抵不過男人，即便她奮力的想要逃跑和掙脫，卻仍然逃不出男人的手裡。

隨後，她失去了意識。

「妳要出門？」左嗣音看見陸子寧揹著包包離開家門。

「你媽找我。」

左嗣音蹙眉，不明白他媽媽又要幹嘛。

左母現在真的是照三餐問候他和陸子寧，不斷催促他也就算了，竟然還變相的說服陸子寧。

真不明白自己的媽媽怎麼想的，竟覺得兒子是沒有人要的貨，三天兩頭希望陸子寧趕緊把他給收了。

「要我陪妳回去嗎？」他怕左母又有什麼歪想法造成陸子寧的困擾。

陸子寧失笑，覺得左嗣音擔憂過度了，「你媽又不會吃了我，我很快就回來了。」

左嗣音一顆心懸著，皺著眉看著陸子寧離開的背影。

幸好左父和左母也住在同一個縣市，搭乘交通運輸很方便，也很快就抵達。

陸子寧先是按了門鈴，但是無人前來開門，正當她疑惑撥打電話給左母時，卻只有機械的女聲回應。

她試著轉動了門把，卻發現門竟然沒有鎖，她抱著警覺，盡量放低音量，但不論她怎麼找左父和左母就像人間蒸發一樣。

此時，她意外看見桌上的紙條，只畫了一隻烏鴉。

她憤怒的拿出手機撥打電話，「你搞什麼？」

電話另一頭的男人低沉的笑了：「如果我不這樣做，妳打算什麼時後攤牌？阿寧，妳不覺得自己忍得很辛苦嗎？」

「你比我想像的還要更明目張膽。」陸子寧咬牙切齒的回應：「徐之白，他們究竟被你帶去了哪裡？」

「很少看見妳這麼失去理智和憤怒的時候，難道有關左嗣音所有的一切妳都這麼在乎嗎？」

「你少扭曲事實！」她握緊空出來的拳頭，「你還想傷害多少人？你知道你的這一連串行動讓多少無辜的人死去嗎？」

徐之白無所謂的嘆氣，「何來無辜？所有人的內心一定都有最黑暗的一面，我不過善用了他們的欲望，提供他們方法，讓他們達成自己的目的。」

「你這是在間接殺人——」

徐之白打斷了陸子寧未說完的話，「妳這樣說就太傷我的心了，我頂多算是操控手。」

「卑鄙、無恥！」

他聽到陸子寧對他的謾罵也不覺得生氣，仍舊微笑。

「我爸是不是你殺的？」陸子寧咬著下唇，努力不讓自己顫抖的語氣被他聽出來。

「是。」徐之白也沒有打算隱瞞，他很大方的承認。

雖然早就猜到自己父親的死和他脫不了關係，但聽到他親口承認後陸子寧彷彿聽到自己的心碎了一地。

那些年徐之白對她的好根本就是帶著目的性。

陸子寧已經失去理智，她對著電話那頭大吼：「徐之白，你為什麼要殺了我爸！你怎麼還有臉見他！你根本就沒有血也沒有淚！」語畢，她被自己的淚水嗆著。

徐之白的臉色漸漸黯沉下來，說實話他有些難過，他自己從來沒想過陸子寧對他的恨意深入骨髓。

「阿寧，我愛妳。」他閉上眼，忍著胸口傳來陣陣的疼痛。

陸子寧深吸了一口氣，抹掉淚水，冷靜的說：「說吧，換回左父和左母的條件是什麼？」

「妳。」

沉悶的空間，安靜的連呼吸聲都會被放大。

「我不同意！」男人穿著筆挺的警服，板著臉駁回陸子寧的提議。

「署長，我不是來徵求同意的，我是來告知的。」陸子寧站的挺直，直視著前方看起來氣到快冒煙的男人。

「妳膽子大了啊！妳如果出了意外誰要負責！而且有那麼多人可以去，為什麼妳偏偏要親自去！」署長皺著眉，不理解的看著她。

「既然我提出來了，就代表我深思熟慮過了，出了事我負責。」陸子寧又不受控制想到父親死亡的模樣，她根本無法想像如果左父和左母也出意外自己要怎麼跟左嗣音交待。

而且這件事是因她而起，那她自然也有責任去了結它。

署長搖頭嘆氣，他深知陸子寧的脾氣跟牛差不多的倔強：「妳有跟妳的夥伴說過妳決定去當臥底了嗎？」

「沒有。」陸子寧猶豫了，她腦海閃過左嗣音、林煒燁、Amon和眾多同事的臉。

「妳太意氣用事了！」署長感嘆：「算了，我也爭不過妳，去吧。」

左嗣音是在左父左母打電話回來之後才知道陸子寧出事了。

左母不停的啜泣，「你說那個孩子為什麼要拿自己去換我們？我們兩個都老了不值錢了，她還大好前程。」

他終於明白自己這幾日都心裡慌亂的原因了。

「你說她如果出了什麼意外我們要怎麼跟她爸交待啊！」左嗣音一刻也待不下去，他一想到陸子寧隻身前去了黑不見底的組織，他就急的跟熱鍋上的螞蟻一樣，他是真的再也無法忍受失去陸子寧的日子了。

「你為什麼要答應她去當臥底的要求？你明明知道那潭水有多深，你還讓她一個人跳進去！」他情緒稍稍失控的大吼。

署長安撫，「嗣音，我明白你擔心同事安危的心情，但你也是了解子寧的，一旦她做了決定，十頭牛都挽不回她的心意。」

「你現在立刻聯絡她，讓她回來！」

「嗣音，你這是強人所難。你我都知道黑鴉的凶險和作惡多端，我們一直苦於蒐集不到他們的犯罪證據，有一個人打進他們的內部無非是最好的選擇。」

左嗣音雙手攢緊了自己的褲子，「那個人為什麼是她，為什麼一定要是她呢？」他低著頭，眼淚從臉頰滑落。

「這是我們身為這個職業的使命。你回去好好冷靜冷靜吧，事到如今我們也只能尊重她了。」

左嗣音對於上級這種不負責任的說法根本無法接受，他用力的摔門而去。

一回到辦公室他覺得自己的力氣已經被抽光，他煩躁的揉揉眉心。

林煒燁很少看見一向冷靜的左嗣音有這麼暴躁的時候，他吶吶的開口：「頭兒，我都知道了。」

「出去。」

「我們冷靜一下——」

他還沒說完，左嗣音抬眸瞪了他一眼，「出去！」

林煒燁從來沒看見左嗣音這麼狼狽的模樣，雙目赤紅，頭髮凌亂，還壓抑著他內心悲傷憤怒的情緒。

他不能明白左嗣音為什麼不能冷靜下來好好想想他們要怎麼幫助陸姐，而是一個人承受所有的擔憂和壓力，這樣根本沒有辦法解決問題。

但是同樣林煒燁也不能明白左嗣音的感受，那種害怕失去的無力感，是沒有人可以體會的。

左嗣音誓言要好好保護她的，他已經讓她一個人面對兇險這麼多年，他恨不得自己就是那個臥底。

陸子寧是他這輩子唯一一個願意用生命交換她平安的人。

◆◆◆◆◆◆◆◆

「阿寧，這些都是妳愛吃的，吃吧。」徐之白和陸子寧兩人各自坐在長桌的兩端，而面前的桌子擺放各式各樣的美食。

「徐之白我不明白，你讓我來究竟想要幹嘛？」配上徐之白的面容，陸子寧頓時覺得桌上的食物看了讓人反胃。

徐之白站了起來，走到陸子寧身邊，握著她的手，「好不容易我有機會可以把妳留在身邊，我怎麼不好好珍惜呢？」

陸子寧奮力的掙脫他的手，試圖和他保持距離，「你覺得我的心有辦法寬容到去和我的殺父仇人共處一室嗎？」她的嗓音嘶啞：「我們根本不是同一個世界的人！你已經習慣地下的生活，可我不是！我無時無刻都想殺了你！」

徐之白微微一笑，拿起桌上的牛排刀遞給陸子寧，「來啊！刀子給妳，我人就站在這裡。」他張開雙手無所謂的模樣。

看見陸子寧因憤怒顫抖的身體，他無情的嘲笑：「妳其實跟我們本來就是一類人，就像妳現在想殺了我一樣，那妳和莊佳恩、田凱翔、林強宇和陳彥美又有何不同，人只要一旦脆弱，那些欲望就會吞噬妳。」

他抱住陸子寧，在她耳邊輕輕的說：「妳只不過一直在隱忍，放開那些束縛妳的道德枷鎖吧，妳會覺得自己的未來更燦爛。」

陸子寧只覺得腦袋亂哄哄的，有一堆聲音在她的腦海裡穿梭，她想逃，但是她不知道要逃去哪裡，好不容易上岸了，但又被推了下去。

她卻又無力掙脫，只能任憑自己沉淪。

夜晚，徐之白等陸子寧睡了之後，一個人坐在漆黑的房間裡，只有月光和紅酒相伴。

他輕輕晃了晃酒杯，看著月光和酒盪出優雅的紋理，有些困倦。

有人輕敲了門，他帶著一絲醉意的語氣說：「進來。」

一個男人靠近他，「老闆，陸小姐要怎麼辦？」

徐之白輕笑，有些散漫有些不羈，更多的是無可奈何，「李時，你說，你跟了我多久？」

「從老闆進黑鴉時我就跟著您了，約估也有十年了。」

徐之白抬頭看著裝潢富麗的天花板，感嘆：「那個男人竟然把這個爛攤子丟給我這麼久了。」他輕輕撥開落在額前的頭髮，「我是真的想結束了。」

李時露出尷尬但又不失禮貌的表情，「可是這樣對底下的兄弟沒辦法交待，尤其是唐欣姐和許麒哥，他們為我們出生入死這麼久，何況他們兩個手裡還握著毒品和賭博兩條線。」

「掌權的人是我，我想結束難道還需要他們的同意嗎？當初瀕臨死亡的黑鴉是在我手上被救活的，而我現在要它死，我沒有權利嗎？」在霸道這方面徐之白和陸子寧真的如出一轍。

李時別過頭，他當然知道，當初的黑鴉分崩離析，幾乎已經面臨解散，甚至有不少人明裡爭暗裡奪，就是想要得到黑鴉旗下所有的錢財。

剛進黑鴉的徐之白，因為炮烙兇殺案而一戰成名，他的瘋狂和狠心讓很多人聞風喪膽，而那時前老闆用了這個機會，把復興的大任丟給徐之白，說好聽是信任和器重，但說白了也不過是利用。

徐之白那時候還是一個二十初頭的年輕人，很多人並不服氣，甚至想把他從位置上拉下來，他一路沾著鮮血，踏著許多人的屍體才坐穩了這個位置。

他狠戾，也懂得怎麼用運人心，讓所有人對他心服口服，今天黑鴉能爬到這個位置，一半也要感謝徐之白，他坐大了規模，拓展更多的事業。

「你知道為什麼我的代號是金烏嗎？」徐之白下意識的撫摸食指上的烏鴉戒指，「金烏是一個神話，牠象徵著太陽，這是我對我自己的期望，我不想永遠活在這裡。」

李時有些難受，他能理解徐之白的心情，看見他這麼糾結，肩負上不同的責任，早就把他摧殘的不人不鬼。

他渴望陽光，可是他明確知道自己已經不能再回頭，也不配再擁有了。

黑鴉的存在究竟是幸還是不幸？

——這是一題所有人都無解的題。

它拯救了無數被黑暗吞噬的人，給了他們一絲曙光去追求他們理想的世界，然而一旦目的達成，黑鴉會找組織的成員殺了那些人，這是一個循環，無止境的。

循環有時候是一個結束，但也是一個開始。

但唯一的共同點，一旦進入了這個局，就沒有逃脫的機會。

陸子寧最近一直覺得徐之白很怪，上一次分別後她就再也沒見過他，她懷疑他正在思量著什麼。

但她也沒辦法恣意的行動，徐之白派了人輪班盯著她的一舉一動，除了房間和花園她哪裡也不能去，三餐都是有人送進她的房間，也只有那時候她才能沾染到人間的氣息。

她不知道徐之白又想耍什麼花招，唯一知道的是他把她給囚禁了。

徐之白不讓她和任何人聯繫，自己就像高塔公主，只能打開窗戶看看藍天，或是去花園散散步打發時間。

◆◆◆◆◆◆

若不是她還能看見日出和日落，她會以為時光已經靜止了。

這裡安靜的詭異，沒有一絲人的氣息，就像與外界隔絕。

她隨意的走到了一個穿著西裝的男子身邊，她輕拍了他的肩膀，「朋友，你能不能告訴我哪裡可以找到徐之白？」

但男子並沒有搭理她，連墨鏡下的眼睛都沒有動過一瞬。

陸子寧聳肩，她懊惱的想，如果繼續這樣敵不動、我不動的方式，她絕對找不到徐之白和黑鴉之間的把柄。

那些深不見底的東西，她是無論如何都一定要把它給挖出來，不能讓它繼續在深淵繼續腐爛和滋長更多的細菌。

陸子寧離開已經將近一個月，毫無音訊和消息。

左嗣音終於在某一日接到她的訊息。

就算徐之白沒收了她的手機，再怎麼阻擋她和外界連接，但她仍然有辦法。

準備前去和徐之白赴約的當日，署長給了她一個特別的東西，能和他們聯絡的工具。

前幾日陸子寧都小心翼翼，盡量不使用，就怕引起他們的懷疑。

左嗣音聲音嘶啞：「子寧？」

陸子寧一聽到左嗣音的聲音，眼淚就不受控的流了下來，那是她最熟悉的人。

她想起有一次出遠門，她打電話給左嗣音時那種想念卻又說不出口的糾結，如今也是一樣。

只有聽到左嗣音的聲音，她才有自己還沒被拋棄的感覺，也唯有如此，她才知道左嗣音一直都在，從未離開。

遲遲等不到陸子寧出聲的左嗣音都急了：「妳怎麼都不說話，怎麼了？是不是遇到什麼事了？」

陸子寧想把眼淚吸回肚子裡，但即便她掩飾的再好，左嗣音還是聽出來她哭了。

他最聽不得陸子寧哭了，他現在想立刻抱著陸子寧，吻去她臉上的淚水，跟她說別怕。

然而，他現在根本無能為力，只能聽著她隱忍的哭聲，無所適從。

他第一次覺得自己的人生如此失敗，連一個最愛的女人都保護不了。

陸子寧擦掉臉上的淚水，勾了勾唇，「嗣音，你等我平安的回去，不要擔心我。」語畢，她切斷了通訊，一個人躺在床上默默的流淚，眼淚浸溼枕頭，她第一次感覺到自己其實很脆弱，就像一株花，正在抵抗人類的攀折。

她好想回家，她好想什麼都不管了。

殺父之仇她也不想報了，她只想一個人逃離，去一個所有人都找不到的地方，從此之後這些紛擾都再也與她無關。

左嗣音無力的半躺在沙發上，臉上冒著鬍渣，還有深深的黑眼圈，緊握著手機。

「嗣音，你等我平安的回去，不要擔心我。」

他一定會等她回來，哪怕是十年，他都會期盼再次相見的那天。

一滴晶透的淚滑過眼角，滲入沙發的纖維裡。

「阿寧。」徐之白站在門口微微笑著，滿眼盡是溫柔。

陸子寧對於徐之白的到來有些訝異，看來他還是有在默默關注她的一舉一動。

她只是默默的瞥了他幾眼，並沒有採取任何行動。

徐之白無奈地嘆了一口氣，寵溺的笑了：「妳不是想找我嗎？」他走過去牽起她的手，「我可以主動來靠近妳，不需要妳向前。」

陸子寧奮力的想掙脫控制，但奈何徐之白握的死緊，幾乎把她的手勒出痕跡。

她冷笑。

「嗯？怎麼都不說話，妳找我什麼事？」

陸子寧挑眉，眼睛直視著他，「你究竟要把我關在這裡多久，這算是非法囚禁嗎？」

徐之白像是聽到荒謬言論般的大笑，「阿寧，妳真的太幽默了，囚禁？這哪能算是囚禁呢？」

「這樣像被監視的日子難道不算囚禁嗎？」她一字一字鏗鏘有力地說：「我要回去。」

徐之白把她引領到窗台邊，看著底下盛放的花，「這麼愜意的生活妳竟然會和陰暗的囚禁相比擬？妳大可以把那些人當成管家，他們全都會任妳差遣的。」

「徐之白，我不明白你到底把我留在這裡幹嘛？我根本沒有任何利用的價值。」

徐之白伸出食指左右擺了擺，「我愛妳，這不就是最好的理由嗎？愛一個人，把她留在身邊錯了嗎？」

陸子寧第一次聽到可以把錯誤觀念的愛說的這麼理直氣壯的人，「你那個不是愛，是偏執！不過是你的慾望。」

「有愛才有渴望，我渴望所有關於妳的事。」

陸子寧眼底都是震驚、不可思議，還有受傷，「你其實不是愛我，愛一個人不該是這樣的。」

「愛可以任何形式存在，沒有人規定什麼樣的愛才是能真正定義為愛。」

「徐之白！你瘋了！」陸子寧瞪大眼顫抖著聲音說。

徐之白只是輕輕地笑了，「從第一眼見到妳的那天我就瘋了，深深地為妳著迷，奮不顧身的想要得到妳變成我最渴求的願望。」

「這就是你殺掉我爸的理由嗎？」

徐之白低聲笑了，臉上不見一絲懊悔，「是啊，我以前以為阻擋在我和妳之間的絆腳石就是妳父親，只要除掉他，以後妳的依靠就只有我一個人了，但我沒想到竟然還有一個左嗣音，原來他才是最大的絆腳石。」

陸子寧衝上前揪住了徐之白的衣襟，雙目通紅，「我不准你動左嗣音！」

徐之白兩手一攤，無奈地說：「這可不是我能決定的，這個命運的選擇題我已經移交給妳了。」

他掙脫了陸子寧的手，用手掐著她的臉，「妳知道如果妳的表現夠好，我就能保證他性命無憂，如果一旦讓我發現妳的舉動有一點點的異常，我就難保他不會出什麼意外。我不會動妳，不代表我不敢對他下手。」

「徐之白你真卑鄙，你還真是不停的刷新我對你的認識。」

徐之白眼睛含笑，「彼此彼此。」

受到徐之白變相的威脅法則後，陸子寧有好幾天都不敢輕舉妄動。她太了解徐之白了，他就是一個徹頭徹尾的瘋子，誰也不能阻止他想要達到任何目的的慾望，而且按照Amon的說法，他能爬到這個位置一定有他的實力和手腕，甚至有不惜一切代價的底氣。

然而左嗣音不了解陸子寧現在的狀態，那日的通話過後，陸子寧又再度人間蒸發，這對他而言無非是一層精神上的折磨。

「頭兒，你還好嗎？」林煒燁已經不是第一次看見左嗣音坐在辦公桌前發呆，他這幾日因為擔心的睡不好也吃不好，都有些過於憔悴。

左嗣音是聽到林煒燁聲音才回過神來。

林煒燁有些心疼，他不明白左嗣音和陸子寧之間感情的糾葛，但他是知道頭兒很愛她。愛一個人是騙不了任何人，從眼神和動作都可以感受的到，那種並不是像喜歡一樣的淺薄，而是深入骨髓的愛。

「煒燁，你愛過人嗎？」左嗣音難受的閉上眼睛。

林煒燁沮喪地搖頭，他談情但不談愛，他覺得愛是一種變相的負擔和責任，所以他不能體會左嗣音內心的糾結。

左嗣音抬眸看了他一眼，「你不是一直很好奇我和子寧的故事嗎？我說給你聽吧。」

小時候的陸子寧根本不像現在一樣的冰冷，她是一個活潑外向的女孩，她從小就很得長輩的喜愛，所有人都會保護著她，不願她受到任何傷害，希望她永保天真和純粹。

左家和陸家從爺爺奶奶那一代就是鄰居，兩家關係也非常好，左嗣音和陸子寧相差沒有多少，但他從小就被賦予照顧陸子寧的責任和義務。

他天性涼薄，對於任何事幾乎是提不起興趣。他也曾覺得陸子寧就是一個屁孩，成天嚷嚷，永遠長不大。

但命運始終是無法掌握的，陸家在她十五歲那年出事了，陸母上吊，陸父帶著她離開。從此之後，左嗣音總是覺得身旁少了一個人的聲音，那些歡騰和吵鬧竟然是他格外想念的，原來陸子寧的影子早在不知不覺間刻進他的心裡。

他從來沒有忘記過她，直到再次遇見她，他眼裡都是不敢置信。後來明白陸子寧經歷的所有風雨，他滿滿的心疼和不捨，當初受盡所有人寵愛的小公主，如今身上全是被傷害過的疤痕，她從地獄帶回來的痕跡，那些是她苦過來的印記，他怎麼捨得。現在他的公主又要再度去到沙場赴敵，前方還是無盡的懸崖，他根本不敢讓她犯險，甚至都不敢想像她出現任何意外。

陸子寧覺得自己有保護所有人的使命，但命運讓她變得習慣隱忍，而且不願相信任何的人，她只能獨自扛下所有的壓力和責任。

但左嗣音寧願她放棄所有的仇恨和不甘，也不希望她去犯險。即便要他去替她報仇他也願意，因為他可以為了她傾盡所有，和她一起墜入懸崖也無所謂。

林煒燁聽的鼻酸，他從沒想過左嗣音和陸子寧的故事雖然平淡但蘊含著這麼濃烈的情感，就像一甕陳年的醬油，外觀平平無奇但裡頭卻是最純正的味道。

他們的愛情是由陪伴變成習慣再變成依賴，那是循序漸進，一層一層堆疊起來的。

他雖然沒談過愛，也沒有認真愛過一個人，但是聽完左嗣音的話，他可以感受到那種深刻，令人無法自拔的窒息感，雖然有時酸楚，但會從裡面感受到甜，進而會有一股「和這個人一起溺死也無妨」的念頭油然而生。

愛情就是一個奇妙的東西。

◆◆◆◆◆◆

徐之白看著眼前在酒杯裡蕩漾的酒，漫不經心的摩娑自己手上的戒指。

直到等待的人出現他才露出不一樣的表情，他站起身，「坐吧，嗣音。」

左嗣音昨日接到徐之白的電話，他和他約在一間餐館見面，他把自己收拾好如期赴約。

徐之白打量完左嗣音的狀態，露出一抹讓人摸不清地笑，「嗣音，幾日不見，你變得有些不一樣，似乎更為憔悴，莫非你是思念成疾？」

左嗣音自然是聽得出徐之白刻意地挖苦，他只是面無表情地凝視著他，「有些人幾日不見，倒是和以往衣冠楚楚的樣子有些不一樣，變得更像衣冠禽獸。」

徐之白噗哧一聲笑了出來，他搖頭嘆息，「起碼衣冠禽獸現在比某些思念成疾的人過得更好，畢竟美人在懷。」

左嗣音放在桌子底下的手不禁握緊，他很想將拳頭往徐之白的臉上招呼，但他知道自己不能衝動行事，否則可能一不小心就會掉進徐之白的陷阱裡。

「你找我究竟是要幹嘛？我沒有這麼多時間和你廢話。」

徐之白拉攏自己有些皺掉的袖子，推了推掛在鼻梁上的眼鏡，「我還是太小看你了，沒想到你現在沒有了靠山，你還能如此囂張？」

「我不像某人，我和子寧是相輔相成。」

徐之白頓了頓，又笑了起來，彷彿聽見了什麼荒謬的言論，「我們來做個交易吧。」

交易？左嗣音擰著眉看著他，不明所以。

「那還真是抱歉，你那些交易我實在沒什麼興趣，我也沒有想和你掛勾在一起的意思。」

徐之白隱藏在鏡框後面的眼睛閃了閃，將眼前的杯子推到了左嗣音面前，「不用這麼急著拒絕我，我相信這個交易你一定會有興趣，而且會迫不及待。」

左嗣音聽到徐之白的提議，唇角下意識勾了勾，他也把自己眼前的玻璃杯往前一推，恰巧撞上了徐之白的，發出了清脆的聲音。

「井水不犯河水，我們之間只有碰撞，沒有融合。」

徐之白低聲笑了起來，好久沒有遇到這麼令他血液沸騰的對手。

他眉毛微微一挑，將左嗣音杯子裡的水倒進了自己的，「碰撞後激盪的水花最為美好。」他端起那杯水輕啜，「這不是完美的融合了嗎？強強聯手，出其不意。」

左嗣音聽明白了，他向後靠著椅背，翹起二郎腿，微微一笑。

今天一早陸子寧是被吵醒的，外頭有許多人的腳步聲和一些些的碰撞聲。

她警惕地從床上坐了起來，走到門後用耳朵緊貼著門板，想要聽清楚外面的動靜。

「今天金烏又想要幹嘛？」一個女生的聲音帶點不耐。

「不知道，但聽說他想要做一個晚宴，好像要歡迎什麼人。」另一個人回答。

原先那個女生嗤笑，「我說，他一天到晚搞什麼呢，正業都不做了。」

「別說了姐！這裡監聽嚴密，妳說的話他有可能都聽見了！」

「聽見就聽見了唄，反正他……」

後來的話，陸子寧就聽不清楚了，對方應該是已經離開這個範圍。

他們口中的金烏肯定就是徐之白沒錯，但徐之白究竟要歡迎什麼人？

這裡一向不為外人所知，想要踏進這裡還必須要由徐之白親自挑選，如此大陣仗的歡迎儀式是所有人都不曾見過的。

陸子寧心裡正盤算著，她前幾日隨意亂逛時，已經將這裡的空間大致摸索完畢，正好可以利用今天混亂的日子，所有人注意力都沒有集中在她身上，她可以悄悄潛入徐之白的辦公區和房間，這是她拿到關鍵資料的唯一機會了。

傍晚有人敲響了陸子寧的門，一個女人站在門外，手裡還拿著一袋袋子。

「有什麼事嗎？」

女人的瀏海遮住她的眼睛，陸子寧看不清她的神情，只見她將袋子裡的衣服拿了出來。

「這是……？」陸子寧疑惑的看向她。

「這是老闆交代要給您的禮服，晚上晚宴會用得到。還麻煩您跟著我去洗漱和化妝。」

陸子寧眉頭擰著很深，絲毫不掩飾她的厭惡之情。

「可以不要嗎？」她一向直來直往慣了，話一到嘴邊就脫口而出。

「不可以的，這樣我會死的！」女人露出了惶恐的表情，只差沒有跪下來求她了。

徐之白的手段狠辣她見識過，但連底下的人都這麼懼怕他，他平常究竟是多麼兇殘？只能怪自己識人不清，只認識了半個他。

她於心不忍，無奈地答應了女人。

收拾好所有的東西，陸子寧看向鏡子裡的自己，身穿著杏色的連身長裙，胸口處有一排碎鑽作為裝飾，恰到好處的尺寸也讓她原本姣好的身材變得更有韻味。

她愣住了，她很少打扮的這麼精緻，幾乎是走上了這個行業後就不曾穿過這麼正式的晚禮服。

若只談論眼光和審美，徐之白在這方面的確很有一套。

突然間，她的腦海閃過一個畫面。

十二歲的她站在鏡子前試穿土到不行的校服，她嘴上抱怨著難看，但還是忍不住去瞅站在她身後的左嗣音。

「云楷哥哥，是不是很難看？」

左嗣音當時臉上漾起一抹緋紅，很淡，若不仔細看還看不出來。

陸子寧十二歲時，身高就明顯比其他同齡的女生高了半顆頭，即便再俗氣的制服穿起來依舊好看。

可能是當年的左嗣音已經自動套上陸子寧濾鏡，竟然毫不遮掩他的稱讚。

當時的她內心還是美滋滋的，而如今她的記憶恢復，再次想起仍禁不住想笑，一股甜蜜泛起，她淡淡一笑。

「走吧。」她提起裙子，向剛剛的女人說道。

雖然內心有百般不情願，畢竟她原本的目標是要找到徐之白的犯罪證據，但事到如今，也只能走一步算一步了。

走到會場，並沒有她想像的光鮮亮麗，跟上次白鴿舉辦的慈善晚宴完全不同，沒有了觥籌交錯，也沒有人人之間的吹捧互誇，反而有一絲詭異，就像暴風雨前的寧靜。

她不動聲色地打量，找了一個角落坐了下來。

旁邊有人嘀咕：「金烏已經很久沒有聚集所有人了，他又有什麼瘋狂的想法？」陸子寧聽出來了，這是今天早上她聽見的女聲。

一個梳著油頭的男人嘴角一撇，「他瘋又不是一天兩天了，姐也是見識過的，有必要一驚一詐的嗎？」

第三個人神祕兮兮的賊笑，湊到他們兩個身邊，低聲道：「好像是有新人，我剛剛看見他跟一個男的從外頭走進來了。」

男的？陸子寧有些詫異，照理說她不是組織的人，不需要參與這種事。

「新人？」又有其他人聽到話題湊了過來，「徐瘋子不像是會做這種事的人，真是出人意料，有新人的背景資料嗎？」

第三個說話的人搖頭，隨即眼睛又一亮，「若要我說，他的顏值真的不輸給徐之白，給人一種嚴謹的感覺，全身上下有股正氣感，和徐之白身上的氣質不太相同。」

陸子寧見話題告了一段落就起身離開，她眼皮不停地跳，總覺得有些不安。

原本幾個在談話的人，突然餘光都落在了陸子寧的背影。

「那是誰？」油頭男問。

最早的女生抬眼看了一眼，又漫不經心的摳著她的指甲，「徐瘋子的心上人唄。」

幾個人聽到有掛，眼睛都不禁一亮，徐之白的感情一直以來都是個謎，他那種條件的男人不少女人都願意主動投懷送抱，但不是被他弄死，就是嚇死。

自此以後都沒人敢送女人給他，還真是看不出來他這麼潔身自好，原來是心裡一直有人。

「姐，什麼來頭？妳消息哪裡來的？」

那個女人從包裡摸出一根菸，叼在嘴裡，「經歷過『炮烙之刑』的人都知道，那是他不惜一切代價都要得到的女人，我奉勸你們別想打歪主意。」

所有人瞬間禁聲，那件案子不是祕密，連他們這些後來來的人都有所耳聞，那算是徐之白的「出道作品」，也是他後來爬上這個位置的利器。

但沒有人想到原來這狠戾的背後還有著世上的無價之寶——也就是愛。

晚宴隨著一聲烏鴉的啼叫，就揭開序幕。

徐之白從頭到尾都沒有出現，也不禁讓人懷疑這背後究竟有什麼陰謀。

陸子寧內心也有強烈的不安，直覺告訴她今晚一定會有事情發生，但她暫時還不能輕舉妄動，有不少人已經對她這個陌生人使眼色，她現在就像異類一樣被人盯著。

「嗨。」

陸子寧聽到招呼聲，轉頭，才發現剛剛那個女人正拿著一杯紅酒朝她走過來，她的身邊還跟著一個男人，就是剛剛的油頭男。

女人臉上的妝容不掩飾她張揚的性格，就像她剛剛並不在意會不會被徐之白聽見她在背後編排他。長裙背後鏤空的設計，正好讓她背後豔紅的玫瑰一覽無遺。

陸子寧瞇著眼，這個女人一看就不好對付。

「不會覺得唐突吧？」女人鮮豔的紅色嘴唇一張一闔，她率先伸出空著的手，低聲說：「我叫唐欣，我們這裡不能叫真名，但為了表示我的誠意，我只好這樣介紹自己。」

油頭男也同樣伸出手，「許麒。」

陸子寧壓下內心的疑惑，禮貌性的分別回握，「陸子寧。」

唐欣挑眉，也直接挑明，「我知道妳，黑鴉界的神話，跟神一樣的存在。」

陸子寧嘴角輕勾，「是嗎？」

「我很好奇妳是怎麼進來的？妳不是效力於警方嗎？」唐欣搖晃著高腳杯，「徐之白還真是個瘋子，連警方的人都敢讓放。」

陸子寧聳肩，她看得出唐欣並沒有惡意，只不過是好奇的詢問。

唐欣見陸子寧並沒有回答，忍不住一笑，「我終於知道為什麼徐瘋子會這麼愛妳了，妳身上真的有一股會吸引人的特質呢。」

陸子寧聽出了她的挖苦，臉色一點一滴地暗了下來。

「妳究竟是怎麼對殺父兇手這麼寬容的，難道妳都不會想報仇？」唐欣伸出手放在自己的脖子面前，隨意比劃，「像是這樣。」

陸子寧明白唐欣的來意了，按照今天她的了解，唐欣應該是眼紅徐之白很久了，想要拉攏自己做掉徐之白。

唐欣見陸子寧笑而不語，也就失了搭話的興致，「奉勸妳，對敵人心軟，就是傷害自己，妳可以好好考慮我的提議，不要繼續執迷不悟，也別想利用他的愛做出任何事，他的愛是偏執，沒有人用得起。」

陸子寧點頭含笑，但笑意卻不達眼底，她當然知道這些道理，但如果這個女人真的覺得她會利用徐之白那就太傻了，不論鬥智還是鬥勇，她都覺得自己沒有輸的理由。

徐之白是在晚宴開始後的一個小時才姍姍來遲，他略過一票跟他打招呼的人，直接走到最顯眼的位置。

所有人看見徐之白突如其然的出現，不僅背景音樂都立即切掉，甚至在場的人全部屏住呼吸，有些緊張。即便很多人對於他的位置虎視眈眈，但論徐之白的氣場還是勝過他們一籌，看見他心裡仍然害怕。

陸子寧始終躲在角落，盡量淹沒在人群裡，她不想成為焦點。畢竟只有隱身在黑暗中才能看清所有的局貌，這場局是徐之白佈的，她再如何善於觀察和分析，也不能完全通透，更何況徐之白和她不相上下。

「今天，我要和大家介紹一個人，他是我的好友亦是我的合作夥伴。」他始終保持著微笑，那些算計全都隱沒在他的眉眼裡。

突然間，徐之白站立的背後，響起了皮鞋跟踏在地面上的聲音。

欣長的身影從一個點慢慢的輪廓越來越清晰，男人的臉沒在黑暗之中，看不清他的表情，只有一道光從他的臉斜斜的灑落，一雙清澈的眼睛忽明忽暗。

陸子寧感受到了她熟悉的氛圍，她不可置信地站了起來，她的動靜吸引到了不少人，但她第一次有了這麼強烈的念頭——她要去找他。

她不在意旁人的眼光，提著裙子，朝向焦點的位置，思念的心情讓她拋開了一切，包括起初看見男人的震驚和憤怒。

她飛奔朝他跑去，用力地抱住了男人，低聲地在他耳邊說：「左嗣音，你怎麼來了？」

陸子寧的氣息就縈繞在左嗣音的鼻腔，他感覺耳根有些癢，甚至有些麻。

但理智告訴他，不能在這時候分神，現在如履薄冰，每踏出一步都不知道會不會失足，更何況他還要守護陸子寧。

他輕輕拍了拍陸子寧的背，像安撫小孩一樣，但陸子寧眼眶漸漸泛紅，緊抱著他不肯撒手。

徐之白看在眼裡，深色的瞳孔倒映著他們相擁的畫面，嫉妒的心態充斥著他的胸腔。

他想殺人，他的腦海的確在那一瞬間閃過這個念頭，但詫異過後，心裡蠢蠢欲動的慾望就被他壓進心底最深層了。

油頭男看見這個畫面，不解的問一旁的唐欣：「姐，他們三個是演哪齣？」

唐欣並沒有回答他的話，只是將食指抵在嘴唇上，在遠處將他們三人的動作和表情收進眼底，她紅唇輕勾。這三人太有趣了，她也沒想過徐之白竟是這麼愛陸子寧，愛她愛到想殺人。

「子寧，妳先放開我。」左嗣音無奈的笑。

徐之白表面上並沒有將這段插曲放進心裡，但內心已經五味雜陳。

雖然這一段歡迎新人的介紹和儀式已經結束，但卻讓在場所有人摸不著頭緒，只是這麼草率的介紹，何必大費周章請所有人來，更何況還舉辦了這麼隆重的晚宴。

只有唐欣知道，徐之白想要動手了，他不僅要藉由左嗣音和陸子寧的手剷除黑鴉勢力的異己，也想要藉由陸子寧剷除左嗣音。

但美夢做久了，也該醒了，更何況都有冷水潑到他的頭上了。

「徐之白，你什麼意思？」陸子寧毫不掩飾自己的怒氣，質問徐之白。

左嗣音在晚宴結束後很快地就離開，連招呼也沒打。對於陸子寧來說，還是有些失望的。

徐之白聽到陸子寧的問題，對於她兩種標準的態度有些不快，那種冷漠的表情雖然只出現了一瞬，但陸子寧捕捉到了，她的神色也慢慢淡漠。

「終於要卸下盔甲了？終於不想要繼續遮掩？是不是隱忍的很辛苦？」陸子寧不掩飾自己的嘲諷。

「妳從來都不相信我。」他露出一絲苦笑，「在妳眼裡我到底算什麼？連左嗣音都無法匹配？」

陸子寧抱著雙臂，冷冷地看他，「跟左嗣音比，你還差的遠。」

徐之白眸光閃爍，低聲地笑了起來，「看來妳也沒有多了解他，他可是一頭野獅，一不注意就能將妳分屍。」

陸子寧深吸了幾口氣，試圖讓自己不要那麼激動，「你究竟在打什麼主意？你帶他進來幹什麼？當初的協議只有我一個人，並不包含他對吧？難道你現在想反悔嗎？」

「他自己要進局的，我攔不了他。」他聳肩，表示這個鍋他不背，「我只是提議，是他自己接受，妳為何不質問他，而是要質問我？」

徐之白看著陸子寧離開的背影，嘴角的笑意漸漸消失，瞳孔似是一潭幽湖，毫無波瀾。

李時走進徐之白的辦公室裡，他自己一個人下著一盤棋，表情深不可測，似是沒有情緒，但又有一股說不上來的氛圍籠罩著他。

徐之白輕輕地拿了起一隻兵，踢掉了眼前的皇后，淡淡的開口：「唐欣和許麒這兩顆棋，太久了，是時候該汰換了。」

李時不明白，這件事怎麼就和唐欣、許麒有關了，他們在黑鴉大半輩子，前老闆在的時候就跟著了，事到如今這個緊要的關頭，怎麼能少了他們這兩個老將。

徐之白把玩著黑色的皇后，瞇著眼瞧，「是有點老了，野心也不小，也不掂掂自己幾斤幾兩，這麼沉的位置他們吃得進去嗎？也不怕吞到一半吐了。」他將棋子丟進腳邊的垃圾桶，「該換的還是得換，否則看了也礙眼，影響觀感和做事。」

語畢，他向後躺去，閉目。

李時看著徐之白頹廢的陷在沙發裡，有些不忍心，「老闆，你確定你要這麼做嗎？」

徐之白知道他說的並不是唐欣的事，而是和陸子寧有關。他伸手跟李時要了一根菸，他很久沒抽了，只是最近煩躁時菸癮又上來了。

他將菸湊近打火機，點燃，放到嘴邊吸了一口，又吐出煙，那姿勢既散漫又撩人，「有失必有得，這場爭奪裡，勢必要有人犧牲。」

李時跟了徐之白也好些年了，交情不淺也不一般，他實在不忍心看著徐之白送死。

「你以為我讓子寧來真的是為了讓她拿到證據嗎？」灰霧的煙遮住了他的半張臉，他似是有些自嘲，「究竟誰是局中人，誰又是局外人，誰是下棋者，誰是盤中棋，這些都已經沒有意義了。」

李時跟不上徐之白邏輯的速度，他有些不解的皺眉。

「我們都是對方盤裡的棋，都想藉由對方的手來達到目的，只不過是各取所求罷了。」

「這樣真的沒問題嗎？」李時擔憂，畢竟百密必有一疏，誰能料到命運又會如何變化。

徐之白似笑非笑的盯著李時的臉，「誰不是在賭？我們是，他們也是，最後只是看誰更受命運眷顧了。」

他將手中燃盡一半的菸熄滅，空氣裡散發著淡淡的菸草味，「事情辦得怎麼樣了？」

李時這才回過神來，恭敬的回應：「沒問題，一切都在計畫中。」

「機會真的是留給準備好的人。」徐之白淡淡一笑，「如果有問題就見機行事吧。記著，不要讓第三個人知道這個計畫。」

李時允諾，退了出去。

徐之白看向自己剛剛叼著菸的那隻手，反覆的握緊又放開。

倏地，他自顧笑了起來，原來得不到的永遠都得不到，不論再怎麼想證明自己，都是徒勞。

他的笑帶著一點猖狂，也帶著一抹哀傷。

◆◆◆◆◆◆◆

左嗣音一手拿著手機，站在落地窗前看著外面的景色，玻璃反射出他身影淡淡的輪廓。

他輕嘆了一口氣，他去黑鴉真正的目的只有他和徐之白知道，其次他還有想試試看有沒有遇見陸子寧的運氣，但他甚至不敢跟她說原因，因此趁著她不注意就離開。

看見她依然安好，他心中的大石就落下了。

但一想到徐之白和他的交換條件，他內心就有一股憂愁和不安，他承認自己有私心，也想利用這個機會打入黑鴉內部，除了可以獲得更多陸子寧的消息，還有一鼓作氣端掉黑鴉的想法。

他的眼神漸漸從溫柔轉向陰沉，他的眉頭緊鎖。

他拿起手機，打了電話給林煒燁，電話另一頭立馬接起，林煒燁飽含睡意的嗓音傳進他的耳裡。

「煒燁，我需要你幫忙。」

林煒燁揉揉睡眼惺忪的眼睛，內心一股哀怨，但又不好意思表達出來。

「我給你一個黑鴉高層的資料，你找署長和上級討論一下，找個時間端掉他們。」

林煒燁剛睡醒，腦子運轉還不太順暢，甚至沒有任何質疑，他以為是陸姐交代給左嗣音的，也就應好。

他收到資料時，一張照片上是一個濃妝豔抹的女人，雖然她極力用化妝遮掩，但還是無法抵抗歲月的摧殘，臉上有不少細紋。

唐欣。

他垂下眉眼看著。她的勢力主要是製毒和販毒。

另一個是梳著油頭的男人，林煒燁怎麼看怎麼油膩，男人叫許麒，負責賭博的產業。

齊了，他心想，所有的案子都串在一起了。

但林．什麼都不知道．煒燁，至今還被蒙在鼓裡，他不知道徐之白才是幕後的人。

陸子寧躺在偌大的床上，也是一夜未眠，她覺得是時候該一舉殲滅了，但完全無法與外界的人打配合才是她苦惱的點。

「妳要勇敢。」

她腦海浮現出這句話。

年幼的陸子寧是一個跌倒、受傷就容易大哭的人，她從小就怕疼，是後來接觸這個職業才慢慢習慣受傷的疼痛，畢竟這對他們來說是家常便飯。

有一次放學回家，她因為貪玩沒有注意腳邊有碎石，左嗣音還未來得急阻止，她已經摔慘了，理所當然哭得唏哩嘩啦。

左嗣音當時還用奶音嚴肅的說：「妳要勇敢，不可以因為跌倒就哭。」

她當時還覺得左嗣音就是個沒良心的，但看他眉眼都快要可以夾死蒼蠅，就趕緊把眼淚和鼻涕全吸回肚子裡了。

想到小時候的事，陸子寧就低聲的笑了起來。

現在的左嗣音和以前的左嗣音還真是一點都沒變，那不苟言笑的態度依舊，只是現在學會適當表達的自己的情緒。

她默默地從床單裡拿出通訊設備，傳了一個訊息。

五天後，賽鴿抓鴉。

陸子寧提前知道徐之白今天開始出國出差一周，這是李時告訴她的，但從李時不自然的表情裡，她嗅出了可疑的氣味，既然如此最近的行動就要更加小心。

她一面在做打算，另一面的署長和林煒燁等人，已經坐等這一天很久了。

三天前他們接到陸子寧的行動指示，就開始作戰計畫，依照目前觀察，唐欣和許麒兩人並未有所察覺，若是拖得太久，恐怕會有後顧之憂，他們的想法和陸子寧不謀而合，希望可以速戰速決，以便兩日後抓鴉行動的順利。

但他們卻不知道陸子寧對於抓捕唐欣和許麒的事並不知情。

他們一行人分成兩匹人馬，一隊去抓補唐欣，另一隊去抓補許麒。

今日開始，T市注定是個不眠夜。

◆◆◆◆◆◆◆

「喂？」唐欣接到許麒電話時正在敷臉，她一邊拉著面膜以防觸碰到嘴唇。

許麒先是低沉的笑了笑：「姐，妳真是料事如神，徐之白果然是想要藉機剷除我們，警方已經按捺不住，估計今天就會抓了我們。」

唐欣哦了一聲，「那還不趕緊跑？徐瘋子都不惜一切代價找警察合作了，估計我們是插翅難飛了。」

「妳別裝了姐，我知道妳已經做好萬無一失的準備了。」

唐欣撕下臉上的面膜，無辜道：「麒兒，你可能不知道，姐這套準備只留給自己呢。」

許麒瞬間打直了腰板，顫抖著聲：「姐，妳這是什麼意思？」

「麒兒啊，你聽過『棄車保帥』嗎？」唐欣妖氣地笑了：「只能說中國先人的智慧博大精深。」

「妳要放棄我？」

「逃跑這種事，多帶上一個人得有多麻煩，就像行李超出負荷跑不快一樣。」

許麒聽見唐欣這番話，整個人氣得臉色漲紅，「妳等著，我會讓妳後悔！」

唐欣嘖了幾聲：「只是這個原因就要與我為敵，麒兒，不回頭看看你走過的路嗎？是誰幫你鋪墊好的？」她嘲諷道：「在我眼裡你就跟螻蟻一樣，我有本事替你築窩，就有辦法放一把火燒了。」

「妳——」

許麒還沒說完，唐欣就聽見電話另一頭有槍響，隨後許麒就沒了聲音。

「許麒、許麒？」

電話被接起了，一道男聲幽幽的傳進唐欣的耳裡：「代號，蘇拉烏鴉任務結束。」

唐欣嚇的面容失色，彷彿聽見了從地獄傳來的轟鳴。

徐之白輕輕一笑，「唐欣，下一個就是妳了。」

唐欣立馬切掉電話，癱坐在地上，臉色蒼白。

她忘了，徐之白也有能力毀了他們，她一直以為這次徐之白不會親自現身的，畢竟他已經和左嗣音達成共識，這次的目的顯然也是故意透漏給警方知情的。

但是她真的忘了，徐瘋子就是瘋子，他根本不害怕，甚至他不相信任何人，他要親自解決。

她淒涼一笑，這次自己真的完了。

她垂眸，低語：「代號佛羅烏鴉任務結束。」

當林煒燁等人趕到時，唐欣和許麒已經斷氣，雖然身體還有餘溫，但已經無能為力。

子彈幾乎是沒有任何偏差穿過他們兩人的太陽穴，不管是彈道還是槍的來源，幾乎可以判定是同一人所為。

他們只能在搜查他們各自的家裡，但顯然他們兩人預料警方會來，早已把所有證據都藏了起來。左嗣音知道這件事時，心裡並沒有太大的波瀾，應該說他早就知道徐之白不可能這麼信任他，甚至為了讓警方無法從他們兩個問出任何東西，而選擇自己動手滅口。

他也不知道自己在等什麼，就漫無目的的看著窗外的景色，時間緩慢的流逝。

夜晚，陸子寧趁著守備不注意，悄悄的潛入徐之白的辦公室。

她根本不敢拿著照明設備，全憑藉在直覺和微弱的光線在黑暗裡摸索。

她首先直攻辦公桌所有的抽屜，但如意料之內他的抽屜根本空無一物，一般來說這麼重要的東西不可能放在隨手可得的地方，而是要好好珍藏，這對所有變態而言任何殺戮都是一場紀念。

保險箱，是他唯一有可能放資料的地方，但她沒有密碼。

緊張和焦慮充斥著陸子寧，炎熱的夏天更是添了一把火，才沒幾分鐘她已經汗流浹背，手心也全是汗。

依照徐之白的密碼設置，陸子寧有頭緒，她顫抖著手按下自己的生日。

「喀——」保險箱開了。

她輕聲地翻找著任何可疑的資料，突然間，房間的燈亮了，她詫異地轉頭，只見徐之白嘴角含笑，倚著牆看著她。

這是她第一次有害怕的情緒，不停地湧上她的心頭，她想跑，但是腳跟灌了鉛一樣的沉重。

他手裡拿著一疊資料，揮了揮，「妳想找的東西，是這個嗎？」

陸子寧只是愣了一下，就想清楚了，這果然是徐之白下的套，她冷靜地笑了。

徐之白走進她，輕輕掐著她的臉，「我記得我好像說過吧，如果妳踩到了我的底線，我會做出什麼更喪心病狂的事我真的不能保證。」

陸子寧想要掙脫他的手，她瞪著眼睛，「我終於知道為什麼唐欣會叫你瘋子了，因為你本來就是！」

「那妳也挺瘋的，明明知道這就是一個坑，還自己跳了進來，該說妳傻，還是被愛情遮蔽了雙眼。」徐之白放開了自己的手，「知法犯法，該抓嗎？陸警官？」

他輕笑，從口袋裡拿出一串鑰匙，「我們現在算是同一條船上的人了吧？妳想逃也沒辦法逃，我們就在這間房間共度餘生怎麼樣？」

陸子寧輕勾唇角，剛剛的掙脫讓她的髮絲散亂的貼在臉上，徐之白看了，輕輕撩起她的頭髮勾到耳後，又在她的耳邊印上一吻。

陸子寧當下只覺得腦袋炸了，憤怒充斥著她的胸腔。

「其實妳不用這麼排斥我的，我們其實是一類人，只是在分岔上選擇了不同的道路。」徐之白不斷的在陸子寧耳邊蠱惑，「左嗣音從一開始就不是在地獄的人，他又怎麼會了解我們呢？」

陸子寧抬手給了徐之白一巴掌，「我本來也不是在地獄的人，我是被你拖入地獄的人。」

徐之白摸著臉上的紅印，用舌尖抵了一下後牙槽，表面有些疼痛，但心裡卻有一股莫名的爽快。

「我給妳很多次機會讓妳殺了我，但妳偏偏不聽，那怎麼辦呢，我又不忍心殺妳，那先殺了左嗣音如何？」

「這就是你接近左嗣音的目的嗎？」

徐之白噗哧一聲笑了出來，「說是目的未免也太難聽了，應該說互助合作。」

「無論如何，我是不會和你同流合汙，我甚至要將世上所有黑鴉殲滅。」

「給妳兩個選擇吧，叫左嗣音來，我就放妳走，不然就是妳跟我走。」

陸子寧腦海突然想起林強宇的臉，「你跟魅影真像，你們的手法簡直一模一樣。」她咬牙說道：「但你別忘了，最後是誰輸了。」

她頓了一刻，又繼續道：「你聽過一句話嗎？在《羅密歐與茱麗葉》裡有一句話：『美麗的暴君！天使般的惡魔！披著白鴿羽毛的烏鴉！』真是專屬為你寫的詞。」

徐之白沒有回答她的問題，只是後退到門的位置，拿著鑰匙晃了晃，就轉身離開。

留下陸子寧一個人，和她最想要的資料。

關上門的徐之白，露出苦澀的笑容，真的該放手了，他人生最愛的女孩，已經不屬於他了，也許一開始就錯了，但自己已經萬劫不復了。

陸子寧計畫失敗的事，所有人是三天後知道的，徐之白親自打了通電話給左嗣音，告訴他可以行動了，他趁著這個機會，通知署長陸子寧行動失敗以及慘遭囚禁的消息。

署長一開始是怒不可遏的，他不停的碎念陸子寧太衝動行事了。

連消失一段時間的Amon都難得現身。

大家在會議室沉默，沒有任何人敢開口說話，營救陸子寧的任務是一定要的，衝突也是無法避免的，但要怎麼讓所有員警全身而退，所有人都不會傷亡也是一個問題。

左嗣音輕聲地說：「我來吧。」

聽到他的聲音，所有人不可置信的抬眼看著他，唯獨Amon贊同，他明白左嗣音迫切想要救出陸子寧的心態，他看過許多人的身手，雖然左嗣音可能沒有如此矯健，但憑藉他的沉穩和分析能力，就足以彌補他的缺點。

有謀勝有勇。

但依照署長的觀點，他自然是不能同意，「一個陸子寧都在裡面了，你一個法醫瞎湊什麼熱鬧！」一旦左嗣音出了任何意外，他也有可能會被究責。

「請您相信我，我一定可以完成任務，把子寧帶出來。」左嗣音的眼神透露堅定，「我只需要你們配合我，包圍指定地點，還有狙擊手在高處等候，我保證讓所有人全身而退。」

幾名員警聽到心裡自然是竊喜，大家都是上有老、下有小，出了意外家人怎麼辦？

能把傷害值降到最低署長也是樂見，但是他擔憂左嗣音沒有辦法和敵人交鋒，還是需要專業的人輔助他。

「那好，就林煒燁和左嗣音兩人互相配合，務必協助救援陸子寧。」

◆◆◆◆◆◆

陸子寧被關在徐之白的辦公室裡兩日，吃喝拉撒都是在這裡解決的，幾乎是過著彷彿原始般的生活，數著晝夜度日。

徐之白偶爾會在凌晨的時候出現，也沒有多說什麼，就只是看著她的臉，沒多久後又離開。

為了避開和他交談，陸子寧一般都是裝作熟睡。

但今天徐之白很反常，他一如往常在凌晨時進到她的房間，就看著她的臉很久，也沒有離開。

徐之白就這樣靜靜凝視的陸子寧姣好的側臉，偶爾她長長的睫毛還會輕輕地顫呀顫，她只有在這時候才會顯得沒有驕氣，人也不會太過俐落。

他唇角微微一勾，今天大概是最後一次這麼近距離的看她，從今以後都沒有機會了吧。

他的女孩，終於可以脫離一直束縛她的地獄，這是他最後一次能為她做的事了。

他朝陸子寧走去，在她的額頭印下輕輕一吻，而後沒有留戀地離開。

陸子寧待他走後，伸出手撫摸額頭上的餘溫，她第一次在徐之白的舉動裡，沒有感覺到算計，而是真誠。

她有些發愣，眼角漸漸泛紅，她感受到了徐之白的悲傷和掙扎，她聽到他心底最深處的本我在向她求救，他的內心在悲鳴。

攻堅日當天，林煒燁坐在左嗣音身邊都能深深感受到他的低氣壓，他悄聲的問：「頭兒，你很緊張嗎？」

左嗣音只是淡淡的睨了他一眼。

林煒燁看不懂他的情緒，也只好摸摸鼻子閉嘴，否則只是自討沒趣。

但對左嗣音而言，他真的不是緊張，而是有許多複雜的情緒繞在他的心底，他也說不出那種快要窒息的感覺。

就像有一團棉花堵住了他的心和支氣管，讓他透不過氣，也像一條缺氧的魚，奮力地想要呼到新鮮的空氣，但最後發現只是徒勞。

他現在就像那條快要溺斃的魚。

他神色複雜的看了林煒燁的背影一眼，他不能讓任何人知道徐之白和他合作的事，他要確保此次的行動如徐之白意料之內的走，絕對要避免出現任何差錯。

他不能再次讓陸子寧陷入危險，這次只許成功不許失敗。

根據陸子寧最後一次通訊的定位，他們找到了黑鴉的根據地，有幾台無人機在天空盤旋偵測和確認房子裡組織成員有多少。

徐之白和左嗣音在約定好的地方碰面，一個人臉含笑，另一個人的眉頭緊鎖。

林煒燁率先舉起槍，斥喝：「手舉起來！」

徐之白聽話的照做，將雙手舉至頭頂。

左嗣音看著他的臉，伸出左手揮了兩下示意林煒燁放下槍，而後又冷聲道：「她呢？」

「我想先跟你談談，我會按照約定交出她。君子一言既出，駟馬難追。」

林煒燁冷哼：「你畢竟不是個君子，你還是先把人交出來吧，否則我會對你開槍。」隨後，他朝著天空鳴槍，展示他強硬的態度。

徐之白冷血的手段他見了太多，他是一個可以利用人心，甚至以愛為號召，不惜傷害所有人的惡徒，假設今日讓他逃走，自己就連員警這個職位都不配擁有。

「讓我跟他談談吧。」

林煒燁聽到左嗣音的話，不可置信地瞪大眼睛，「頭兒，和這幫惡徒究竟有什麼好說的！」

左嗣音淡漠的看著他，表情冷到了極致，林煒燁背後泛起一陣寒意，他按捺下心中的擔憂，悄悄的退了出去。

風徐徐的吹過兩人的身側，徐之白嘴角彎起一道弧度，「你真的愛她嗎？」

「愛。」左嗣音很肯定的告訴他，眼睛裡透著微光，在瞳孔裡閃爍。

「我也愛她，但是我覺得我沒資格擁有她了。」他的眼淚溢出眼眶，「我不止一次後悔過，但我根本沒有後退的路了。」

左嗣音沉默，他不是徐之白，自然不明白他的兩難和痛楚，但是他可以從他的語氣裡感受到他真的很愛陸子寧的心情。

徐之白第一次看見陸子寧時就被她深深著迷，她身上獨有的檸檬香就像是散發花香的花朵，而他就是採蜜的蜜蜂。

他喜歡看見她笑，他以為殺了她父親就能得到她，就能讓她繼續依賴著他。但他後來發現自己錯了，他的子寧再也沒有笑過了，她變得冷漠，唯一在左嗣音的身邊才會卸下心防。

「你永遠都得不到她，她不可能會愛你的。」陸父的聲音越來越虛弱，說完後就斷氣了。

然而那時的徐之白根本不當一回事，他始終堅信他會成功的。

「按照約定吧。」徐之白的話隨著風飄進左嗣音的耳裡。

他慢慢舉起槍對著左嗣音的胸膛，扣下扳機，一氣呵成。

左嗣音完全沒有閃避，就站在原地看著子彈朝著他的方向，他沒有感受到疼痛，只是聽到了一聲自喉間傳出的悶聲。

陸子寧的血從腹部湧出，身穿的白衣服怵目心驚，就像一大朵暗紅色的玫瑰暈染開來，她摀著腹部，疼痛的滑落在地上。

她剛剛在房裡聽見了槍響，心裡有強烈的不安，試圖轉動門把後才發現徐之白今日沒有鎖上門，她一下就覺得事情沒有這麼單純。

她朝著槍聲的方向跑去，最後只看見徐之白拿槍舉著左嗣音，她沒有多想就衝上去替他擋下了子彈。

他不能出事。

徐之白起初還愣著，他沒有想到陸子寧會突然出現，然而等他回過神時他的世界正在崩塌。

他朝陸子寧開槍了。

他傷害了自己最愛的人。

他發誓過自己不會傷害她的，他捨不得看她受傷。

可是他一次又一次地把她拉回地獄，他一次又一次地看見他最愛的女孩受到折磨。

他顫抖著手丟下了槍，步履蹣跚地走上前。

陸子寧覺得腹部像是在燃燒，很疼，她眼裡看見的畫面模糊不清。

她隱約感覺到有兩道身影正靠近著她，她聞出了熟悉的氣味，會心一笑。

左嗣音嘴唇都在抖，他的眼淚滑過臉頰，「妳為什麼……」

陸子寧知道他要說什麼，她忍著痛牽起一個笑容，「你上次替我挨了一刀，我這次替你擋了一槍，如果我死了，我們就不相欠了。」

這世，他們彼此互欠的太多，如果能用這次一筆勾銷，大概會是她這輩子做過最不後悔的事。

左嗣音捧著她的臉，「我不管，我們上次打過勾、做過約定，我現在就要妳遵守！」

她不理會左嗣音的話，只是淡淡的一笑，又轉頭看著徐之白，輕聲地說：「之白哥，這是我最後一次這樣叫你了。」

這句話涵蓋了千言萬語，一種疏離和界線從他們兩個之間劃了開來。

徐之白苦澀一笑，他也欠她太多，還不了了，她這樣已經是仁義至盡了。

左嗣音扶著她的肩膀，拂開她臉上因為汗水沾黏的頭髮，「妳怎麼這麼傻，我有穿防彈衣的啊。」

「你說過，穿防彈衣也會也會受傷的。」她伸出沾滿血的手，輕輕摸上左嗣音的臉頰，「陳姐自殺後，那些過往我都想起來了，只是我來不及說了。」她嘴裡嚐到了眼淚的鹹，左嗣音的眼淚就滴落在她的眼角。

「左云楷，我喜歡你。左嗣音，我愛你。」

左嗣音忍著胸腔快要爆掉的疼痛，淡淡地說：「妳如果死了，我就不會再愛妳了。」

陸子寧不敢說出任何保證，連她都不知道自己會不會死。

林煒燁聽到槍響就帶著大批的員警衝了進來，他拿槍指著徐之白，迅雷不及掩耳地朝他的大腿開了兩槍。

徐之白低頭看著自己的大腿慢慢滲出血，自己根本動彈不動。

子彈貫穿的疼從大腿蔓延到血液，再到骨髓，然後到了心臟。

突然間，房子裡傳出了「滴滴滴」的聲音，李時從角落走到了徐之白身邊。

從徐之白開始計畫一連串的毀滅行動，他就下定決心要和他一起毀掉所有的黑鴉。

這對他們而言，都是另一種的救贖，他們想要解脫，還給社會一個平靜。

林煒燁從看見李時出現後，臉色大變，對於滴滴聲也更確定是什麼了。

他大吼一聲：「有炸彈！」

所有人開始驚慌失措，林煒燁衝上前拉起左嗣音，「頭兒，該撤退了！」

徐之白跪坐在陸子寧的身邊，隨後倒下，眼淚流過他帶笑的嘴角，他心想，如果真的不幸死了，也沒有遺憾了，如果人生最後一哩路是躺在陸子寧的身邊，他就知足了。

陸子寧看著左嗣音，蠕動著嘴唇道：「快走吧，來不及了。」

左嗣音腦袋都是嗡嗡嗡的聲音，他根本聽不見任何人的聲音，他腦海裡不停地跑出一句話：他要救陸子寧。

原本的劇本不是這個走向的，是他連累了她，讓她受傷了。

他俯下身吻去了陸子寧的眼淚，他一定會救她的，她的眼睛再一次給他了無比的信心和勇氣。

滴——

滴——

滴——

不能再等了，再等下去所有人都有生命危險。林煒燁狠下心先帶著所有兄弟撤退，他不能因為他們三個就讓所有兄弟陷入危險哩，而且他相信頭兒一定會功成身退。

左嗣音毫不猶豫地抱起陸子寧向外跑去。

朦朧之間，陸子寧聽到一聲巨響，火光瞬間滿溢整幢房子。

徐之白看著他們的背影，蒼涼一笑。

這輩子如果都得不到，不如讓放手讓她飛翔，而活在地獄的人生就由他一個人肩負。

他愛她，愛到無法自拔。

他想起左嗣音跟他說過，陸子寧的人生不該被束縛著，她有屬於自己的花期，她渴望陽光，既然愛她，就該讓她回到原本屬於她的地方。

所以他決定了，就讓這一切化為灰燼，歸於大地。

陸子寧離開前看見徐之白在熊熊烈火中流著淚，用唇語說道。

——「代號金烏任務結束。」

——「對不起，我愛妳。」

◆◆◆◆◆◆◆

她閉上眼，這場愛裡所有人都遍體鱗傷，有些人的愛太沉重，有些人可以為了愛付出一切，有些人可以為了愛萬劫不復。

「Lu，妳真的不回去美國嗎？」

陸子寧滿臉嫌棄地拒絕了Amon，「我不想再回去面對你了。」

Amon莞爾一笑：「好啦，我也該走了。看到妳這麼幸福我也放心了。」

陸子寧張開雙臂給了Amon一個擁抱，「再見，以後有空會再去找你的。」

而後，就是林煒燁和Amon互相道別的時刻。

人的交集有時候就來的莫名其妙，Amon和林煒燁一日在陸子寧的病房巧遇，兩人個性本來就像，這麼合拍陸子寧也不意外。

她和左嗣音並肩著，左嗣音攬著她的肩膀，他們就看著他們兩個像孩子般的道別。

「就像一場夢一樣呢。」陸子寧感嘆。

這半年，就跟夢一樣，醒來後世界都變了。

徐之白就好像一個虛幻，由她想像出來的角色，那刻她才認知到，徐之白真的不在這個世界了。

左嗣音深有同感的點頭，輕輕地在她髮頂落下一吻。陸子寧轉頭瞪了他一眼，警告他在公共場合克制一點。

Amon和林煒燁看見這一幕，不約而同的狡黠一笑。看到有情人終成眷屬，誰不開心呢。

但偏偏Amon就是嘴賤，一邊揮手一邊大喊：「你們結婚一定要邀請我喔！我會從美國回來參加婚禮的！」

陸子寧臉瞬間紅透，她又瞪了左嗣音一眼。

他只是無奈地笑著，摸摸她的頭頂，陸子寧的動作在他眼裡風情無限，反而像在嬌嗔。

陸子寧繃不住了，噗哧一笑，倚靠著左嗣音的胸膛笑得開懷。

左嗣音看著她的笑容，腦海裡突然浮現一句話。

——歲月靜好，現世安穩。

今日他們一同前往祭拜徐之白。

天有點陰，還下著細雨。

中槍後，她醒過來時第一眼看見的就是左嗣音，她也是後來才知道，左嗣音和徐之白之間是有達成協議的，這一連串的事情，其實都在徐之白的掌握範圍，他很早就萌生後悔的想法。

他想利用左嗣音打擊黑鴉的內部，如此一來他也可以無後顧之憂地毀掉黑鴉。

攻堅那日，陸子寧的出現，打亂了徐之白的計畫，這也是為什麼當場他們兩人都愣在原地的原因。

徐之白死時，面目已經全非，屍體被他父母領回，很快地就火葬了，畢竟白鴿集團的執行長意外身亡是一條多麼受到大眾矚目的新聞。

陸子寧再次見到頭髮花白的徐父和徐母，也不敢告訴他們，她想要留給他們一個對徐之白最美好的想像，即便那是個謊言，但在他們眼裡他依然是父母最好的兒子。

「妳恨他嗎？」

陸子寧搖頭，「他只是愛得太深了，已經產生了執念。如果人一輩子都懷著恨意過著，那就太可悲了，想要擁有陽光的前題，自己要先嚮往陽光，只有馬不停蹄地朝著光的方向走去，才不會迷路。」

他們一同將花束放在徐之白的墓前，他也算是解脫了吧。

從罪惡和愛情裡一同解脫了。

他們並未多說什麼，只是靜靜地站在他的墓前，而後踏著鬆軟的泥土離開。

陸子寧牽著左嗣音的手，抬眼看了一下天空。

陽光不知道何時撥開了烏雲，探出了頭，灑落在大地，生機盎然。

所有的一切都塵埃落定了。

她輕輕一笑，看著她身邊的男人，真好，能夠再次重逢是一件多麼幸運的事，能夠再一次握緊彼此的手是多麼不容易的事。

謝謝他在她墜落時，從來沒有放開過自己的手。

全文完

番外一：子寧不嗣音

「哥哥，你不要走！拜託你不要走！」女孩坐在馬路的地上，嚎啕大哭。

又來了，每次只要我不理她，她都會這樣哭鬧。我冷漠地看著地上的女孩，不發一語。

她純白的連身裙已經髒了，黑印子特別扎眼，我閉上眼嘆了一口氣，朝她伸出手。「起來。」

哭泣聲停止了，女孩眼眶泛紅，不開心的嘟起她的嘴，似乎在控訴著我的無情和冷漠。

她遞上她的手，站起身來，牽住我的手後就不願再放開了。

我無奈，這傢伙明明年紀和我差不多大，連身高都比我高，老是一口哥哥的叫。有點煩。

「云楷哥哥，如果我有一天消失了，你會來找我嗎？」女孩一臉期待的問。

我不耐煩，不願配合她這種假設性的問題，她這個問題屬實太幼稚了，誰會一天突然人間蒸發。

「陸子寧，妳要是再問我這種問題，我現在就把妳丟在這。」我警告她。

「不問就不問，小氣！」她朝著我吐舌頭。

陸家和我們家從以前就是鄰居，雖然我們年齡相仿，但因為個性迥然，我從小自然就肩負了照顧她的義務。

一般只要有她在的場合就不會冷場，總是能滔滔不絕的一直說話，長輩們對這種活潑的孩子總是特別喜愛，但對我而言，她這種行為和性格變相成了我的一種困擾。

她從以前就是這個個性，她天生開朗和樂觀，對於情緒上的表達也很直接，整天扯開嗓子講話，一言不合就哭，十五年來從未變過。

但我還是好煩。我喜歡安靜，喜歡孤獨，喜歡自己一個人，她對於我而言就是累贅。

還有，她老是愛問我假設性的問題，例如：「云楷哥哥，如果有一天人類滅亡了怎麼辦？」、「如果有一天我死了怎麼辦？」

我還記得我那時冷冷地看著她，回答：「那我肯定當解剖妳的那個人。」

但我從來沒想過，有一天她真的消失了，任憑我如何尋找，都找不到她的一絲痕跡，她彷彿是不曾存在的幻覺。

那天我放學後回到家，陸家的門口停了幾輛警車，不久後一個人被抬出來了，身上還蓋著白色的布。

我知道陸子寧那天沒有去上學。我的心一下子就被提起來了，我以為是她，踉踉蹌蹌地朝他們家的方向跑去，但我僅停留在馬路的對面，腳像灌了水泥一樣無法動彈。

我知道自己害怕什麼，也不敢去確認自己的猜測是不是正確的。

從那之後我就再也沒見過陸子寧了，她父親連夜帶著她離開，就再也沒有回來過了。

我每年都會寫一封信給她，但從未寄出，因為我不知道要寄去哪裡，甚至該寄給誰，那一封封的信就這樣被我收進一個盒子裡，留在了櫃子的最底層裡。

從此以後，我總覺得身旁空蕩蕩的，那些歡騰和吵鬧竟是我最想念的，原來她的身影不知不覺已經刻在我生命裡了。

成年後，我沒有與父母商量，就恣意把我的名字改了，那是她離開後我每一年都想做的事。

嗣音，子寧不嗣音，一日不見，如隔三秋。

我想記住她的名字，想要記住所有過去的時光。

包括，我很想她，不知道她在哪裡，過得好不好。

她這麼愛哭，現在沒有人哄她，不知道還會不會鬧，抑或是……已經有人取代我了呢？

我其實有做過最糟糕的打算，她會換一個名字，而自己改名的念想就只是單方面的，更從來沒奢望過她會再次出現在我身邊。

重逢後，我時刻都在確認是不是當年那個女孩，不論身形、臉蛋還是個性，即便和當初稍許有些不同，但仍看得出就是陸子寧。

不過，她忘了我和那些過去的時光。我的確有埋怨過、也有過不甘，但想到她離開後的日子經歷過的苦痛，相比之下，自己煎熬的思念都不值得一提。

她變得比我更寡情，她狠戾、冷酷，那些過去的傷痕反覆的折磨著她，我心疼的同時，卻又無能為力。

我沒有陪伴她走過最慘痛的那些歲月，讓她一個人獨自面對地獄的煉火。

但我在心裡默默誓言，再也不會讓她深陷在危險裡，不會讓她再一個人經歷痛苦。

後來，我知道徐之白的存在，即便他們有著血海深仇，但不可否認的是，他仍舊在陸子寧身上留下一塊很深的印記。

他也曾經在她的青春裡駐紮過很長一段時間，徐之白死的時候，她恍惚了一些日子。他雖然殺了她的父親，但他們過去也是很深的羈絆，一個曾經存在過的人，就在眼前化為灰燼，任憑任何人都很難消化。

徐之白雖然殘忍，但他也把自己最溫柔的給了她，這個愛是悲傷的也是偉大的。

雖然我也曾經很介懷，但換個角度想，愛本就沒有絕對，就好比我可以為了子寧而奮不顧身付出一切的代價。

「你在想什麼？」

突然一道女聲在我耳邊低語。

我被嚇了一跳，從思緒裡抽身，轉頭看著女人俏皮的模樣。

我將眼鏡摘了下來，揉揉疲脹的眼睛後，伸出手捧著女人的臉。「沒事。」

「左嗣音，我問你一個假設性的問題。」女人握住他的手，眨了眨眼，「如果有一天我想嫁給你，你會怎樣？」

我愣了一會兒後，輕輕地笑了：「陸子寧，妳願意嫁給我嗎？」

此生之後，我成為她的救贖，而她成為我的信仰。

番外二：之子

我第一次見到陸子寧就被她深深著迷，她身上獨有的檸檬香就像是散發花香的花朵，而我就是採蜜的蜜蜂。

「子寧，一起去上學嗎？」我笑著站在她家的門口。

她只是看了我一眼，就自顧自地走了。

我失笑，她的確與別人都很有距離感，也不知道是不是與生俱來的疏離感，但不可否認，這樣的女孩子確實很有魅力。

我第一次感受到自己內心那股慾望在滋長時，是因為我看見了陸父深藏在櫃子裡的相片，我想他不想放得太近，怕自己會想起，但又不想放得太遠，怕自己會忘記，才將照片放在隱隱約約能看見的地方。

照片裡顯然格格不入的男孩吸引了我的目光，他緊抿著薄唇，眉頭緊蹙，明明還是個孩子，卻硬要裝得嚴肅。

另一個女孩，身穿粉色的洋裝，笑得燦爛，手挽著男孩，雖然她臉上現在已經沒有那種純真的笑容，但仍舊可以看得出是陸子寧。

我的手不自覺地攥緊，好想取代他，想殺了他。

我回過神來，才發現自己的想法有多麼可怕，但我並沒有直視自己黑暗的一面，而是選擇了忽視。

陸子寧從來沒有提到過任何過往的事，我也從未想過試探，我害怕聽到自己不想聽的答案，我不想從她嘴裡聽到任何關於那個男孩的事，那會使我發狂和嫉妒。

直到他來找我，自稱是黑鴉組織裡的人。他說，他有辦法讓陸子寧留在我的身邊，但我必須做一件事和他交換，這是等價交換。

他不停地拿陸子寧和那個男孩過去的照片給我，刺激我的感官，和觸發我內心的黑暗，他滋養著我內心腐爛的血肉，瘋狂逐漸吞噬著我的意志，我要除掉所有會阻止我的人。

直到我看見自己手上沾染的鮮血，我才會意到自己究竟做了什麼。我殺人了，我殺了她的父親，我扼殺了我們兩個的可能，她毅然決然地離開了我，是我親手將她推開我的身邊。

即便日日都生活在愧疚和不得已之間，但從我接下黑鴉組織的那刻，這注定就是一條不歸路，我有責任和義務維持組織的運營。

我踏著不少人的屍體和鮮血，一步步走到掌權人的位置，為的是想要把她找回來，想要將她桎梏在我的身邊，想要她永遠留下來，所以我發瘋似的找她，我知道她在美國，是一名犯罪心理學家，所以我灑下誘因，精心策畫一場又一場的犯罪，就是想要她回來，我想再見她一面。

再次見到她時，她變得更成熟、更有韻味，但她身邊有了一個男人，緊抿的薄唇、緊蹙的眉頭、不苟言笑的樣子，就和照片裡的男孩一模一樣。

是他，他就是那個人，他是左嗣音。

我身體內的不安分地因子又開始叫囂，我想獨自佔有陸子寧，我想讓她和我一起活在陰暗裡。

直到我第一次看見她笑時，我才發現她的所有溫柔都不屬於我，我突然有一個荒謬且瘋狂的想法，我想保留她的笑容，如果能和左嗣音在一起真的能讓她感到幸福，那我是不是應該放手？

我陷入的矛盾與糾結中，有時候習慣黑暗、有時候渴望陽光，早已將我摧殘的不人不鬼，到底這場緣分是幸還是不幸？

她的堅韌和反抗，逐漸感化了我，我有了想要結束這一切的想法，親手讓這一切的循環終止。

這一場的毀滅，不是一場浩劫，而是解脫，我想讓所有人回到最初的起點。

當我倒下時的剎那，我知足了，如果人生的最後能看見她，那也就沒有遺憾了，只可惜，我依舊讓她受傷了。

我蒼涼一笑，內心居然意外的平靜，沒有了那些吵雜，如果這輩子都得不到，不如放手讓她飛翔，而地獄就由我一人背負。

我愛她。

「之白哥，這是我最後一次這樣叫你了。」

因為愛她，所以我想放手讓她離開，不該讓過去束縛著她。

「對不起。」

後記

第一次寫後記，老實說我有點緊張，也有點擔心自己的敘述能力不能夠表達這本故事所要表達的意涵和想法。

這是我第一次寫懸愛的小說，起初總會擔心自己寫得不夠有邏輯，還因此做了很多功課，上網路搜尋各種鑑定、法醫分析、血跡方向、屍體腐爛、殺人手法能否成立等，那陣子幾乎一開始打字，我的腦袋就疼，太吃邏輯的東西對一個文組生而言太痛苦了。

一開始我只是想要寫一個簡單「懸疑加愛情」的一本故事，單純呈現凶殺案結合法醫和犯罪心理學家的概念，但隨著寫文的過程和想法的累積，我發現我可以利用這篇故事呈現一個大方向的議題，再利用每一個小故事鋪陳和述說。

也因為想法上的轉變，也讓書名有了一次大大的改變。前期看過這本的人應該都知道一開始的書名其實叫《子寧不嗣音》，就是單純以男女主的名字做為命名，一個是以嗣音的角度，一個是以之白的角度，都想代表他們對子寧的思念以及執著。

後來我從頭檢視了一遍，最後將這本書定名為《墜愛．罪愛》。這個名字可以呈現嗣音和之白兩人對「愛」的定義，也藉由這個反映出他們兩人執著所著重的點並不相同，一個可以為愛墜入深淵，一個可以為了愛萬劫不復。

《墜愛・罪愛》通篇扣題主要是在「愛」上，它想要表達出愛的本質究竟是什麼，不擇手段的得到？還是用盡自己的努力證明？這本故事乍看會以為在探討「人性」，但其實不是。其實在寫這本故事的時候，我也曾經懷疑自己，但若是將「愛」的議題重新拉回再看一次，就會發現命案、人性之間的拔河，充其量都只是輔助，只是為了讓故事更有張力。

嗣音可以為了子寧赴湯蹈火，甚至可以和子寧一起入地獄，可以為了愛而墜落；之白用他的殺戮留住子寧，但他的殘忍卻也有著柔軟，他的愛是犯罪，卻也是最溫柔的隱喻。

在創作和比賽期間，我特別感謝每一個陪伴我和給我回饋的文友，以及感謝麻糬沒囉和筆恩，兩位幫我寫了推薦，並在寫作的路上和日常給我不少信心，若非沒有筆恩的鼓勵，這本就沒有機會以實體的模樣和大家見面。

其次，要謝謝我的編輯在這段時間的協助和用心。

最後，要感謝看完這本書的大家，謝謝你們的支持，也期待收到你們的心得。

辰時未了

要青春100　PG2804

要有光 FIAT LUX

墜愛．罪愛

作　　者　辰時未了
責任編輯　楊岱晴
圖文排版　蔡忠翰
封面設計　劉肇昇

出版策劃　要有光
發 行 人　宋政坤
法律顧問　毛國樑　律師
印製發行　秀威資訊科技股份有限公司
114台北市內湖區瑞光路76巷65號1樓
電話：+886-2-2796-3638　傳真：+886-2-2796-1377
http://www.showwe.com.tw
劃撥帳號　19563868　戶名：秀威資訊科技股份有限公司
讀者服務信箱：service@showwe.com.tw
展售門市　國家書店（松江門市）
104台北市中山區松江路209號1樓
電話：+886-2-2518-0207　傳真：+886-2-2518-0778
網路訂購　秀威網路書店：https://store.showwe.tw
國家網路書店：https://www.govbooks.com.tw
總 經 銷　聯合發行股份有限公司
231新北市新店區寶橋路235巷6弄6號4F
電話：+886-2-2917-8022　傳真：+886-2-2915-6275

出版日期　2022年9月　BOD一版
定　　價　350元

讀者回函卡

Printed in Taiwan

國家圖書館出版品預行編目

墜愛.罪愛/辰時未了著. -- 一版. -- 臺北市 :
要有光, 2022.09
面； 公分.
BOD版
ISBN 978-626-7058-46-6(平裝)

863.57　　111010893